When I
Meet
the *Moon*

所幸我　　　足够勇敢，

至少与　月亮

——————　碰　过　面。

When I Meet the Moon

北京联合出版公司
Beijing United Publishing Co.,Ltd.

所幸我足够勇敢，至少与月亮碰过面。

折月亮

When I
Meet
the Moon

著 / 竹已 ZHU YI WORKS

光丝倒映在他的眼中，
还有她的影子。

When I

Meet the Moon

Contents 目录

人间的月亮，总是遥遥在外。
可现在，月亮来到了她的面前。

想要参与他的过去。想要参与他的现在。
想要参与他的将来。

见到你，
我就好像见到了月亮。

竹已 / 作品 | ZHU YI WORKS

她看到了难得一见的，
两天的月亮。

第一章
人间的月亮

夜已昏睡，雷打不醒。

阑风伏雨之下，南芜机场内安若泰山，通明亮堂，犹如一个巨大的盒子，装着下了班的白昼。

此时刚过凌晨两点，人流却不见少。旅客南来北往，云厘独自停留原地，时不时地看向手机。

这是云厘第二次来南芜。

上回是今年开春，她过来参加南芜理工大学的研究生复试，待了没几天就返程了。而这次，主要原因是受到了 EAW 虚拟现实科技城的邀请。

EAW 是优圣科技推出的第一家 VR 体验馆，开业时间定在下个月月底。

前段时间试营业了三天，效果不理想，便邀请了多个博主和视频自媒体前来探店体验，为正式开业做预热宣传。

云厘便是其中之一。

通过邮件，云厘添加了与她对接的何小姐的微信。

机票和食宿都由主办方承包，何小姐也表示在她落地后会安排接机。

不料天气多变，云厘航班延误三个小时。

得知她新的落地时间，何小姐表示会另外安排人来接她。下飞机后，云厘再次询问。对方声称师傅已经出发，让她耐心等待。

可直到现在仍不见人影，何小姐也没再回过消息。

再过三分钟，云厘就正好等了一个小时。

云厘屈腿支地，靠坐在行李箱上，绷着脸给对方编辑消息。敲完又从头到尾检查了一遍措辞。

可以。

没脏话，阐述了对方的失责，语气平和，却不失气势。

虽是如此，但盯着屏幕半晌，云厘还是没狠下心摁下发送键。

唉。

又好像有点凶。

正纠结着要不要再改得柔和些，思绪忽然被人打断。"——你好？"

循声望去，云厘猝不及防地对上一双陌生的眼睛。

来人长相俊秀，身形修长，像个还没毕业的大学生。似是不太擅长做这种事情，男生表情腼腆："你是来这儿旅游的，还是？"

这已经是今晚第六个跟她搭话的人了。

前五个来意毫无例外，都是问她要不要坐车住酒店的。

云厘自动将他剩下的话"脑补"完，拘束地摆摆手："不用了……"

男生顿了下："啊？"

云厘："我等人，不打算住酒店。"

场面静滞。

两人四目相对。

持续约莫三秒，男生抬手挠了挠头发："不是。"他轻咳了声，"我是想问一下，能跟你要个微信吗？"

"……"

云厘呆愣。

男生声音清亮，此时低了几分："可以吗？"

"啊。"意识到自己误会了，云厘神色发窘，"……好的。"

"谢谢啊。"男生拿出手机，笑着说，"那我扫你？"

云厘点头，再度点亮屏幕，她刚刚编辑的那一长段文字又显现出来。她立刻返回，点开微信二维码递给他。

男生弯下腰，边添加边礼貌地自我介绍："我叫傅正初，以后有空可以……"

通讯录亮起红点。

瞧见他头像的标志，云厘隐隐感觉不对劲，刚被否定的猜测又浮现起来。

果不其然。

下一秒，昵称上的六个字映入眼帘。

——偷闲把酒民宿。

"……"

现在拉客都到这种程度了吗？

然而傅正初完全没察觉到自己的 ID 用错了，表情带有一种蒙混过关的感觉。随即，他还关心似的随意问了句："你接下来是要去 EAW 吗？"

云厘看他。

傅正初："那个 VR 体验馆？"

云厘警觉地问："你怎么知道？"

"我刚刚不小心看到你聊天窗了，还有备注。抱歉，我不是故意的。"傅正初说，"然后这个就开在我学校附近，我就猜了一下。"

云厘给何小姐的备注，只标明是 EAW，并没有明说是 VR 体验馆。

这个解释算合理，她点了下头。

傅正初："不过你怎么现在就过来了？现在好像还没开业，得等到月底了。"

信息一一对上，加上想不到该怎么回答，云厘只能老实说："呃，我是受邀过来的。"

"受邀？"傅正初似乎没懂，却也没对此多问，"所以你在等他们的人来接你？"

"嗯。"

"我看你等挺久了，"迟疑了会儿，傅正初也没被她的冷漠逼退，又问，"你要去哪儿？要不我捎你一程？"

闻言，云厘再次心生防备，摇头："不用了，谢谢你。"

傅正初："没事儿，这也算跟我有点关系。"

云厘更觉疑惑："嗯？"

"噢。"傅正初想起来解释了，云淡风轻道，"因为 EAW 是我哥开的。"

云厘："……"

你怎么不干脆吹是你开的?

片刻的无言过后,云厘再一想,这人一系列的举动都十分怪异。

谎话连篇,还莫名邀请她同行,像是什么诈骗犯罪团体,专挑独身女性下手。这念头一起来,她的心中逐渐生出些不安。

即便是在公共场合。

大半夜,且人生地不熟。

不想表露得太明显,云厘含糊地找了个托词,打算借故离开这块区域。

似是也察觉自己的话不仅有装的嫌疑,还略显不怀好意,傅正初慌忙解释。可惜用处不大,他也感觉越描越黑,很快便离开了。

出于谨慎,云厘没留在原地。

在机场内七折八拐,直到确定男生没跟上来,她才放松了些。

因这段小插曲,云厘不想在这儿久留,重新点亮手机。

屏幕仍停留在聊天界面。

何小姐还没回复,但云厘因郁气带来的冲动已消散大半。盯着那段锋利的话,她叹息了声,最后还是一字一字地删掉。

与其在原地继续漫无尽头地等待,还不如她自己想办法。云厘往上滑动聊天记录,找到何小姐给她发的酒店名字,搜了下大概位置。

就在南芜理工大学附近。

没等她想好,失踪许久的何小姐突然回了消息。

可能是她先前接连发的十几条消息发挥了作用,何小姐不停地道歉,说是不小心睡着了,没看到师傅说没法过去,以及新找人去接她了。

是 EAW 的工作人员,刚好在那附近。

这次何小姐说得十分清晰。

不但发了车牌号,还明确地说十分钟内就能到。

虽不算及时,但也算是帮云厘解决了问题。

没情绪再指责她,加上时间匆忙,云厘只回了个"好的"。拉上行李箱往外走。在室内未发觉,出来才感受到一股潮且密的凉意。

…………

五分钟后。

云厘手机响起，来电显示是南芜的陌生电话。见到这一幕，她条件反射地挂断。摁下的同时反应过来，应该是 EAW 那边打来的。

她动作一滞，盯着这未接来电，不太敢打回去。

又怕对方会等得不耐烦。

犹豫再三，云厘咬着手指指节，鼓起勇气打回去。

嘟。

只响了一声，对方就接了起来。

却是不发半言。

云厘主动解释："不好意思……我不小心挂了。"她不知道该怎么称呼他，生涩地说，"您是 EAW 的吗？"

间隔短暂几秒。

男人"嗯"了声。他声音冷倦，低低淡淡，像妖蛊幻象下蛰伏的钩子，不带情感却能摄人魂魄："你出来，过马路，能看到个停车场——"

云厘慢一拍地打断："啊？"

男人停顿，解释："出口不能停车。"

"哦哦，好的。"云厘说，"我现在过去。"

男人："带伞了？"

云厘下意识地看了眼包："带了。"

"在停车场门口等我。"

话落，电话挂断。

整个通话不超过一分钟。

云厘从包里翻出伞。

按照男人的话，云厘刚到停车场，便看到一辆车缓缓驶来。对了遍何小姐发来的车牌号，才确定下来。隔着副驾驶座，她弯下腰："您好，能开一下车尾箱吗？"

枯木将路灯切割，光线七零八碎。

车内晦昧，云厘只能望见他白到病态的下巴。

男人偏了下头，似是朝她这边看了一眼。他没作声，将外套帽子戴上，直接走下车来。

云厘怔住，忙道：“那个，不用了……我自己来就……”

少女声音细细的，雨声倏然，将之吞噬。男人像是没听见，到她跟前，接过她手中的行李箱。她只好把剩下的话吞回去，改口：“……谢谢您。”

雨滴疏落，清洗着城市。

云厘打量着这陌生的环境，视线一抬，蓦地停住。很稀奇的场景。苍茫碧落，她看到了难得一见的，雨天的月亮。

男人将车尾箱掀起，头也稍微抬了些。灯火阑珊，似乎有几缕光不受控地落到他身上。

像是减缓冲击。

时间被强制放慢。他的模样逐渐变得清晰。

云厘呼吸莫名停了几秒。

男人眼窝很深，薄唇紧闭，神色透露着疏离。发丝和眼睫沾了水珠，稍显羸弱，却没弱化半点攻击性。

好看到让人挪不开眼。

又带了荆刺，让人不敢轻易靠近与触碰。

看到他将行李箱抬起，云厘才回过神。走近几步，把伞遮到他身上。

伞面不大，不靠近的话很难容下两个人。云厘不好意思凑太近，保持着安全距离，自己淋着雨。

车尾箱里的东西出乎意料地多。男人将零散物品随意堆成一摞，勉强将行李箱放进去。没多久，他用余光留意到旁边的云厘，侧过头。

他生得高大，穿着深色薄外套，面上无任何表情，带了些压迫感。此刻，也不知是被冒犯了还是别的什么缘由，他眼眸轻抬，墨黑色的瞳仁静静凝视着她。

云厘咽了咽口水，有点忐忑。

下一刻。

云厘看到男人举起手，朝她的方向伸过来。

她僵在原地。

在此情况下，云厓还能注意到，男人修长的手指被水打湿。掠过她手背，继续上抬，慢慢地，抵住漆黑的伞骨，轻推。

伞骨从她发梢、耳际，以及脖颈边擦过。

云厓整个人再度被伞面覆盖。

全程不过三四秒。

而后，男人回过身，把车尾箱关上。声响沉闷，淹没在这清脆雨声当中，伴随着无起伏的两个字。

"不用。"

准备上车时，云厓在副驾驶座和后座间犹豫片刻。

何小姐没说太明白，只说这人是工作人员。可能是帮忙来接她的，坐后边把他当司机的话，感觉不太礼貌。她只能硬着头皮选了前者。

灯雨交错，从高处哗哗往下砸，窗上像载满了星星。

云厓系上安全带，从包里抽出张纸，粗略擦掉身上大颗的水珠。

车内悄无声息。

以往她上出租车都坐后头装死，顶多在准备下车时问一句价格。难得坐在陌生人的副驾驶座上，不自在又不知所措，不说话总感觉尴尬。

绞尽脑汁想了想，云厓出声搭话："不好意思，麻烦您过来接我了。"

过了几秒，男人语气淡淡："嗯。"

又陷入沉默。

云厓实在想不到还能说什么，只好假装有事儿干，拿出手机，反复翻着几个常用软件。

开了一段路，男人突然问："送你到哪儿？"

"啊，"云厓坐直，忙道，"阳金酒店。"

"嗯。"

之后男人没再出声。

他似乎也没有丝毫交谈的欲望，除了必要问的问题，其余时候都不发一言，十分自觉地把自己当成了司机。

她今晚遇到的两人，在性格上真是两个极端。一个热情过甚，一个过分冷淡。模样倒是都生得出众养眼。

想到这儿，云厘又偷偷往他的方向瞅。

从这个角度能看到男人大半张侧脸，部分被阴影覆盖。帽子摘了下来，下颌弧线硬朗。额前碎发湿润，遮了几分眉眼。

唇色仍然发白。

这个天他还穿了外套。而且，看着好像还是觉得冷。

云厘收回视线，又假意看风景，忍不住再看两眼。

单说长相，男人是她喜欢的类型。

气质冷漠寡情，显得无世俗的欲望与弱点。看似虚弱，又莫名透出一丝阴狠。

像是路边捡回的、奄奄一息，却随时会反咬自己一口的野狼。

…………

直至到达酒店，安静一路的氛围才被打破。

门口有玻璃雨篷，男人把车停下，丢下"到了"两字就下了车。云厘应了声"好"，仓促拿上东西，紧跟在他的后头。

替她将行李箱拎到门前的台阶上，他朝里头抬了抬下巴："进去就是了。"

云厘："好的，谢谢您。"

男人点头，没再应话。他转身，重新走向驾驶位的方向。

雨不见小，云厘盯着男人的背影，脑海里浮现起他那像是随时要倒下的脸色。她鬼使神差地往前走了一步："那、那个！"

男人脚步一停，回头。

云厘心脏怦怦直跳，把伞递给他："雨应该没那么快停。"

他没动。

"我明天会去 EAW 一趟，"对上他的眼，云厘无端紧张，声音有些发颤，"你到时候放在前台，我去拿就好了。"

怕刚刚撑伞被拒时的场景重演，云厘有一瞬间的退却。

她索性把伞放到车头盖上，飞快地说："谢谢您今天送我过来。"

没等男人再出声。

云厘就已经拉上行李箱往里走。

往前几米，快走到酒店门口时，云厘才敢回头看。

原本放伞的位置水洗空荡。

车子往前开，将雨幕撞得失了节奏。白线在空中飞舞，引导他驶向黑暗。

云厘这才放下心，轻吐了口气。

回到房间，云厘洗完澡倒头就睡。但在陌生环境里，她睡眠质量很差，中途被“鬼压床”了一回，意识昏沉又清醒。

最后还做了个梦，回顾了今晚的情景。

一切照常，但上了男人的车后，再发生的事情却有了不同的走向。

男人没把她载到酒店，而是到了一个荒郊野岭。

在那儿，云厘还见到了机场那个男生。他猖狂大笑，骂她愚蠢，宣告男人就是他们这个犯罪团体的头目。

男人看她的眼神，也变得像在看笼中的猎物，冷血又残忍。

她惶惶不安，想跑。

刚转身就被男人用她今晚借给他的伞捅穿心脏——

然后云厘就醒了。

“……”

梦中的惊恐还延存着，她不自觉地摸了摸胸口。在床上缓了几分钟，意识回笼，她才反应过来这个梦有多荒诞。

良久，云厘拿起手机看时间。

微信上，何小姐把她拉到了一个群里，统一通知大家下午三点在酒店大堂集合。

云厘没再磨蹭，起身洗漱收拾。

她提前了十分钟出门。

到那儿看到沙发上坐着两男一女，只有女人正对她。余光瞥见她，女人立刻起身，朝她打招呼：“你是闲云嘀嗒酱老师吗？”

云厘点头。

闲云嘀嗒酱是她在 E 站注册的账号名。

E 站全称 Endless Sharing，是一个创作与分享的视频平台。前身是个小型的交流平台，后来开拓了视频版块，在线用户渐渐多了起来，网站也逐渐壮大。

大二开学前的那个暑假，云厘闲着无聊便在 E 站发布视频。

开始也只是拍着玩的，没想过会有人看。内容很杂，主打美食，但有感兴趣的素材，她都会随心所欲地录制。

发展到现在，虽不算大火，但陆续也有了几十万粉丝量。

女生就是何小姐，全名何佳梦。两个男人也是 E 站小有名气的 up 主[①]，一个叫知不了，另一个叫费水。

之后一行人上了车。

安排过来的是一辆七座的 SUV，云厘跟何佳梦坐在中间那排，其余二人坐在她们后头。一路上你一句我一句地聊天。

手机振动了下。

云厘点开，是朋友邓初琦发来的消息。

邓初琦：你到南芜了？

云厘：我刚刚差点死了。

邓初琦：？

云厘：梦里。

过了会儿。

邓初琦：我今天差点拿到一份年薪百万元的工作。

云厘：？

邓初琦：可惜他们不要我。

---

① up 主：指在视频网站、论坛上上传视频、音频文件的人。

“……”

云厦没忍住笑了声。

随即，也不知是不是她的心理作用，嘈杂的背景音静了些。她侧头看过去，恰好对上了何佳梦的笑颜。

“闲云老师，你也觉得好笑吧。”

“嗯？”云厦完全没听，心虚道，“嗯……是挺好笑的。”

可能是察觉到她的敷衍，他们也没把话题持续在这上面，没多久就聊起别的事情。

云厦精神放松，却又有些郁闷。

觉得自己就是个冷场王。

…………

EAW科技城开在一个大型商圈里，名为海天商都。离酒店并不远，过去大约十五分钟的车程。

这附近很热闹，沿途两侧都是商业街，还会路过南芜理工大学。赶巧今天是七夕，路上的行人成双成对，熙熙攘攘，充满烟火气息。

顺着窗户望去，云厦能看到一个巨大的摩天轮立在商场楼顶。

EAW的入口在一楼。

今天不是正式拍摄日，只是提前来踩个点，让大家熟悉一下环境，之后好规划拍摄流程，并不硬性要求过来，看每个人的意愿自行选择。

云厦怕落了进度，到时候不知道该做什么，所以并未拒绝。

除了他们，现场已经到了几人。云厦都不太认识。过去打了声招呼，何佳梦便带着他们往里走。

进去之后是前台和检票口，顺着扶梯向下，EAW的玩乐设施占据了上边三层楼的部分区域，与商圈内的其他店面划分开。

因为还未开业，店内没什么人，设备也没开启，何佳梦只大致给他们介绍了下每层楼的项目。

介绍得差不多了，才让他们自由参观。

云厦单独行动，看到感兴趣的项目，就在备忘录里标记一下。完事儿后，她思考着，又开始编辑文案。与此同时，手机再度弹出低电量提醒。

往包里翻了翻，云厘没找到充电宝。

没带吗？

往四周看了看，看到何佳梦坐在同层走廊的休息椅上，云厘走过去："佳梦，你们这儿有充电器吗？"

何佳梦抬头："没有欸，但休息室有。"

云厘："那算……"

"没事儿，我们休息室很近的，我带你过去。"何佳梦看了眼时间，"我们可能还要再待一个小时，你可以在那儿休息会儿，顺便充个电。"

手机没电也不方便，云厘没拒绝："好，谢谢你。"

从 EAW 出来，再走出最近的消防通道，从楼梯往下走到负一层。从旁边的门进去是一段长走廊，能看到几道单开的玻璃门，其中一个牌子上写着"EAW 科技城"。

下边还标明：闲人勿入。

何佳梦刷卡进去。

里头前方和左侧有两扇门，分别是办公室和员工休息室。

两人进了休息室，把灯打开。

左侧的一整面墙都是储物柜，旁边有两个小的更衣室，中间是两张长方形的桌子和一个小型吧台。

空间不小，何佳梦只开了这一侧的灯，里头有些昏暗，但也能看清，最里面有三张沙发，拼成 U 形，周围搁着好几把懒人椅。

何佳梦拿起空调遥控，嘀咕道："空调怎么开着，还三十度……"

云厘："是有人在吗？"

"可能之前有人下来过。今天就几个人过来了，现在都在店里。"何佳梦把温度调低几度，翻出充电器给她，指着其中一张桌子，"你想在这儿充或到沙发那边都可以。"

"好。"

本想陪她坐会儿，但看了眼手机，何佳梦猛地从包里拿出粉饼补妆。

云厘眨眼："怎么了？"

"老板过来了，现在就在店里。"何佳梦兴奋道，"我老板巨帅、巨多金、巨温柔！闲云老师，你也补个口红吧！"

巨帅？

听到这个关键词，云厘问："是昨天来接我的人吗？"

"不是。昨天老板打电话给我，先是温柔地苛责了我一顿，"何佳梦捧心，"然后说找人去接你了，具体是谁我也不知道。我猜应该是我同事吧。"

"……"

苛责还能有温柔的。

"我老板很少过来的，试营业那几天，他也就来了一次，我当时还没见着。"何佳梦说，"今天七夕他还有空，应该是单身。"说完，她笑眯眯地邀请云厘，"你要不要现在跟我一起上去看看？"

云厘被她逗笑："不了，我先充会儿电吧。"

何佳梦也没勉强："你过会儿上去，他应该还没走，那我先回店里啦。"

"好。"

桌子这儿就有个排插，云厘不打算待太久，也没挪到沙发那边，想充到半满就离开。

半晌。

邓初琦发来一条语音："所以你昨天做了什么梦？"

云厘敲字，简单给她描述了一遍梦的内容。

邓初琦："伞还能捅死人？"

邓初琦："这梦真晦气，借的伞还成夺命刀了。你记得把伞拿回来，不然这'凶器'被'凶手'拿在手里，总感觉不太踏实。"

"……"

这话不无道理。

云厘有点迷信。以往做的梦她醒来就忘，但这回像是真切发生过一样，她还能忆起眼前喷溅的血。

拿回来也算是及时抽身吧？

昨天让那男人放在前台了，不知道他今天有没有过来。

一会儿问问何佳梦吧。

念及此，云厘也没心思再充电，收拾东西起身。恰在此时，她听到沙发处传来轻微的动静声，不轻不重。

云厘停住，迟疑地往那个方向走。

走近了她才发现，沙发上躺着一个人。

方才这个位置被椅背挡住了，加上光线昏暗又隔了一段距离，云厘没细看，所以完全没注意到。

男人生得高，这沙发根本塞不下他，束手束脚。他身上盖着条薄薄的毯子，眉头微皱着，看不出是睡是醒。

云厘一眼认出。

是来接她的那个男人。

"……"

她呼吸顿住。

想到刚刚外放的语音，云厘不太确定男人是否听见了。大脑空空之际，更糟糕的事情接踵而来。

——她看到男人睁开了眼。

眉眼清明，不知醒了多长时间。

周围静滞，连呼吸声都清晰了几分。

下一秒，男人收回眼坐了起来，动作不疾不徐，从沙发一侧拿起她的伞。他没有递给她，而是放在了面前的茶几上。

"你的伞。"

仿若上课被老师抓到玩手机，云厘在原地定了三秒，才过去拿。

男人平静地说："谢谢。"

云厘不敢看他，只"嗯"了声。

见他没有再说话的意图，云厘也无法再忍受这尴尬的气氛。她咽了咽口水，支吾地说："那我先上去了。"

步子还未挪动，男人再度出声。声音很轻，如同随口的提醒。

"你这是折叠伞，没法杀人。"

云厘僵住，偏头，与他的双眼再度对上，像是重回梦中的那个雨夜。冰冷、潮湿的雨丝，顺着他接下来的话，毫不留情地往她胸口钻。

"直柄的还有可能。"

"……"

由于问心有愧，云厘只能从这话里听出威胁和冷意，威慑力无异于——

我现在准备杀了你，但我手里的刀不够锋利。

不过没关系，我还有枪。

什么叫直柄的还有可能？

他怎么知道？

他难不成试过吗？

…………

各种细思极恐的念头不断涌起，与此同时，男人还诡异地起身，朝她的方向走来。云厘不知缘由，不自觉地后退一步。

男人却没看她，路过她身旁，继续往前，拿起办公桌上的遥控，将空调调回三十摄氏度。

而后放下，走到吧台旁装水。

发现自己又浮想联翩了，云厘想尽快说点什么来缓解气氛，却来不及过脑："那直柄的，大概要买什么样的，才能杀……"

云厘卡壳，察觉到这话的不对劲。

男人眼没抬，安静喝水。

"呃……"云厘改口，"大概是什么样的，我避着买……"

闻言，男人看向她，视线下滑，停在了她细瘦的手腕上。宛若一台无情绪的机器，对着一堆数据，读出了最直观的结果："你力气不够。"

"嗯？"

"买什么都一样。"

…………

回到俱乐部，云厘还停留在刚刚的状况中。

这么一想，他们的对话好像过于惊悚了。

像刚入门的新手不惧后果，明目张胆地请教惯犯，什么样的伞威力足以杀人。

一个敢问。

另一个也敢教。

再想到临走之前，还十分傻气地来了句"多谢指教"，她就恨不得连夜坐飞机离开南芜。

夏日燥热，随风烧上耳尖，冷气也降不下温。云厘捂了捂脸，却连手都是滚烫的，像在反复提醒她刚刚的丢人时刻。

不远处的何梦佳发现她，喊道："闲云老师。"

云厘从思绪中抽离。

这才发现原本分散的人，这会儿都聚集在二楼中央一个开放式的小型休息区。长弧形沙发，一群人坐在上边聊天，还有几人站在旁边。

整体氛围极佳。

走过去后，何佳梦问她："怎么这么快就上来了，充好电了吗？"

"差不多了。"想了想，云厘又道，"休息室有人在睡觉。"

"谁啊？我刚刚跟你一块儿去的时候没看到呀。"

"昨天接我的人。"

"啊？"何佳梦转头，"老板，你昨天找谁去接人了啊？"

云厘顺着她的视线望去。

沙发的正中心，坐着一个陌生又抢眼的男人。

他上身穿着淡印花衬衫，下搭休闲长裤，眼含笑意，整个人跷着二郎腿往后靠，斯文又温和，连气质都写着"贵公子"三个字。

贵公子挑眉，似是才想起来意："我下去一趟。"

跟其他人客套几句，他起身离开。路过云厘旁边时，停步，彬彬有礼地朝她伸手："初次见面，我是徐青宋。"

云厘愣了下，也抬手："您好。"

徐青宋虚握半秒，松开："昨日招待不周，还请见谅。"

云厘干巴巴道："没关系。"

像是来开粉丝见面会的，随着徐青宋离开，其余人也作鸟兽散。

来时的四人团体凑到一块儿，何佳梦的兴致半分未减。三句不离徐青宋，程度接近被洗脑透彻的传销分子。

之后也没等到徐青宋回来，一行人返程。

快到酒店时，何佳梦跟云厘提起了回程机票的事情。本来是应该直接订往返机票的，但先前云厘用打算在南芜多玩几天为借口，说晚点再给她发日期和航班号。

一拖就拖到了现在。

不过何佳梦也没催她，只让她定下来之后说一声就行。

提及这事，云厘的心情就沉重起来。

她这次从西伏过来，说好听点是为了工作，其实更大的原因是她跟父亲云永昌吵了一架。导火索是，她瞒着云永昌考上了南理工的研究生。

不知从什么时候起，云永昌就特别反对云厘到另一个城市读大学。

高考填报志愿时，他说一不二，硬是让她全都填本地的大学。云厘反抗几次未果后，只好口头应下，背地里第一志愿还是报了理想的南理工。

那会儿云厘想得天真，觉得正式被录取了，云永昌总不会不让她去。看他现在这个态度，当初自己如果真被录取了，他肯定也会狠心地让她复读。

所以也不知道该说这算运气好还是运气差。

差一分她就考上了。

最后云厘还是如云永昌所愿，留在了西伏。本就一直遗憾当初的落榜，所以考研的目标院校，她一开始就定在了南理工。

而云永昌的态度也跟四年前一样，说她从小就在他们眼前，一个女孩子去那么远，他们根本就放不下心。

老一辈对这些也没什么概念，只觉得西伏也不是没好大学，想读又能考上的话，报考本地的也一样。

云厘只能用跟当时同样的方式，假意备考本校的研究生，打算来个先斩后奏。考过了之后，也一直不敢告诉云永昌，每次话到嘴边又开不了口。

母亲杨芳和弟弟云野都清楚情况，也不掺和，看戏似的旁观。

报到时间一天天逼近，心里揣着这个事儿，云厘每日都备受煎熬。

偶尔也会觉得火大，心想着自己都二十好几了，去外地读个研还跟三岁小孩今天能不能多吃颗糖一样被父母管着。

前段时间收到 EAW 的邀约时，因为地点在南芜，云厘便去找在南芜待了四年的邓初琦，问她知不知道这个 VR 体验馆。

恰好邓初琦的室友有亲戚在 EAW 工作，了解清楚状况后，云厘觉得这事儿应该还挺靠谱。加上对方给的条件很好，她本想直接回绝的态度也开始动摇。

下不了决心，后来云厘在饭桌上随口提了一嘴。当时见云永昌反应不大，她感觉时机到了，借着这契机小心翼翼地坦白。

然而云永昌听到这话立刻变脸，大发雷霆，不容她做任何解释，当机立断让她死了这个心。还说要么直接去找工作，要么重新报名本地的研究生。

云厘的心虚全因他这专制的态度而化为云烟，堆积已久的情绪也因此爆发。

她不能理解，委屈又愤怒，没忍住回了句嘴："这是我的事情，我想怎么做我自己会决定。"

战火一点即燃。

云厘也因为一时上头，没再考虑，干脆地给 EAW 回了邮件，接下了这份工作。

被铃声打断回忆，云厘进房间，瞥了眼来电显示，是云野。她接起来外放，把手机扔到床上，端着姐姐的架子，抢先开口："先报明身份。"

少年似是愣了下："什么？"

"你是传话筒还是我弟。"

沉默几秒，云野有些无语："你弟。"

云厘："哦，那说吧。"

"你什么时候回家？顺便给我带点南芜的特产。"

"你要什么，我给你寄过去。"

"你干吗，离家出走啊？云厘你幼不幼稚。"云野说，"都一把年纪了，跟父母吵个架就离家出走，说出去你不嫌丢人？"

云厘不吃他这套："你不说谁知道。"

家里持续了几天的低气压，云野也无端地成了两边的出气筒。他不想蹚这摊浑水了，无奈地问："那你什么时候回来？"

距离开学报到还有大半个月，短时间内云厘不太想回去，免得一遇上云永昌又吵起来。

云厘实话实说："可能不回了。"

云野："啊？"

"反正也快开学了，我懒得来回跑，就当先过来适应一段时间。"云厘开始扯理由，"而且邓初琦也在这边，我到时候还能顺带找她玩两天。"

"你认真的？"

"当然，"越说，云厘越觉得没回去的必要，"好，不是可能。我确定不回了。"

云野不敢相信："你不怕被爸打死？"

"说什么呢。"云厘让他认清局势，"我这会儿回去才会被打死。"

"……"

想明白后，因为不用回家跟云永昌吵架，云厘的心情也瞬间豁然开朗。

云厘一夜好眠，隔天一早就出发。

今天所有人的状态明显跟昨日不同，从酒店大堂出来就举着相机，时不时拍一段。云厘不太好意思在别人面前拍摄，但知了和费水倒是主动过来对着她的镜头打招呼。见状，云厘也少了几分拘谨，弯了弯唇。

进去前，几人找了个能拍到海天商都的位置，旁若无人地开始拍摄。

云厘依葫芦画瓢，在离人群远点的地儿迅速念完文案。

比起体验馆，EAW 更像是个小型的主题乐园。入口装修风格酷炫，带着割裂感。流着星河的背景板，被一道道的白光切开，向天花板蔓延，仿佛能顺着这缝隙进入这个虚幻的世界。

顶上还写了科技城的全称：Enjoy Another World（畅享新世界）。

不同于昨日的冷清与昏暗，馆内设备全数开启，画面璀璨绚丽，让人沉浸其中。

项目有多种类型：惊悚刺激、体验感受、益智解谜以及联机对战等。

EAW邀请了接近二十人，入场之后，导玩员先是组织他们一块儿体验几项多人参与的项目，诸如室内虚拟过山车、5D电影，以及其他各种沉浸感受类的项目。空闲的工作人员都被临时拉来，物尽其用地被当成跟拍。戴上VR眼镜前，云厘看到旁边还有几架无人机，由一旁的人操作拍摄。

她头一次尝试户外拍摄，还第一次看到这么大的阵仗。

结束这些项目，一行人回到二楼。

这一层基本是单人或几人的项目，太空舱、暗黑战车、动态捕捉游戏等等。还有一半的区域是不开放的包间，提供给想要安静体验游戏的玩家。

还没想好先玩哪个，云厘就听到后头传来热情的招呼声。

云厘抬头，是徐青宋。

以及，前两天都见到的那个男人。

尽管他戴了个口罩，但还是能让人轻易认出来。

昨天那短短的时间里，徐青宋就跟许多人打好了关系，此时已经有人主动去与他攀谈打招呼。

不可避免地，云厘又想起在休息室的尴尬，也不想跟男人正面碰上。恰好看到旁边是她标记在备忘录里的项目，名为极限蹦极。

她转头走了过去。

此项目名和样式看着都比其他的刺激许多，但旁边没有导玩员。云厘看了看说明，也不好随便碰，打算等个工作人员过来。

闲着没事儿干，云厘干脆搭了个三脚架，把单反放上去，调整位置和光圈。

这项目看起来像是个秋千，却是升降式的，需要把一套安全设备套到身上。最大限度模拟蹦极的感觉。

一般是导玩员帮忙穿戴安全绳。

几分钟过去了，云厘也没见有穿着制服的人经过。正当她思索着要不要换个项目时，身后传来徐青宋的声音："怎么了？"

云厘回头。

不知不觉间，这两人已经走到这边来了。

云厘有些无所适从，下意识地答："我想试一下这个项目。"

徐青宋轻挑眉，拍了拍旁边的男人的肩膀："该干活儿了。"

男人眉眼怠倦，没立刻有动静。

徐青宋耸肩，解释："这不是缺人手嘛。"

"……"

真是怕什么来什么。

须臾，男人走过来，拿起挂在架子上的安全绳，低头检查着。他没像其他工作人员一样穿统一的制服，而是穿着简单的 T 恤和休闲长裤。

云厘拿不准他是什么身份，也因此有了另一个担忧——她不确定他会不会操作。

男人拎着安全绳，站到她跟前。因为个头高，他稍微弯了点腰，淡声指导着："脚穿进黑色的圈里。"

这个距离靠得很近。云厘难免觉得紧张，也没来得及问话，只照着他的话做。

左右脚都穿过去后，男人把绳子往上收，让云厘把双手也穿进相应的圈里。就着她的体形收紧，而后让她坐上设备。

站在地上时感受不深，但一坐上来，就有种不受控的不安感。云厘盯着男人的举动，他正把她身上的安全绳扣到相应的位置，慢条斯理地检查着。

这个时候，旁边的徐青宋参与进来，笑着点评说：

"挺好，第一次上手就游刃有余了。"

闻言，云厘本因为他得心应手的举动而松弛的情绪又紧绷起来。

什么叫第一次上手？

云厘没太听懂徐青宋的话，犹疑地问："你之前没给别人绑过吗？"

男人："嗯。"

"……"

被他这理所当然的回应哽住，云厘甚至想反思是不是自己过于大惊小怪了。

虽然这个项目高度看着只有两米多，但也有一定的危险性。这会儿云厘也顾不上别的，不得不再次搭话，以求心理安慰："那你上班前有培训吗？"

男人眼未抬："什么培训？"

"就比如，"云厘想不到别的，这会儿也委婉不起来，指向性很强，"这个安全绳要怎么绑才最安全，才能将危险系数降到最低。"

男人听她说完，才道："没有。"

"……"

瞬间，云厘的感觉堪比去真实蹦极，工作人员跟她说，这绳子可能会断，但不一定会断，你可以先试试。

云厘整个人都僵住了："那安全绳没绑好会被甩出去吗？"

男人瞥了她一眼，似是思考了下："我不清楚。"

见这两人都一脸轻松，云厘抿唇，正想着不要自己吓自己时，男人忽然轻点了点安全绳上的卡扣，漫不经心地说："你想试试吗？"

云厘："……"

云厘："嗯？"

眼前的人说的话如同恶魔低语。

不过男人只是这么提了一句，说完就收回手，没有多余的动作。云厘甚至又小人之心起来，有种他因她先前的话怀恨在心，所以借此恐吓她的感觉。

云厘背脊僵直，垂头摸了摸卡扣的位置，检查有没有松开。

与此同时，远处有人喊徐青宋过去。

临走前，徐青宋低笑了声，出声安抚："他就是跟你开个玩笑，你别当真。"随即，转头提醒男人："你干吗呢，尽责点儿，别乱说话吓人。"

男人还顶着一副"敷衍营业"的模样，却也因此对云厘说了句人话："放心，都检查过了。"之后，他指了指旁边的绳子，"一会儿怕的话就抓住这儿。"

云厘点头，犹豫了下，才慢慢把手挪开。

男人从旁边拿起 VR 眼镜，给她戴上："后边有个钮，自己调整一下松紧。"

云厘眼前的画面变成一行远距离的字，还做了被火烧的特效。

男人："清楚吗？"

云厘眯了下眼："有点模糊。"

话刚落，她能感觉到，男人的手抵着她的眼镜，向下一扣。视野也随之清晰了些，云厘抬手，自己又微调到一个舒适的角度。

因为这个项目会上下移动，光是这么戴着，眼镜很容易掉。所以加固了两条带子，扣在下巴处，像头盔的戴法。

戴上 VR 眼镜后，眼前就与现实世界脱节。

云厘也不知道周围发生了什么，有些紧张，只听见男人预告般地说了句"开始了"，场景随之开始变化。

高不见底的悬崖，远处是山岚云雾。

游戏不是一开始就往下跳，还有个缓冲。眼前的 NPC①嘴巴一张一合，像是在说话。之后云厘的视角便是，主人公想跳又不敢跳，磨蹭了许久，在她没反应过来时，猛地一跃而下。

身下的吊椅也开始运作。坠落到底，还因为弹力绳而反复上下。失重感强烈，深邃的大海近在咫尺，随即又猛地上升。

云厘有一瞬被吓得闭了眼，又强迫自己睁开。

她属于那种又怂又爱玩的类型。每次去游乐园，看到那些高空刺激项目都很感兴趣，到入口时，却又没有上去玩的勇气。

而这种 VR 体验项目，云厘知道是虚拟的，实际并不那么吓人，就

_____

① NPC 是"非玩家角色"的简称，泛指一切游戏中不受玩家控制的角色。

想都尝试个遍。

简而言之就是，她的勇气只存在于虚拟世界，一回到现实就全数清零。

项目时间不长，但因为过于真实的感觉，云厘仍然觉得度秒如年。但"劫后余生"后，她又觉得神清气爽，兴奋又刺激。

云厘摘下 VR 眼镜。

男人接过来，替她解开卡扣。

云厘重回地面。她侧头，瞧见旁边有个屏幕，似乎是同步投送她刚刚所见的场景。也就是她刚刚看到的，其他人也都能看到。

听何佳梦说，为制作的视频能呈现出更好的效果，之后这些画面会统一发给对应的人。

云厘道了声谢，想了想，提出了个疑问："这个游戏没有声音吗？"

男人抬眼。

云厘解释："我看到有人物张嘴了，但没听到声音。"

男人也不太清楚，干脆自己戴上。过了会儿，他摘下，把 VR 设备拿在手里瞧："有声音，不过右耳道好像坏了。"

说完，他又确认道："你什么都没听见吗？"

"……"

云厘呼吸一顿。

这还恰好撞到她天生的缺陷上了。

右耳道坏了，相当于只有左耳道有声音。

但她的左耳天生就听不见。

所以什么都没听到。

"啊，是吗？"云厘干巴巴道，"那可能是我刚刚太紧张了，所以没听清。"

"嗯。"

男人没在意。结束了云厘这个"任务"，他又恢复"任何事都不关己"的态度，注意力放到了设备上，安静测试起来。

之后云厘去玩别的项目，再路过这儿时，已经见不到男人的人影了。排除了部分项目，等她把感兴趣的尝试了个遍，也过了大半天的时间。

她算是来的人里精力较充沛的了。

有些人长时间玩会头晕，早已"结束战斗"，此时正在休息区聊天。

找了一个没人的角落，云厘边飞快检查着刚刚拍出来的片段，边在脑海里过了遍到时候该怎么剪辑。

没一会儿，何佳梦找到她，通知了一个消息。

作为东道主，徐青宋想请大家吃顿饭，顺带跟他们正式认识以及送行。听说其他人都已经欣然应下，云厘只好咽回本想拒绝的话，选择随波逐流。

…………

聚餐地点在南芜一家挺出名的酒楼。

EAW 订了个大包厢，里头左右摆放了两张大圆桌。云厘坐到了靠里的位置，左右分别是何佳梦和知不了。

有些人在来之前就互相认识，也有些人一天下来就相得甚欢。饭桌上格外热闹，大多数人都意犹未尽，谈论着各个项目的玩后感受。

云厘最怕这种场合，一进来就假装玩手机。

最后到的是徐青宋和那个男人。

只剩里桌有两个空位，两人走过来。何佳梦眨眼，看到这人，颜狗①属性又冒起："闲云老师，你今天看到这帅哥口罩下的样子了吗？"

今天？

云厘实话实说："今天没见到。"

顿了下，她思考着要不要补一句：但之前见到过。

没来得及说，徐青宋喊了声："小何。"

何佳梦："啊？"

"你愿意换个位吗？"徐青宋观察了下座位，拍了拍男人的肩膀，"他这几天感冒了，这儿是空调风口，让他坐里边去。"

---

① 网络用语，形容对他人外表非常在意的一类人。

何佳梦立刻起身，连声说："当然没问题。"

在云厘还没反应过来的时候，他们就莫名其妙地坐到了一块儿。

本就对这种多人场合避之不及，旁边又换成了一个见过好几次面的陌生人，云厘不知要不要打招呼，更加坐立不安。

她没看过去，低头喝水。

徐青宋没有介绍这个男人的意思。桌上有人跟男人搭话，他静默须臾才回答，似是在确定对方是否跟他说话，但都很简短。

像是横空又出现了个话题终结者。

云厘感同身受，想看看他是不是也觉得懊恼，却又不敢看过去。

没多久，话题的重心又到了徐青宋身上。

云厘也偏头过去，脑子却不合时宜地想到，大家好像都忘了问男人的名字。

没多久，男人摘下了口罩。

前几次见面，不是光线条件不佳，就是角度偏差没看清，再不然就是她没认真看。这会儿近距离看，云厘才发现他的发色有些浅，不知是染了还是天生如此。

往下，依然是挑不出毛病的五官，长相偏混血。

硬件条件十分优越。

云厘突然觉得有点眼熟。

好像在哪儿见过……

没来得及深想，服务员开始上菜。

桌上的菜品各式各样，照顾到了每个人的口味。

不知是胃口不好还是过于挑剔，云厘用余光能看见，男人一顿下来也没吃什么东西，单独要的一份粥只少了一小半。

饭局结束后，有人提议下一场去附近的 KTV 唱歌。

徐青宋笑着应下。

这顿饭花了不少钱，其余人没有让他再买单的打算，提出玩一个小游戏，两桌分别为两组，输的那组买单。

在一堆游戏里你推我拉，最后选了个简单又快捷的传话游戏，叫

"交头接耳"。

规则是，每组派一人给对面组的第一人说一句话，三十个字以内，越拗口越好，之后顺着传下去，声音要轻，不能让第三人听见。

最后一人复述出来正确的字最多的那组，就是胜利方。

云厘心里咯噔一声。随后，又听到更大的噩耗："那就逆时针传过去吧。"

逆时针，从左往右传，也就是左边的男人传话给她。

那她是不是得凑左耳过去……

每组定的句子很快就商量完，从一端开始传话。

他们这桌是徐青宋起的头，到云厘这儿，中间还隔了四个人。传话的速度很快，随着距离拉近，她的焦虑跟着涌起。

虽然左耳失聪对云厘的生活没有多大影响，她也不太在意。

但她并不想把这个缺陷公之于众。

云厘纠结了下，看向男人："那个……"

男人侧头。

她张了张嘴，想说"我一会儿能用右耳听吗"，又觉得过于刻意了，没说完就泄下气："算了，没事儿。"

不知不觉就到男人的次序了。

看着他隔壁的人给他传话，云厘不太明显地侧着身子偷听，却愣是一个字都没听见。

耳语结束，男人看向她。

云厘与他对视，硬着头皮凑过去。

定格几秒。

男人没动，忽然说："过来点。"

云厘愣住："啊？"

这话不夹杂情绪，含意却惹人曲解。饭桌上有人忍不住打趣几声。

男人恍若未闻，手肘搭桌，懒散支颐，宛如洞悉了她的顾虑，视线挪到她右耳上，不咸不淡地重复了一遍。

"靠过来点。"

耳边还能听到小小的起哄声，云厘最怕这种阵仗，仓皇抬眼，瞅见他的视线，下意识抬手碰触了下对应的位置。

她忽然明白过来，却又不大肯定。

但从这眼神，云厘能察觉到，他并没存别的心思。云厘身子偏了偏，试探性地将另一侧往他的方向凑。

男人同时靠近，距离她耳际大约三厘米时停下。气息若即若离，音量压得极低："观自在菩萨，行深般若波罗蜜多时，照见五蕴皆空，度一切苦厄。"

"……"

也许是想让她听清，他的语速不疾不徐。

然而辜负这好意了。

云厘一句都没听懂。

说得再严重点，云厘觉得目前这种状况，跟听不见也没什么区别。

这是什么……玩意……儿！

是佛经吗？

云厘蒙在原地。

旁边等着传话的知不了没忍住笑："你这什么表情？"

她没回答，也不敢再拖。在记忆模糊之前，云厘半猜测半背诵，拼凑出一个勉强说得通的句子。对上知不了也一脸迷惑的表情，她的心里平衡了些。

那应该也没拖后腿吧。

紧张感过去后，云厘才有心思看别人玩游戏。此时才发现，有些人也是用右耳听的。因为这个方向听别人讲话，脸不用朝向众人。

云厘太在意，所以会觉得用右耳听显得很刻意。但对不在意这事情的人来说，他们并不会关注其他人是用哪只耳朵听。

就像她也不会关注别人走路是先迈哪只脚。

思及此，云厘悄悄地看了男人一眼。

所以今天玩那个虚拟跳楼机项目的时候，他就已经发现她左耳听不见了吗？但当时给她留了情面，没有直接戳穿？

男人没注意到她的视线，正低着头，意兴缺缺，单手玩游戏打发时间。

是一个单机游戏，叫 2048，目前最大数字已经合成到 1024 了。

这个时候，话已经传到尾了。

最后一人是何佳梦。她在众目睽睽之下，信心满满地报出答案："观音菩萨想吃波罗蜜。"

"……"

包厢内安静一瞬，又哄然大笑。

何佳梦挠头："怎么了？不是吗？"

"当然不是，小何你怎么回事，这么神圣的句子你给传成这样。"费水乐了，"不过我还挺奇怪，前面怎么传这么快？害得我以为对面出了个短句子，听到时我都蒙圈了。"

徐青宋低笑出声，惭愧又坦然："抱歉，我实在记不住。直接传的《心经》第一段，能背的背一下。"

他之后的几人也憋笑半天了："加一。"

接龙止于男人。

确定目标，话题也没持续太久。大家只当他涉猎广，况且《心经》不长，背下第一段也不足为奇。过了不久，对面桌也结束传话，以一字之差险胜。

众人调侃几句，就开始收拾东西准备离开。

云厘纠结再三，鼓起勇气跟男人搭话："那个……"

男人停顿，抬眸。

他的睫毛细长，眼窝深邃；双眼皮薄，眼尾天生上扬，勾勒出冷漠而凌厉的轮廓；不带情绪时，就带了难以捉摸的震慑力。

"你刚刚叫我靠近点……"云厘有点后悔了，又不得不继续，"是知道……"

——是知道我左耳听不见吗？

接着说就等于报答案，她及时刹住，眼巴巴地看他。

男人没有回答。

云厘讷讷："你怎么不说话？"

男人看她，平静地说："你没说完。"

"……"

云厘换了个问法："就、就是，你刚刚为什么让我靠近点？"

四目对视。

周遭人影纷扰，嘈杂又显得沉寂。就在云厘觉得他下一秒就要点破时，男人把手机放回兜里，随意道："规则，不能让第三人听见。"

这附近刚好有家 KTV。

徐青宋似乎是这儿的 VIP，也不用提前预订，进去就被服务员带到一个派对房。空间很大，三步台阶将其分成上下两错层，再容纳十人都绰绰有余。

酒水、小吃和果盘陆续送上。

几个放得开的已经拿着麦开始嘶吼，点歌台接连被人占据。其余人分成几堆，要么打牌，要么玩大话骰。

还有些跟云厘一样，坐在一旁聊天听歌。

这桌坐了七八个人，好几个云厘也叫不上名。中间位置是徐青宋，正笑着跟人碰杯。刚刚跟他一块儿来的男人已经不见踪影。

她低眼看手机，又有意无意地往周围扫了一圈。

恰在这时，有个女人半开玩笑："徐总，你刚带的那个帅哥去哪儿啦？怎么输了还不过来买单？"

云厘的注意被转移。

徐青宋无奈："身体不适，放他一马吧。"

女人名叫杜格菲，听何佳梦说是某平台的女主播，今天几乎把在场所有男人的微信都要遍了。她托着腮，继续打探："是不是女朋友查岗呀？"

徐青宋不置可否。

杜格菲："没来得及要个微信呢。"

仿若没听懂这言外之意，徐青宋叹惋："那可惜了。"

"……"

杜格菲明显哽住。

桌上有人"扑哧"笑了声。

云厘压着唇角，也有点想笑。但过后，心情又平白低落下来。

这情绪不知从何而来，像棵被暴晒的含羞草，蔫头耷脑，丧失精气神，又像是想投入许愿池的硬币落空。

过了会儿，何佳梦凑到她旁边，小声问："闲云老师，你想去厕所吗？我不太想用包间的坐厕。"

云厘回神："有点，我跟你一起去吧。"

从包间出来，走廊的灯光昏暗，灯仿佛被糊了一层布。没几步就有个公共卫生间，进入之后，布也随之被掀开。

解决完，云厘出来洗手。

何佳梦已经在外头了，突然问："你耳朵怎么这么红？"

闻言，云厘看向镜子。

何梦佳打量了下，又道："而且只有右边红。"

"……"云厘也才发现，"我不知道。"

"是不是，"何佳梦嘿嘿笑，"刚刚那帅哥传话离你太近了？"

云厘忙否认："不是。"

何佳梦压根儿不信，继续道："那帅哥像个冰山似的，你看别人跟他搭话都聊不上几句，没想到还会主动撩妹。"

云厘招架不来，只好扯开话题："你不认识他吗？"

"不认识，可能是我之前一直在总部，没怎么过来。"何佳梦说，"我刚刚听同事说，今天早上在店里也看到他了。"

"嗯？"

"好像是老板的朋友，前几天就过来帮忙了，之后也会在 EAW 工作。"何佳梦乐颠颠道，"我有眼福了。刚刚看到他摘下口罩，我旁边还坐着我老板时，我恍惚间都以为自己身处天堂。"

"……"

"不过说实话，我又有点担心。"

"什么？"

"你不觉得这帅哥看着挺难相处的吗？这种'关系户'，基本上也不会好好工作。"何佳梦补充，"而且蛮阴沉的，有点吓人。"

云厘不自觉地替他说话："徐总不是说他身体不舒服吗？可能就不太想说话。"

何佳梦："对哦，我忘了。"

…………

大多数人的航班都订在明天，所以这第二场没持续太久。

回到酒店，云厘洗完澡出来也才刚过十二点。她疲倦地躺到床上，满足地抱住被子，只想这么睡到天昏地暗。

果然还是觉得社交好累。

也不知道她怎么会跟着去 KTV。

良久，云厘睁眼，盯着白花花的天花板，忽地抬手摸了下自己的右耳。

不烫了。

隔天醒来，云厘跟何佳梦说了自己短时间内不回西伏的事情，让她不用订机票了。

何佳梦表示明白，而后给她续了一周的房。

云厘今天没什么事情干，磨磨蹭蹭起床，点了份外卖。想了想，她给邓初琦发消息，问什么时候有空一起吃个饭。

下一秒，邓初琦打了个电话过来："我在吃饭，懒得打字就直接给你打电话了。你几号回西伏呀？"

"我应该不回了。"

"啊？为什么？"邓初琦有点蒙，"你不是月底才报到吗？"

"离家出走"这词确实丢人，云厘不好意思说出口："反正回去也没什么事儿干，不如先过来熟悉一下环境。"

"哦哦，那你要不要来跟我一起住？"邓初琦说，"我室友人很好的，就是我的房间有点小。"

云厘："不用，我酒店的房还有一周才到期。而且我打算先租套房子，我这两天看了下租房网，有一套感觉还挺好的。你到时候陪我去看看？"

邓初琦："好呀！周末行不？我周末都没事。"

云厘弯唇："行。"

邓初琦又问："不过你不住宿吗？"

云厘："住，但我偶尔要拍视频，得找个地儿。不然会影响到舍友。"

两人聊了一会儿，挂电话后，云厘边吃外卖边看一部老剧。

一看就是一下午。太阳刚落山，云厘就收到了何佳梦的消息，说是把她昨日试玩的项目所对应的视频发到她邮箱了。

云厘回了个"好的"。

如果要租房子的话，接下来应该还挺忙的。

云厘想先把片子剪出来。她把相机的 SD 卡拔出，跟电脑连上，粗略翻看自己之前拍的片段，看到 VR 蹦极那段时停下。

当时项目结束后，云厘把安在三脚架上的相机落在那儿了，走到半程才记起来。这段视频还把她离开后的一段场景录进来了——

杜格菲过来跟他搭话："我也想试一下这个游戏，怎么玩呀？"

男人这次连敷衍营业都懒得了，盯着手里的 VR 设备，无波无澜地道："找工作人员。"

随即就是云厘回来拿相机，杜格菲也没多言，直接走了。

"……"

这确实对应上何佳梦所说的，关系户基本不会好好工作。

不知出于什么心思，云厘拉到前边，又看了遍男人给她绑安全绳的那一段。虽然知道男人应该是没耐心了，但她莫名还是有种被区别对待的感觉。

接着，她才故作镇定又不在意地打开邮箱，将何佳梦发来的压缩包下载。等了段时间，解压打开。

这些片段，每个还标注出了项目名，方便她贴给对应的视频。瞥见其中一个视频的缩略图，云厘顿了下。

不知道是不是何佳梦手抖放进去了，这并不是她所玩项目的片段。

而是她刚刚才盯着看了许久的男人的面容。

没有戴口罩的。

云厘舔了下唇，点开。

他似乎是不小心按到了录制键，没看镜头，手里拿着遥控，看起来像是在调试，又像是在漫不经心地把玩。

画面忽高忽低。一下子传到几米高的位置，贴近天花板，能清晰地看到周围的游戏项目；又一下子降到底，只能看到地板的纹路。

云厘突然反应过来。

这好像是之前在店里看到的无人机拍的。

视频的最后，似乎旁边有人喊他，男人突然停住动作。几秒后，视角从半空降回地上。片段也到此为止。

因为这个举动，男人的模样越发眼熟，在脑海里的印象也愈加清晰。

回想到某个一闪而过的点，云厘豁然开朗，猛地打开 E 站，翻到自己很早前收藏的一个视频。

这最早是发在 E 站的交流帖里，后被人"搬运"到视频区。

是之前的一届全国大学生机器人大赛。视频是剪辑过的，将其中一人的镜头提炼出来。

少年俊朗高瘦，穿着黑色队服，袖子上扣了个月亮的徽章。后背印有西伏科技大学的校徽，以及队名：Unique。

他手握遥控，专注地操控眼前的机器人。

宣布胜利时，旁边几人跳起来欢呼。

少年生得极好，却不苟言笑，沉着地站在一旁。气质温润清朗，不似现在这般阴沉。而后，其中一人用力地抱住他，他皱眉挣扎了几下，最后也不受控地笑起来。

是轻狂热烈、不需要掩饰情绪的年纪。

跟刚刚视频里的男人，重合在了一起。

是同一个人。

又不像是同一个人。

这个视频当初在网络上小范围火了一番。后来，少年还被人发现是跳级上的大学，参加比赛的时候才十五岁。

开挂一样的人生。

当时视频底下有各种评论。其中最火的一条，是因少年戴的月亮徽章，衍生出的一句戏言——原来人间也有月亮。

看到这视频时，云厘也十五岁，刚上高一。那会儿她成绩中等，却意外压线考上西伏最好的高中；内向寡言，努力却又能力有限，被同班同学的优秀压得喘不过气。

也渴望身怀天赋，落于不凡。

少年在这个时候入了镜。

成为了她年少时，短暂崇拜敬仰过，且迫切想成为的存在。

时隔多年，网络热度昙花一现，痕迹却还残留。

将这些信息敲入搜索框，云厘还能找到当初高考成绩出来后，少年接受的采访。旁边配着一张随手拍摄的照片。

少年看向镜头，眉目青涩，拥有凡世俗尘皆打不败的意气风发。

下方标注了一串文字——

南芜市 2008 年理科高考状元，傅识则。

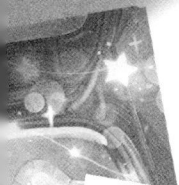

"你叫什么名儿？"

"什么？"

"你的名字。"

"哦，我叫云厘……

"……厘。"

第二章

EAW 比较适合你

连着几日小雨过后，八月下旬，许久不见的晴天总算露了个面。

艳阳高照，世界被阳光镀了层金，柏油路仿佛要烧起来。眼前时不时有小虫子飞过，蝉声嘶哑连绵，了无止境。

云厘觉得自己要被晒化了。

跟邓初琦碰面后，她们也没心思挑店，直奔隔壁的海天商都。

两人随意进了家馄饨店。

"这个破天气，就是要把人活生生烤了。"吹到空调，邓初琦才感觉活过来了，"我真待不下去了，还是西伏好，在西伏我就没感觉有这么热。"

云厘否定："那是因为你太久没回去了，西伏也这么热。"

"是吗？行吧。"邓初琦说，"唉，真希望南芜能下一个夏天的雨，前几天的气温就非常 Nice。"

"那南芜得被淹了。"

"不然就一直别出太阳！"

"你怎么还见不得光。"

"……"邓初琦受不了了，探身去掐她的脸，"云厘，你说你这人多爱抬杠！我今天过来就应该带根针，把你的嘴给缝上！"

云厘吃痛地往后躲，笑着求饶："我错了，我错了。"

邓初琦这才勉强收手。吵闹过后，她盯着云厘的脸，不由得感叹："我记得最开始对你的印象是，这女生虽然长得好看，但怎么这么高冷，是不是在跟我装？"

云厘瞥她："说话注意点。"

邓初琦："结果熟了才发现，你之前话少可能只是一种保护自己的手段。"

"嗯?"

"以免得罪多方,被人暗杀。"

"……"

服务员正巧端了两碗馄饨上来。

邓初琦倒了一勺辣椒,突然想起来,指了指上边:"对了,那个 VR 体验馆好玩吗?之前试营业我就打算去的,但我忙到忘了。"

"我还挺喜欢的。"云厘如实说,"本来接了还有点后悔,但去了之后觉得还挺赚,又有钱收又能玩。"

邓初琦好奇:"除了你,他们还邀请了谁啊?"

绞尽脑汁想了半晌,云厘报出还记得的几个名字。其中一个邓初琦听过,她就立马激动地说起之前吃过的关于这个人的瓜。

云厘听得津津有味,并点评:"感觉是假的。"

过了会儿,邓初琦又问:"就这几个吗?还有无?"

云厘思考了下,实在想不起来了。对着邓初琦期待的表情,脑海倏地冒起前天在网页上搜出来的"傅识则"三字。

她动了动唇,犹豫着问:"你记得我们高中时,有个视频在 E 站小火过吗?"

邓初琦:"什么?"

"就是那个什么,"云厘不好直接提名字,憋了半天才憋出句,"……人间的月亮。"

"月亮?"邓初琦一脸茫然。

"就是西伏科大那个……"

"噢!是西伏科大那个天才吗?"提到关键词,邓初琦立刻反应过来,"我想起来了,我高中第一次去你家的时候,还看到你像供奉似的,把他的照片贴在墙上——"

"……"

还忘了有这么一茬。

年少时做的糗事被提及,云厘双颊发烫,打断她的话:"行了行了,吃饭吧。"

邓初琦乐不可支："怎么突然提起这人？我都忘了他长什么样了。"

云厘稍顿，过了几秒后才回答："我好像见到他了。"

"啊？"

"但我不太确定，是不是一个人。"

这其实跟她这次去 EAW，见到几个之前只在屏幕上见过的博主的事儿差不多。但相较起来，遇见傅识则所带来的情绪，肯定更为强烈些。

毕竟是她崇拜过的人。

云厘只是心里略微觉得有些怪异。怪异在哪儿，她也说不清。

是没把人认出来，还是因为始料未及地，见到了个本以为自己这辈子都不会遇见的人。

算起来也过了七年了。

少年又高了一截，五官也长开了些，增添了些时间堆砌出来的、无法伪装的成熟。模样跟从前无甚差别，最迥然不同的，应该是他展现出来的气质。

跟她想象中的，有了很大的偏差。

这几次见面，他表现得都有些孤僻不合群。

她本以为这样的人，应该是人群中的焦点，是众星围绕的月亮。有风度也懂分寸，对待人与事都游刃有余，知世故而不世故，执着又坚不可摧，强大且百折不挠。

不该是像现在这般，光芒像是被蒙了层灰，与黑夜融为一体。

沉默而枯朽。

云厘分神片刻，无端想起了他躺在沙发上睡觉的画面。男人微微蜷缩，身材瘦削，隔着衣服能看到蝴蝶骨凸起的轮廓。

颓残，脆弱，又不堪一击。

"那可能就真的不是一个人，说不定只是长得像。"邓初琦也没放在心上，"我记得这个天才好像跟咱一样大吧？这过了好几年了，也不一定还长视频里那个样。"

云厘反应过来，笑了起来："说的也是。"

这么一想，她"脑补"得似乎有些过头。

就算真是同一个人。

他也可能只是因为这几天感冒了，才无精打采。

附近小区不少，新旧皆有。云厘手头不太差钱，选择了邻近环境治安最好的七里香都。对面就是海天商都，距离南理工也不到十分钟的路程。

饭后，云厘再次跟中介联系，确定了时间便拉着邓初琦一块儿过去。

房子一室一厅，家具齐全，卫生也搞得干干净净。

邓初琦刚签过租房合同，经验稍多点，全程都是她在跟中介沟通。房东的要求是必须住够一年，交三个月押金。

云厘觉得也不算不能接受，很快就定下，约定好第二天签租房合同。

邓初琦回家后，云厘上网找了个保洁给房子大扫除，又陆续在网上买了不少生活必需品、拍摄设备和小物件等填补空间。

在酒店房间到期的前一天，云厘正式搬了进去。

等云厘把房子收拾好，天都已经黑了。她后知后觉地感觉到饿，想起上回过来复试时，她在南理工旁的一条小吃街随意打包的一个炒粉干，味道意外地十分不错。

后来回西伏，吃了几家店总觉得差点意思。

想到这儿，云厘翻了圈外卖，却没找着。

应该是这家店没有外卖服务。

云厘看了眼挂钟，十点出头。顺着窗户往外，还能看到灯火通明的海天商都。

时间不算晚，加上馋虫冒起，云厘激起了一种今日吃不到不罢休的感觉。干脆回房间换了身衣服，拿上钱包出门。

凭着粗浅的记忆，云厘出小区，过马路，顺着海天商都一直往前走。路上，她看到几次有人在马路旁烧纸。

云厘疑惑又不安，拿出手机看了眼。

才发现今天是中元节。

"……"

云厘头皮发麻，瞬间后悔出门。但已经走了大半的路程，也不好无功而返。

云厘继续走，穿过一个广场，再过条马路，就到了那条熟悉的小吃街。

路灯亮堂，往来行人也不少。她随之松了口气。

先前云厘是为了一家网红奶茶店过来的，出来没几步就能看到那家炒粉店。此时她也不太记得具体位置了，只记得还挺偏的。

云厘打开导航。

顺着往前百来米，不知是不是延迟，接下来导航上的路线歪歪扭扭的。提醒她的方位，是让她穿过一条巷子。

里头漆黑，地也湿漉漉的。十来米就是个转角。

从这儿过去，右转再左转，就是另一条街道。

路程也不远，云厘鼓起勇气走了进去，刚转弯，就听到前边传来男人们嬉笑打诨的声音，抬头的同时，闻到了铺天盖地的酒味。

视野里出现了两个男人。

一个染着浅蓝色头发，锁骨处还文了一串含义不明的英文字母；另一个穿着背心，露出手臂上大块的肌肉。

昏暗又偏僻的巷子。

这个场面，云厘不免发怵。她不敢跟他们对视，镇定自若地继续往前，没走几步就被蓝毛堵住："咦，小妹妹你好啊。"

云厘警惕地后退。

另一侧的大块头调侃道："大丰，你耍什么流氓啊。"

"我哪儿耍流氓了？"蓝毛醉醺醺的，大着舌头说，"我，我就打个招呼！"

云厘想绕开他们，但巷子窄，被两人堵得无出路。怕显得太胆怯会让对方更加过分，她轻声说："您能让一下吗？我想过去那边。"

蓝毛涎皮赖脸："行啊，我让你过去，你一会儿陪我去吃个夜宵。"

"……"

"行不行啊，小妹妹？"

"好。"怕惹恼他，云厘不敢拒绝，只能扯理由拖延时间，"你先让我过去可以吗？我还得去买个东西。"

蓝毛耸肩，侧身腾了个地儿。

巷子旁的几家店都已经关门了，左侧空荡荡的，像进入了一个无人之境。另一边，几米开外昏暗的路灯下，有个男人站在旁边，低着头抽烟。

他背着光，面容苍白无血色，看着阴沉又诡谲。

像个借助鬼门，在深夜进入人间的异域孤鬼。

云厘心脏一跳，几乎是立刻就看清了他的脸。

是傅识则。

本来以为不会再见面了。

在这个时候，他似乎也听到动静，抬头看了过来。

不知道后边两人会做出什么事情来，云厘不想贸然出声激怒他们。她抿着唇，眼里带了点求助的意味。

两人目光对上不过一秒。

傅识则别开眼，像没看到似的，吐了口云雾。

云厘僵在原地。

一时间没敢相信，他的举动所表达的含义。

——他并没有打算帮她。

后边的蓝毛开始催促，没什么耐心地嚷嚷："让你过来了，吃夜宵去啊妹妹，怎么不动？出尔反尔——"

云厘声音发颤，忍不住喊："傅、傅识则！"

话音落下，空气仿若凝固住。

连蓝毛的架势都像是虚了几分，也随之安静下来。

似漫长却又短暂的沉默过后，傅识则偏头，懒散地招招手。云厘燃起了希望，以为是朝她做的手势，正打算过去。

哪知下一秒，一旁的蓝毛走了过去，纳闷道："哥，你认识啊？"

"……"

云厘大脑一片空白。

前些天做的那个已经模糊了不少的梦，在这一瞬间又变得无比清晰。

机场的那个男生嗤笑着，在她耳边吼的话再次回荡："傻了吧！没想到吧！他是我们组织的头目！"

傅识则不置可否："你干吗呢？"

蓝毛表情理所当然："我就让她去陪我吃个夜宵，啥也没干啊。"

"陪你吃夜宵……"他漫不经心地重复了一遍，而后看向云厘，"你愿意去吗？"

天高星远，风干燥绵长，吹过许久还留有余热。

那一刻。

云厘也不知道从哪儿来的勇气，摇了摇头。

傅识则轻"嗯"了声，替她转告："她不想去。"

蓝毛的酒似乎还没醒，闻言想说说理。没来得及出声，就被傅识则推了下肩膀。他踉跄两步，险些摔倒，回头。

"你吓着人了，"傅识则轻描淡写地说，"过去道个歉。"

"我道你妈——"蓝毛想发作，对上他的神色后又消了气焰，"我道，道……道歉就道歉嘛，哥你推我干什么……"

他不甘又不愿，看都没看云厘，语速飞快："不好意思咯。"

像是生怕被人听清。

傅识则没给他蒙混过关的机会："再说一遍。"

蓝毛只好一字一顿地说："不好意思。"

傅识则低哂："道个歉不好意思什么？"

"……"蓝毛唇线逐渐绷直，盯着他，"对不起。"

"眼睛长我身上了？"

"我……"蓝毛深吸了口气，也不想没完没了地道歉，老老实实地对云厘说，"对不起，我这会儿脑子不太清醒，也不知道为什么会做出这种事情。你别往心里去。"

云厘心有余悸，含糊地应了声。

"则哥，你咋还没回去？"大块头出来打圆场，"你可别抽烟了，感冒不还没好吗？"

"嗯。"

大块头又道："这小子就是喝醉了，等他酒醒了就知道错了。"

蓝毛不悦："我哪儿喝醉了？"

傅识则没搭理："回去吧。"

觉得全世界都与自己为敌，蓝毛委屈地碎碎念："本来就是这女的刚刚说，我让她过来就——"

没说完，嘴巴就被大块头捂住，只能发出唔唔的怪叫。大块头轻而易举地拖着他，重回小巷里："哥，那我们就先走了哈。我带他醒酒去。"

这两人走后，本就偏的位置更显冷清。

云厘想问他跟他们是什么关系，却又觉得过于冒昧。站了片刻，她握紧袋子，主动说："谢谢你。"

没得到回应，云厘进退两难，踌躇着要不要道个别。

傅识则忽然问："你刚喊我什么？"

"啊？"不明其意，云厘也不敢不回答，"傅识折？"

"则。"

"什么？"

"傅识则。"

"……"云厘还是没懂，跟着念，"呃，傅识折。"

傅识则把烟摁灭："把舌头捋直了说一遍。"

云厘猛地明白过来，涨红了脸。

西伏人的平翘舌不分，云厘的视频常被粉丝指出这点。后来她有刻意地去调整过，但有些字眼总是分不清楚，甚至听都听不出区别。

她嘴巴动了动，声若蚊蝇地开了个头，没好意思说下去。

不过傅识则只是提出她的错误，并不像对待蓝毛那般揪着不放。而后，他若有所思地问："你怎么知道我叫什么名儿？"

"……"被这话点醒，云厘在短短几秒内，在脑子里搜刮完，万分之一万地肯定，前几次见面他都没有自我介绍。

云厘不可能照实说，我特地在网上搜过你，通过这得来的消息。

这不变态吗？

她磕巴地解释："我听、听 EAW 的人说的，说你是他们的新同事。"

这个理由合情合理，傅识则点头。瞥了眼时间，他随意道："过来这边干什么？”

云厘小声：“想买份炒粉干。”

傅识则没多问：“嗯。”

“不过算了，”虽然方才没出什么事，但云厘此时还是有些不安，“好像有点偏，我还是回去叫个外卖吧。”

沉默了两秒，傅识则问：“在哪儿？”

云厘下意识指了个方向。

傅识则：“走吧。”

“……”

说完，也不等她回应，他抬脚便往前走。

看着傅识则的背影，云厘心跳的速度莫名加快，顿了会儿，才小跑着跟上去。

炒粉干店开在其中一条小巷子里。位置虽偏僻，但到这个点，顾客依然很多，看着像是附近的大学生。奶茶店还开着，一时热度过后，门前生意已不如前。

他们的话都不多，等待期间没有多余的交谈。

十分钟后，云厘接过打包袋，两人走了出去。

沿着这条街道，一路往前，直到马路边。对面是云厘来时的广场，此刻还有人在跳广场舞、玩滑板，没半点冷清的气息。

傅识则停在这儿，说：“早点回家。”

“啊？”云厘慢一拍，“……哦，好。那我先回去了。”

走了几步，云厘没忍住回头。

他还站在原来的地方。

男人眉目漆黑，肤色苍白，透着股冷意。人生得高，套了件白色短袖。身材瘦削，像棵卓立的孤松，却又不显得单薄。

一时间，有什么东西冲破了牢笼。

有朵迟迟不愿意发芽的花，在无人察觉的地方破土而出。胆怯又渺小，却也会受到月光的引诱，选择踏上人间，一窥究竟。

云厘忘了自己惧怕社交，忘了自己向来都对生人抱着避犹不及的态度。这一刻，她的脑子里只有一个念头。

如果现在她不往前一步，这可能就会是他们之间的最后一面。

可她希望。

还能有下一次见面。

云厘咽了咽口水，掌心慢慢收拢："那个，我，我能跟你要个联系方式吗？"

傅识则抬眼。

头一回做这种事情，云厘手足无措地解释："我听他们说你感冒了，我知道一个牌子的感冒药还挺有效的，想推荐给你……"

他没立刻回答，似是在等她说完。

片刻，傅识则平淡地说："谢谢，不用了。"而后，他沉吟须臾，又补充，"忘了说，希望我朋友的行为不会影响到你。"

很简单的一句话，瞬间将云厘的遐想与曲解打破。

她不需要深想，就能理解他的言外之意。他先前的举动，并不是对她存有别的想法。

仅仅是因为，他的朋友今晚做了冒犯她的事情。既然也道了歉，就该是有作用的道歉。

他不希望因此影响到她本来的计划。

漫长无垠的夜晚，繁华又荒凉的街道，马路将世界切割成两半。耳边仿若与周遭断了线，有尖锐的鸣叫，接连坍塌。

无法控制的难堪涌上心头。

云厘勉强地笑了下，低声说："没事儿，那算了……希望你感冒早点好。"

扔下这句，云厘连道别都忘了说，只想快些离开这个地方。转头的一霎，她鼻子泛酸，看了眼来车方向，快步穿过马路。

…………

回到家，云厘踢开鞋子，把袋子扔到餐桌上。三步并作两步走到客厅，浑身无力地躺到沙发，整个人往下陷。

想当没发生过任何事情，眼前又反复地回旋着傅识则的神色。

从始至终没有一丝的波动。

就好像，今晚因他而生的莽撞与退却，都仅与她有关。就连拒绝时，他都不会因可能会伤害到她，而抱有任何的歉意。

因为完全不在乎。

用抱枕盖住脸，云厘用力地抿了下唇。

好丢脸。

好狼狈。

她为什么要做这种事情。

云厘急需找人倾诉，急需有人能与她共情，但又不想跟任何人提及。良久，她拿起手机，打开网页开始搜索——"跟人要微信被拒绝了"。

很多人有同样的经历。

看起来是一件司空见惯、不足挂齿、无须在意的小事。

但不论怎样，大部分人都还是会因对方连进一步了解的兴趣都没有，而怀疑自己是不是真的有那么差。

翻看了很长时间其他人的故事，云厘才堪堪恢复。没再伤春悲秋，她蔫巴巴地坐到餐桌旁，打开那份被她搁置许久的炒粉干。

她咬了一口。

已经凉透了。

云厘咽下，丧气地嘀咕："我的心都没你这么凉。"

把饭盒拿到微波炉加热，等待的时间里，云厘打开 E 站。这段时间事儿太多，她之前请了个假，已经几个星期没发视频了。

底下的评论都是在嗷嗷待哺，恳求失踪人口回归，还有人给她起了绰号。

云厘被几条评论逗笑，想了想，敲字发了条动态。

闲云嘀嗒酱：别再喊我咸鱼嘀嗒酱了，跪谢大家。周六晚更新。

刚发出去，就刷出来几百条评论。

云厘翻了翻，发现除了催她更新之外，还有提醒她拖欠的五十万粉丝量的福利还没给。先前征求了一些意见，让她拍各种主题的视频，五花八门到让人眼花缭乱。

但反响最高的，是让她直播。

云厘直播的次数很少，头一回是觉得新奇，播了几分钟就匆匆下线。她感觉自己的临场反应很差，直播效果也会显得无聊，所以一直也不太愿意玩这个。仅有的几次都是被粉丝怂恿的。

但不知为什么，他们好像都很喜欢。

注意到时间已晚，人应该不多。而且云厘这会儿情绪不佳，也想跟人说说话。犹豫着，她回到客厅沙发，对着摄像头观察穿着和角度，确认无误后，点开直播。

下一秒，用户一拥而入。

云厘调整好状态，打了声招呼。盯着屏幕，开始念弹幕并回答："怎么突然直播了？——哦，这算是百万粉丝量的福利之一，我提前彩个排。"

"背景怎么换了？"云厘打开饭盒，干脆搞起吃播，边吃炒粉干边说，"我搬家了，还没整理好。之后再弄个好看点的背景。"

"吃的什么？——炒粉干。"

"好无聊啊，搞个才艺表演表演呗，不然直什么播。"

云厘也不在意，淡淡地说："没有，你换个直播间吧。"

"怎么感觉咸鱼今天很自闭？——你感觉错了。"

这话一出，弹幕上又成群结队刷屏玩哏：是自闭，不是至闭。

"……"云厘立刻联想到今天傅识则的纠正，深吸口气，十分肯定她不至于连这个词都平翘不分，"你们不要颠倒黑白，我说的没有错。"

接下来，弹幕给她发词语、绕口令等，仿佛要来给云厘的普通话做一次魔鬼训练。

可能是想陪粉丝闹着玩，也可能是想为自己争口气，云厘每个词都好好念了一遍。有的词语还会临时起意、即兴发挥，造一些无厘头的句子。

就这么过了十来分钟。

云厘吃完炒粉干，一扫屏幕，在源源不断的弹幕中抓取到一个词语。

——实则。

从糖水店出来，傅识则兜里的手机响起。

拿出来，他瞥了眼来电显示，摁下接听。那头传来徐青宋的声音："人呢，我车都取完了。"

傅识则："出来了。"

"行，过来车站这儿。"

"嗯。"

傅识则挂断电话，拎着个袋子，再次走出街道。找到徐青宋的车，上了副驾驶座，把袋子搁到一旁。

徐青宋边开车边瞧："你这买给谁的？"

"我爸。"

"这点老爷子还没睡呢？"徐青宋随口道，"那你现在回北山枫林，还是跟我去个地儿？"

傅识则耷拉着眼，模样困极了："不去。"

徐青宋摇头，叹息："你这性子，居然还挺招姑娘喜欢。这几天我收到好几条消息，都是找我要你微信的。"

傅识则像没听见似的。

见他恹恹不振，徐青宋也没再多言，伸手把手机导航关掉。与此同时，屏幕顶部弹出个 E 站的推送：您关注的 @闲云嘀嗒酱于 15 分钟前开启直播。

徐青宋手滑点到。

他没察觉，直至密闭而沉静的空间倏忽多了些杂音，徐青宋不自觉地看向手机，才发现屏幕显现了个有点眼熟的女生。

先前为 EAW 做宣传的人选，何佳梦给徐青宋过了一遍，还给了他一个账号，关注列表都是这次到来的 up 主。

为彰显负责，徐青宋登上了账号，却又懒得看，只扫了几眼。然而这软件时不时就有推送，他这段时间已经误点几次了。

徐青宋刚想关掉，一顿，突然发现："阿则，这不是那天坐你隔壁的那个姑娘吗？"

听到动静，傅识则眼皮子掀了掀。

他看到前不久才见过的女生，此时又出现在徐青宋的手机屏幕里。

她坐在沙发上，还穿着刚刚的衣服，脸小肤白，上镜跟现实没多大差别。

女生眼睛大而明亮，直视镜头，比在他面前少了些拘束感。

随即，女生出声，不明其意地重复着一个词："实则、实则……"

三更半夜，鬼节，冷静空旷的街道，失手不经意点进的直播间，以及耳边还回荡着，一进直播间，主播就叫魂般反复念着与同行人名字同音的词。

"……"

这场面略显诡异。

徐青宋沉默了下："她怎么像在喊你的名儿？"

没等傅识则回话，女生结束了她的"复读机"模式。而后，她盯着镜头，飞快地说："他看似是一匹狼。"

停顿，慢吞吞地又憋了几个字："——实则是一条狗。"

车内陷入了沉默。

三秒后，徐青宋反应过来。他只听清后半句，侧头问："你被骂了？"

傅识则没懂："什么？"

"她说你是一条狗。"

"……"

说完这句话，云厘也意识到了不妥。

本来是因为今天一直没读对这个词儿，练习的时候也不确定自己发音准不准确，所以就多念了几次。后来的造句也是因为先前都走了这流程，就顺水推舟。

没料到会说出这句话。

粉丝不会感觉到不对劲儿，但她做贼心虚，总觉得这话"内涵"的意味十分明显。毕竟傅识则无论同意还是拒绝，都是他的选择，无人能指责。

而她这行为就显得小肚鸡肠又气急败坏。

云厘很惭愧，欲盖弥彰地补充："这话没什么含意，我就是造个句。"

随后又播了几分钟，就匆忙地下了线。

房间内很静，只有空调呼啦响着。

这小插曲过后，云厘难免为这背地里"骂人"的事情惶恐，却只是一阵。很快她就想通了，高悬的心也落了地。

因为云厘确信。

一个明显对她不感兴趣的人，不太可能有闲暇去看她的直播。

…………

勉强算是受了"情伤"，云厘一连几日都提不起劲儿。直至收到何佳梦的消息，她才反应过来，今天 EAW 正式开业了。

这段时间，云厘唯一做的正事就是兑现了承诺的更新，也就是把探店 EAW 俱乐部的视频发出去。从何佳梦的反应来看，视频宣传的反响似乎很好。

她的心情也因此好了不少。

聊着聊着，何佳梦还给她发了几张开业仪式的照片。前些天何佳梦邀请过云厘，但她不太想去，便找了个理由推托了。

云厘划拉着看，发现其中混了一张傅识则的。

他穿着 EAW 的黑色衬衫制服，坐在其中一张办公桌前，靠着椅背闭目养神。看上去应该是偷拍，有些模糊。

何佳梦：有张手抖发出去了，哭。

何佳梦：他真的好帅！

何佳梦：不过看起来好踱好阴沉好冷漠，我也是不敢找他说话。

提到这人就会联想起那日的事情，云厘在抑郁到来前扯开话题：那你们今天是不是很忙呀？

何佳梦：是的，现在还有很多人在排队。

何佳梦：我快累死了！刚刚还被拉到楼下帮忙！！

没说几句，何佳梦就继续工作了。

云厘百无聊赖，看别人这么努力，也不想再这么浑浑噩噩下去。想到过两天就要去学校报到了，她想在那之前把下周的视频拍出来。

恰好刷到了个毛巾卷，看着令人垂涎欲滴，云厘当机立断把主题定为毛巾卷盛宴。厨房材料齐全，她没拖延，直接爬起来干活儿。

就着教程，按自己的口味调整配方，架起摄像头，云厘开始制作。

她很喜欢烹饪的过程，以往也出过不少期美食视频。虽然耗时耗力，但成品出来的时候，会让人异常有成就感。

这一折腾就是数个小时。

直到弄出自认为完美的味道和外形，云厘才觉得算完成了。侧头一看窗外，天都快亮了。把成品收拾进冰箱，她草草收拾了一下厨房，仓促洗了个澡就入睡了。

翌日，云厘刚睡醒就接到了邓初琦的电话。

今天周五，她跟合租室友来 EAW 科技城玩。这会儿刚结束，因为平常也不咋来通西区这边，干脆邀请云厘一块儿吃晚饭。

有陌生人在，云厘不太想去，但又架不住邓初琦软磨硬泡。

云厘起身洗漱，麻利地化了个妆。想起昨晚做的毛巾卷，她每个口味只留了一个，其余全塞进装有干冰的保温袋，打算带去给邓初琦和她室友尝尝。

而后便出了门。

晚饭的地方定在海天商都的一家连锁火锅店，生意格外火爆。云厘到那儿时，门口还排着长队。

云厘：我到了，你们在哪一桌？

邓初琦：这么快？我们刚拿到号进来。你等等，我出去接你。

不到半分钟，邓初琦从里头出来："姐们儿！"

云厘好笑："就几步路，干吗特地出来？"

"我就是出来给你个提前预警。"邓初琦双手合掌，似是觉得对不起她，又觉得太对得起她了，"我知道如果在电话里就跟你说，你绝对不会过来的。"

"啊?"

"我室友有两个亲戚!都巨帅!"邓初琦激动又仗义,"云厍,你是我最好的姐妹!有这种好事我怎么可能忘记你!"

"……"

云厍寒毛直竖:"里面很多人?"

邓初琦:"没有很多人!加上我就四个!"

云厍抗拒:"不行,我走了。咱下次约。"

"你不看会后悔的,真的帅!"邓初琦硬拽着她,往里走,"你不想说话就当是去赏花!我还能让你尴尬吗?而且万一就碰上你感兴趣的呢!"

"怎么可能!"

"怎么不可能!"

"……"

云厍拧不过,只能跟着进去。

算了,也就三个人,比上回 EAW 聚会的人少多了。反正不认识,装死吃个饭就走。

店内烟雾缭绕,香气弥漫。位置全数坐满,无一例外。

从门口走进去的这一小段距离,邓初琦还在给她说明情况:"我今天跟我室友,还有我室友她弟一块儿玩的。"

云厍没心思听,敷衍点头。

邓初琦:"我室友她舅刚好在 EAW 工作,好像是什么设备工程师。他们后来就把她舅喊来……"

还没说完,就已经走到他们的位置旁。

火锅店安排的是个大桌。U 形的硬座,在店内的一个角落,显得安静不少。从这个方向过去,云厍只能看到一个很漂亮的女人正笑着说话。

另两人都被座椅挡住了。

邓初琦停下话茬,拉着云厍从另一侧入座:"我带着我的宝贝来了!"

女人转头,目光放在她身上,弯眼笑:"是厍厍吧?我经常听初琦提起你。"

云厘很腼腆，正想打声招呼，目光一扫，瞥见对面二人的模样。停住，又看过去，笑容就这么僵在脸上。

"……"

谁能——

告诉她——

现在是什么情况？！

傅识则先另说。

机场遇到的那个男生，为什么，也，出现在这儿？

傅正初瞪大眼，也蒙了。

邓初琦没察觉到不对，只当她是怕生，主动介绍："厘厘，这是我室友兼学姐同事，夏从声。"

"我去！"傅正初神志归位，不可思议地看着云厘，"你还认得我吧？还认得吧？"

云厘勉强地憋了个"嗯"。

夏从声疑惑："怎么了？你们认识吗？"

省去其中要微信的细节，傅正初简单说明了下那天发生的事情，最是强调他说 EAW 是他哥开的，云厘没有相信。

邓初琦乐了："这么巧吗？"

云厘也明白了："你哥是徐青宋？"

"算有点亲戚关系，"夏从声解释，"我舅姥姥是青宋母亲的干妈。"

傅正初点头："我那天回去之后给青宋哥发了条微信，问他们店是不是找人宣传了，有个人在机场等接机等了好久。后来，他就让我叫小舅去接人。"

越听越觉得奇怪，云厘没忍住问："冒昧问一下，你小舅是？"

傅正初指了指旁边的傅识则。

"……"

云厘差点没控制住表情，这几人看着不是同龄人吗？

怎么就舅甥关系了？？？

傅正初反应过来："所以你俩应该见过面了吧？"

"嗯？"云厘看都不敢看傅识则，在桌底下扯了扯邓初琦的衣摆，"对。"

收到信号，邓初琦轻咳了声，立刻转移话题："说起来确实还蛮巧，我记得弟弟也是南理工的学生吧？"

傅正初："对，还有谁是吗？"

闻言，云厘有些诧异，下意识地看向傅正初。

他也读南理工？这么一想，在机场遇到傅正初时，他就说了 EAW 在他学校附近。但当时她也没联想到这儿。

"噢，"夏从声想起来了，"你上回跟我说，厘厘考了南理工的研究生是吧？"

云厘点点头。

傅正初惊了，瞪大眼："那咱俩还是校友？"

夏从声没好气地道："你应该喊人学姐。"

"哦哦，"傅正初能屈能伸，也因这缘分来了兴致，"我后天返校，那学姐你是不是后天报到啊？咱学校好像统一时间的。"

"对。"云厘答。

"啊？你后天报到吗？"邓初琦蒙了，"我本来打算陪你去的，但我记成下周了……刚刚还答应了我同事那天去逛街。"

"不用。"云厘说，"我就报个到。"

"你不是说你行李很多吗？"

"没事儿，我小舅后天开车送我弟过去。"夏从声主动道，"反正也会路过这边，厘厘，你到时候就搭他们的车吧，顺便让他们给搬搬行李。"

"……"

刚被拒绝过，云厘这会儿只盼望这顿饭赶紧结束，两人从此分道扬镳，再不相见。

哪还有拜托傅识则的勇气。

哪还有应付下一次见面的精力。

她忙摆手，没来得及拒绝，傅正初便爽快道："行，反正小舅也没事儿干，当给他锻炼锻炼了。"

先斩后奏完，他还故作尊重地看向傅识则："可以吧，小舅？"

傅识则缓慢抬眼，随意地"嗯"了声。

邓初琦松了口气："也好，那麻烦你们了。"

"……"

云厘一个字没说，就被其余三人安排妥当。

饭桌上剩余的另一个人，也拥有同样的待遇，却没半点情绪的波动。看起来也无甚所谓，仿佛与他毫无关系。

…………

云厘的思绪全放在还未到来的后天，以及即将成为拖油瓶的自己。

这一顿饭她吃得十分煎熬，没半点胃口。

饭局后半段，邓初琦手机响了几声，她抿唇给人回消息。

见状，夏从声揶揄："跟谁发消息，笑得那么开心？"

"我前几天坐地铁遇到个小哥哥，是我喜欢的菜，我就跟他要了微信。"邓初琦很开心地分享，"跟他聊了几天，他刚刚约我下周一起去看电影。"

"真好。"夏从声感叹，"我就跟人要过一次联系方式，还遇到了个渣男。"

"啊？说来听听。"

夏从声用筷子戳了戳肉："就我大学的时候，当时去我弟学校，他和他一个同学都被请家长了。那个小同学是她哥哥过来的，长得很帅，我就没忍住要了联系方式。"

傅正初立刻猜到："桑稚她哥？"

"对啊。那男的太离谱了，我现在都记得他怎么说的。他说，"夏从声吐槽，"他一天换一个女朋友，这个月刚好缺一个，我愿意的话他就给。"

"真的假的？"

"我骗你干什么。"

"不能吧。"傅正初笑出声，"我之前同学聚会，还听桑稚说她哥寡了二十多年，现在终于脱单了，跟全天下吹是女方追的他呢。"

"……"

话题顺势挪到"跟人要微信"这上边。

不知不觉间，就默认每个人都要说一个经历。

提及这个，傅正初窘迫地看了眼云厘，可能也发现了自己那天穿错马甲。不过见她没半点要提及那天的事情的意思，他放松了些，飞快说了几句就过了。

轮到云厘。

当着当事人的面，她不好意思撒谎，只能硬着头皮承认："有过。"

邓初琦本觉得不可能有。毕竟别说要微信了，就是让云厘跟陌生人接触接触都难。所以听到这个回答，她特别惊讶："什么时候？"

云厘："就前段时间。"

邓初琦："进展如何？"

云厘含糊道："他没给……"

邓初琦以为听错了，对这个答案很意外："啊？"

云厘只好清晰地说一遍："唔，他没给我。"

除了傅识则没说话，其余人要么是成功要到微信，要么是不太在意，只当成个玩笑调侃。但云厘明显还有些在意，桌上氛围也不由得显得凝重。

云厘敏感察觉到，忙道："没什么的。"

更显强颜欢笑。

夏从声忍不住安慰："说不定那男的就是头一回见到这么好看的女孩子跟他要微信，一时想装一装，回去之后就后悔得痛哭流涕了。"

说完，她看了眼傅正初。

傅正初很配合："也可能是有女朋友了。"

这还没完，像故事接龙似的，他撞了撞傅识则的肩膀，挤眉弄眼："小舅，该你了，你也安慰一句啊。身为长辈怎么就没长辈的样！"

"……"

始料未及的发展。

云厘要窒息了。他们怎么还善解人意到，开始在刽子手面前鞭尸了？

傅识则面无表情："说什么？"

没想到他连这都想不到，傅正初恨铁不成钢，只好凑到他耳边举例："你就说——"

"嗯？"

"还可能是个 gay。"

"……"

这几个理由都是合理的，但两个当事人都在场，彼此也心知肚明，这些安慰反倒放大了云厘的窘迫，让她坐立皆难安。

此情此景，不只是局限于这张桌子，云厘感觉整个火锅店、整个海天商都，甚至是整个南芜，都重归于寂了。

她备受折磨地闭了闭眼。

不敢把这个难题抛给傅识则，云厘鼓足勇气打断他们："谢谢你们，但我真没事儿。"力求真实，她还撒了个谎，"而且，我也不是第一次跟人要微信。"

察觉到她的不自在，邓初琦笑嘻嘻地接话："对，你还跟我要过。"

"你现在要不也跟我要一个？"夏从声顺带开个玩笑，"我保证不拒绝你。"

话题随之被带过。云厘暗自松了口气，笑起来："好呀。"

桌上的人都拿出手机互换微信，仍是除开傅识则。见状，傅正初皱眉，很不赞同："小舅，你怎么不合群啊？"

夏从声也参与进来："是啊，我刚刚一时恍惚，都以为你是拼桌的了。"

傅正初："这位大哥，你换个桌吧，我们不接受拼桌。"

"……"

没指望过他会同意，云厘默默地收起手机。

哪知，傅识则一副随他们闹的样子，把手机递给傅正初。

"就是嘛。"他手机没密码，傅正初流畅地打开，"你别整天这么独，多认识几个朋友不好吗？"

傅识则懒得理他。

傅正初把微信二维码递到她们面前，客气地说："我小舅在 EAW 上班，以后你们去那儿玩，可以提前跟我小舅说一声。"

对这个状况，云厘简直难以置信。回想起傅识则先前拒绝的模样，她举着手机，感觉自己并不包括在这个“们”里，迟迟没有下一步。

然而邓初琦以为她是够不着，直接接过她手机帮她扫了。

“……”

几秒后，列表多了个红点。

大家都没觉得不妥，当事人傅识则连眼睫都没抬一下，没半点阻拦的意思。云厘不想显得太在意，熄屏，晕乎乎低头吃东西压惊。

居然。

真，真加到了……

本来云厘是要直接回家的，但邓初琦说开学后见面次数就少了，舍不得她，就让云厘今晚去她那儿过夜。

云厘想着后天才开学，明天回去收拾东西时间也很充足，就爽快地答应了。

饭后，一行人坐直梯到停车场。傅识则开车，傅正初坐副驾驶位，三个女生坐在后边。

回程时路过一家大型超市，夏从声想起家里的消耗品都快用完了，临时起意想去采购一番。其余人纷纷应和。

傅识则像个机器似的，不反驳也不赞同，却会全数照做。云厘坐在后边，盯着他偶尔看后视镜时露出的侧脸，觉得他竟然很违和地适合“乖巧”这个形容词。

进入超市，购物车由年纪最小的傅正初推着。他性子急，没几步就直奔自己感兴趣的区域，很快就不见人影。

傅识则与他相反，神色倦倦地跟在她们后头。

云厘没什么参与感，毕竟是邓初琦她们要采购。不过她要在这边住一天，还是挑了她平日的必需品，比如巧克力奶。没看到自己惯买的牌子，就多家对比了下。

最后挑了三种牌子的巧克力奶，每种买了三袋。

见她手里抱了那么多东西，夏从声皱眉：“傅正初跑哪儿去了？小舅舅，这还挺重的，你帮忙拿去丢购物车里呗。"

"……"

低头看着手里抱着满当当的牛奶，云厘有些窘。

破天荒地生出了戒奶的念头。

傅识则倒没什么反应，朝她伸手，轻声说："给我吧。"

"啊……好的。"云厘递给他，"麻烦你了。"

等他走了，邓初琦忍不住说："你小舅看着像个高岭之花、制冷空调，但怎么还……怎么形容，就挺听话的？而且你怎么还敢老使唤长辈。"

"我就这么喊而已，"夏从声说，"他比我小几岁，怎么可能当作长辈。"

"啊？我还以为他只是长得显小。"

邓初琦好像一点都没联想到，傅识则就是那个西伏科大的天才。

云厘随口接："他跟咱俩一样大——"

注意到两人的视线，似乎是在疑惑她怎么会知道，云厘立刻反应过来，又补了个字："吗？"

"……"

夏从声点头，仔细想了想："应该是的。"

这次采购速战速决，就花了半个多小时。

重回车上，傅正初边扯安全带，边不满地念叨："小舅，你刚怎么不理人啊？幸好我替你解释了几句。"

夏从声趴到椅背上："怎么了？你们遇到谁了吗？"

"就桑稚啊！她家住这附近。"傅正初说，"原来之前帮她见家长那个压根不是她亲哥，不过，桑稚亲哥居然认识咱小舅。"

夏从声也好奇了："小舅舅，你们是同学吗？"

傅识则漫不经心地回答："好像是。"

"那不是学长吗？怎么连个招呼都不打。"傅正初谴责，"你这高冷人设不能不分场合实行，懂吗小舅？"

随后，傅正初直接在车里升堂审问："厘厘姐，上回我舅去接你的时候，有没有给你摆脸色？你说出来，我们都会给你做主的。"

云厘忙摆手："完全没有。"

傅正初显然是一定要挑出点毛病："那他对你笑了吗？"

"……也没有。"

"所以说，小舅，你这样是不行的。"傅正初摇摇头，教导他，"你这样出去混，肯定会被打的。你要学会亲切，温和，与人为善。"

傅识则"嗯"了声。

云厘在后头看戏，寻思着他居然还听进去了。

车没开一会儿，傅识则突然找了个地方停靠。把傅正初的安全带摁开，他手臂靠在方向盘上，侧头瞧傅正初："下车。"

"……啊？"看着这荒无人烟的地儿，傅正初气焰瞬消，"怎么了？小舅，你忘了吗？我、我今天不是要跟你一块儿回外公家住吗？"

"学不会，"傅识则淡淡地道，"怕被打，拖累你。"

"……"

接下来的一路，傅正初总算消停，半句话都不敢多说。

到达目的地，跟他们道了别。

三人回到住所，轮番洗漱完，一块儿坐在客厅找了部电影看。大多时候是在闲聊。

没多久，夏从声看了眼手机，问道："欸，厘厘，你今天带的那个袋子，落我小舅车上了。我外公家离这儿挺近的，让我弟来给你？"

"啊？不用了。"云厘说，"那个袋子里面是毛巾卷，本来就是带来给你们吃的。如果他们不嫌弃的话，可以尝一下味道。"

夏从声："行，那谢谢你啦。我跟他们说一声。"

"话说，"邓初琦拆了包薯片，"你小舅和你弟有女朋友不？"

"我小舅没有。"

闻言，云厘下意识地看她，又假装不在意地继续看电视屏幕，掩饰心情。

好奇怪……

尽管与她无关，但听到这个答案时，还是不由得，有一点点开心。

夏从声如实说出情报："我弟我就不太确定了，好像也没有，前段时间分手了。怎么了，看上哪个了？"

邓初琦叹气："算了，一个太冷，一个又太傻。"

夏从声笑得东倒西歪，而后又说："厘厘呢？你们要有看上的，一定跟我说啊。我帮你们撮合撮合。"

"……"

别有心思的云厘像是行走在钢丝上，摇摇欲坠。不敢承认，又不想对她们撒谎，干脆一声不吭，只是跟她们一起笑。

另两人也都只是开个玩笑。

邓初琦咬着薯片，换了个话题："厘厘，你之前不是说要找份工作吗？开始投简历了？"

"还没，每次要投简历的时候都很犹豫。"提到这个，云厘有些抑郁，"我其实还没想好，是做全职 up 主，还是找份工作。"

云厘其实很茫然。

大四的时候，她把全部精力都放在考研上，完全没想过没考上的后果。错过了校园春招，通过社招投过几次简历，也都不了了之。

后来想过要二战考研，但其实只是她不知道接下来要做什么，给自己找的一个目标。

想找份工作尝试，却又一直拖延，只想赖在自己的舒适区里。

她沉溺、躲藏，又不可自拔。

很多面目只能暴露在网络，或者是熟悉的人面前。也与很多人缺失了共同话题，聊不到一块儿，渐渐疏远。

她不知道有没有像她一样的人。向往热闹，却又恐惧社交。

"你看你想做哪个。"邓初琦说，"其实找份清闲点的工作，应该也不耽误你拍视频。"

"对呀，你想做什么，就都可以去尝试尝试，做得不高兴再说。"夏从声语气温和，"对了，你学的什么专业呀？"

云厘："自动化。"

"我之前好像看到我朋友在招聘，我之后发给你看看？"夏从声说，"你觉得合适的话，可以投个简历试试。"

…………

看完电影差不多凌晨一点了，另两人都是打工人，平时最晚也就这个点睡，此时都困得眼皮都抬不起来了。

回到房间，邓初琦跟云厘道了声晚安，很快就睡着了。

听见她呼吸变得规律，云厘摸到床头柜上的手机，做贼般钻进被窝里。打开微信，找到今天添加的傅识则的名片。

有其他人在，她今天也没敢点进去看。

一直等到夜深人静，周围无眼睛盯着她的时候，才按捺不住欲望。

傅识则的昵称是个大写的 F。

头像是纯黑底，靠下方的位置，有个白色的弧形状物。看着像是个月亮，又像个小爱心。整体看上去，就像个没有上半张脸的笑脸。

有种诙谐的讽刺萌感。

再联想到傅识则那张没有多余表情的脸，感觉既违和又莫名合适。盯着看了许久，云厘才渐渐有了点实感。

她简直不敢相信。

这世上还真有这种"天上掉月亮"的事情。

起了个头，云厘接下来的行为都变得大胆而顺其自然。

云厘点开他的朋友圈，背景还是初始的默认图。他基本不发日常，仅有的几条都是分享什么论文资料。

没滑几下就到了底。空荡荡的，但跟她意料中的差不多。

退回聊天窗，云厘不经意地戳了下对话框，正想再退出去，睡在旁边的邓初琦忽然有了些动静。她心脏一缩，条件反射地把手机盖下，锁屏。

没几秒，又没了动静。

云厘悄悄探出头，借着月光，看到邓初琦还熟睡着。

似乎只是翻了个身。

她松了口气，也有了些困意。把手机放回床头柜，调整了下睡姿，正准备酝酿睡意时，静谧无声的房间，忽然响起了一声振动。

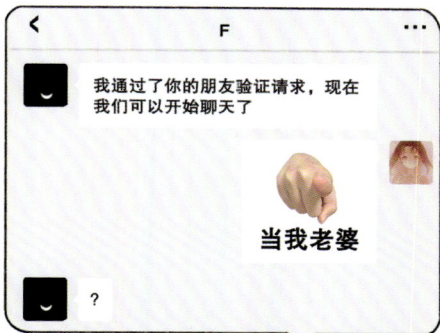

Title

Director   竹已

Loading

Date   2021/12/25 | Time   20：00

Hall

VIP 厅

在她耳边，震耳欲聋。

云厘吓了一跳，再度看向邓　琦，唯恐将她吵醒。默认应该是软件的推送，她轻手轻脚拿起手机，想把流量数据关掉。

点开一看。

界面还停留在跟傅识则的聊天窗。

五分钟前，她这边给傅识则发了一个简笔画表情包。是她刚从邓初琦那儿偷来的——一只握拳伸出食指的手，手指指向屏幕外面，下面附带"当我老婆"四个字。

云厘表情顿时僵住。

而刚刚，对方也回复了一条消息。

　　傅识则：？

…………

因为发生了这么一出，云厘刚浮起的半点睡意，在顷刻间烟消云散。她勉强回了句"不小心按到了，抱歉"，却没再收到回复。

盯着屏幕许久。

怀揣着心事，云厘也睡不太安稳，就这么在睡一阵醒一下的等待中，熬过了一夜。

醒来已经是第二天下午了，睁眼的条件反射仍是拿起手机。消息未如她所想般石沉大海，云厘看到对方回了消息。是今早七点回的。

　　傅识则：嗯

仿若刚醒来看到，随手地一回。连个标点都没有。

也不知信没信。

云厘的心情没因此缓和分毫。她爬起来，来到客厅。邓初琦正躺在沙发上玩游戏，余光瞥见她时，抬眼看了下时间："你昨晚做贼去了？

几点睡的？"

"我也没注意，三四点吧。"在她旁边坐下，云厘问，"夏夏出门了吗？"

"一大早就走了。"知道她作息向来不稳定，邓初琦一直也没叫醒她，"你怎么还坐下了，洗漱吃饭了。"

云厘没动，模样半死不活。

刚好结束一局，邓初琦把手机放下，十分纳闷："你怎么了？"

云厘长长地叹了口气。

邓初琦："认床了？"

云厘摇头。

邓初琦："做噩梦了？"

又摇头。

邓初琦："没睡好？"

头摇到一半，云厘顿住，改成点头。

"所以是咋了？"邓初琦贴了下她的额头，"哪儿不舒服吗？"

"没有。"见她神色担忧，云厘实在也憋不住了，"就是，我跟你说个事儿。"

"嗯？"

"我昨晚睡前，手滑给夏夏的小舅发了个表情包。"

"啊？你发了个什么？"

云厘把手机递给她。

见云厘严肃异常，邓初琦也不敢怠慢。她双手接过，同样严肃地盯着看。瞧见上边的内容时，表情定住。

"……"

过了几秒，她猛地笑出声。凝固的气氛也就此破裂。

云厘皱眉："你别笑！"

邓初琦想憋住笑，但控制半天，还是适得其反地爆笑起来："好、好，你等我会儿。"

"……你不觉得这事儿很严重吗？"云厘非常抑郁，"他会不会觉得我很莫名其妙啊？

"或者觉得我很变态?

"又或者会不会觉得我很下流!"

"哪那么严重,"邓初琦说,"你不都跟他解释了。"

"但、但是,"云厘支吾了下,"我这不就是冒犯长辈了吗?"

邓初琦又被这个称呼逗乐,调侃起来:"那长辈对晚辈肯定会多几分宽容与谅解,加上长辈这不是已经表达出明白的意思了。"

云厘眼巴巴地看她。

"真没什么,你别抑郁了。"邓初琦想起个事儿,"对了,你啥时候跟人要微信了?昨天当那么多人面,我也没好问你。"

"……"

"你怎么沉默了?"

心虚事又被提及,云厘再次进入脑子飞速运转的状态:"就,那个。"

邓初琦拖腔接她的话:"那个——?"

"就……"盯着她的眼,云厘肩膀垮下,也不想再隐瞒了,"好吧,我说。但你不要跟夏夏说。"

"什么?"

"我要的微信,"云厘轻声坦白,"是她小舅的。"

"……"

邓初琦蒙了。

听云厘简单阐述了下事情的经过,邓初琦震惊完,又觉得在情理之中:"怪不得我昨天老觉得你怪怪的,原来你俩之间还有这纠葛。"

"这哪能算纠葛。"云厘蔫巴巴道,"只能算是有过几句对话。"

"你这么丧气干什么,最后不也拿到微信了。"邓初琦摸摸她的头,"而且他没女朋友,这不是天时地利人和吗?"

云厘没勇气了:"算了,他已经拒绝我了。"

"拒绝个微信算什么?你想想谁跟他要微信都给,这不也显得很来者不拒吗?他可能就是那种慢热的人。"邓初琦说,"我跟你说,按我的经验,夏夏小舅这种性格,一开始高冷难接近,但追到了之后,肯定对你死心塌地至死不渝。"

云厘叹口气，想说"我哪敢追"，但最后还是没说出口。

邓初琦又细品了下这仅有四条消息的聊天记录，她扬了下眉，忽然盖住中间两条，笑眯眯道："这样看是不是就舒坦许多。"

顺着她的话，云厘看过去。

一遮盖，表达的意思瞬间天差地别。

> 云厘：当我老婆
>
> 傅识则：嗯

…………

盯着她的脸，邓初琦打趣道："厘厘，你脸红了。"

云厘把手机抽回来，恼羞成怒："脸红个鬼！我去洗漱了。"

按照邓初琦对云厘的了解，别说是要微信了，就是让她找陌生人问个路都难。而且认识这么久，她还是第一次听云厘表达出对某个男人的好感。

为助朋友的姻缘一臂之力，邓初琦这日时不时会怂恿云厘去给傅识则发消息。

云厘不受蛊惑，右耳进右耳出。

比石头还顽固。

因为第二天要去学校报到，云厘吃了点东西就回家了。

到家后，云厘发了会儿呆，起身收拾行李。这段时间，杨芳给她寄了不少衣服过来，她慢吞吞地往箱子里塞，叠整齐又摊开来看。

不知不觉就演变成，挑选明天要穿的衣服。

在这上边荒废大量时间，云厘回神，没再不务正业。

不受控地产生了一种感觉，与从前那种即将参与聚会前的焦虑相似，但这一次，却多了点别的情绪。置于最底，似有若无的。

仿若苦等已久的盲盒即将到手。

从而产生了一种，怕知道结果又想知道结果的，期待感。

…………

这一觉云厘也没睡太好，第二天一大早就起床准备。

行李都整理好了，云厘大部分时间都花在化妆上。一切妥当后，她从冰箱里拿了个毛巾卷垫肚子，把剩余的装进袋子里。

与此同时，云厘收到了傅正初的消息，说他们已经到小区门口了，但门卫不让没登记的车进去，问她住哪一栋，他进去帮她搬。

他们来得比约定好的时间早些。

云厘所有的行李是一个箱子和两个大袋子，袋子里分别装的是被芯、枕芯和床垫，体积都不小。她本来想跑两趟搬出去，这会儿也来不及了。

怕耽误他们时间，云厘没推辞，回复：11栋。

傅正初：ok。

云厘把门窗和电器关掉，出了门，艰难地将行李搬进电梯。

傅正初已经在楼下了，接过她的行李，跟她打了声招呼。

如初见那般，少年话痨又热情，这一小段路程就没停过，什么都能扯一些，诸如这小区好大、绿化真好之类的话。

走出小区，隔了半天云厘又回到这车上。

傅正初欢快地道："小舅，我们来了！"

云厘坐在右后方，闻言感觉自己也得打声招呼，却又在称呼上犯了难。

喊名字不太合适，直接说"你好"又过于陌生。再联想到那日夏从声的话，云厘干脆硬着头皮跟着一块儿喊："小舅你好……"

喊出口的同时，云厘瞬间觉得不对劲儿。其余两人却没觉得不妥。

傅识则撇头，礼貌颔首："你好。"

"……"

云厘垂眼，莫名有些脸热。她从包里拿出水，故作镇定地喝了一口。

开到南理工不过几分钟的车程。到校门口，傅识则找了个位置停车。三人下车。

傅正初把车尾箱的行李一一搬出来。他自个儿的行李不多，只有一个箱子。其余的都是云厘的东西。

傅识则接过傅正初手里的袋子，往其中一个行李箱上搁："还有吗？"

傅正初又拎出个袋子："没了。"

她实在不好意思让他们当苦力，小声道谢，又道："我拿一个吧。"

"没事儿，"傅正初满不在乎，"搁箱子上也不重。"

最后云厘当了个闲人，只拎着个装蛋糕的保温袋。

走在这两人旁边，倏然间，她有种回到了大一报到那天的感觉。那时候，有云永昌和云野在，她也是什么重物都没搬。

现在这个情况像是重演当初的事情。

云厘侧头看了眼。

嗯……

还都是一个长辈和一个弟弟。

这不是云厘第一回进南理工。先前复试来过两次，再加上这段时间住七里香都，偶尔也会经过这儿，所以对这所大学，也不算完全陌生。

报到点设在东门。

进去之后，校园两侧搭了许多帐篷，分别写着不同院系。傅正初才想起来问："学姐，你是哪个系的？"

云厘："自动化。"

傅正初四处搜寻，而后道："自动化在那边。"

这会儿临近午休时间，没什么人排队。

云厘过去办手续，差不多完事儿时，注册点的人顺带跟她说，志愿者都去给人搬行李了，让她在原地等等。

听到这话，身为大三的老油条，傅正初立即说："哪用得着，我认得路。学姐，我带你过去吧。"

南理工校园占地面积大，从这个门到宿舍区得走二十分钟左右。三人手上还有行李，干脆在原地等了一阵，打算乘校园巴士到宿舍区。

一辆车只能载十来个人，模样看着像观光车。傅正初似乎还跟司机认识，上车后，还坐到驾驶座附近跟他聊起了天。

云厘跟傅识则并排坐在后排。

她想跟他聊聊天，但也实在是想不到能说些什么。话到嘴边又觉得不合适，反反复复几次，最后还是泄气地决定作罢。

过了会儿，云厘看到傅识则也拿出手机，打开微信，下滑。通讯录基本都备注了全名。包括上边，算是他外甥之一的徐青宋。

云厘不敢再偷看，侧过头，假意看沿途的校园景色。

不少学生成群结队，耳边闹哄哄的，周遭也热闹。在这个时候，她听到傅识则出了声，语气像是晒太阳的猫，懒洋洋的："你叫什么名儿？"

云厘闻声望去，对上傅识则的目光。

她不确定他是不是在跟她说话，犹豫着问："什么？"

傅识则重复一遍："你的名字。"

不知道他为什么突然问这个，云厘有些紧张："哦，我叫云厘……"不小心还咬到舌头了，"……厘。"

而后，她又补充："'厘米'的'厘'。"

傅识则点头，没了后话。

完全不知是什么状况，云厘的大脑还处于宕机状态。下一刻，她看到傅识则点开她的微信聊天窗，那段尴尬的聊天记录又呈现在她面前。

云厘觉得头大，又看见傅识则指尖动了动，点开修改备注的窗口。

云厘明白过来，原来是要给她改备注。

两人座位靠得很近，她能看见傅识则微抬的眼眸上根根分明的睫毛，净白的皮肤上没有任何褶皱。

抛开眉眼的阴郁，傅识则全然是一个俊逸出尘的美少年。

他一脸云淡风轻，看起来丝毫不在意她发的消息。

云厘觉得放心的同时有一些小失望，继而收回视线，尝试什么也不想，向车外的景色望去。

行李送到宿舍门口后，云厘和傅正初便准备一起陪傅识则走到校门口。

校园内部绿化做得很好，道路两旁的行道树郁郁葱葱。现在接近正午，阳光几乎是垂直投射下来，光影交错地散落在地上。三人并行在砖瓦路上，和风习习，舒适又惬意。

路上都是新开学的学生，其中也不乏同样一个人来报到的，拎着大包小包，大汗淋漓。云厘心里不免有些感激。

犹豫了一会儿，云厘想问要不要一起吃个饭。思忖良久，她还是没开这个口。

一路上傅正初都在絮絮叨叨给云厘介绍学校环境，不一会儿就到了校门口。

临走前，傅识则草草叮嘱了一下傅正初："好好照顾自己。"

抬眸看向云厘。

"你也是。"

云厘开始后悔刚刚没有邀请他们一起吃饭，哪怕被拒绝。

只要有勇气开个口也好啊。

研究生的生活意外地没有想象中忙碌，课表确定下来后，基本每周都有几天是空闲的。云厘不算是特别努力的人，没有课的日子她就无所事事。

在空闲的时间，云厘时常会想起傅识则。

这是云厘自打出生以来，第一次这样频繁又平白无故地去在乎另一个人。

像撞了邪。

即便傅识则总是表现出一副生人勿近的样子，无论云厘说什么，他都直白地表示拒绝。

毕竟他长得这么好看，这么多年找他要联系方式的人肯定很多，他肯定也烦不胜烦了。

转眼就到了中秋。

邓初琦给她打电话，说她和夏从声的公司都有发月饼，两个人又吃不了那么多，所以给云厘也拿了一盒来。

云厘不太爱吃月饼，但是也不想浪费她们的一番好意。

两人相约在学校附近的湘菜馆吃饭。

由于中秋放假，没回家的大学生基本也会一起出来吃饭。这家店算是附近口碑比较好的，南理工的学生都很喜欢来，店里热闹非凡，人声鼎沸。

邓初琦手脚很快地点了几个菜，然后将菜单递给云厘，问道："你国庆打算回家吗？"

"不了，现在还太早了。"想起上次和云永昌说的话，云厘摇了摇头，"我还想留着我这条命。"

"那你打算留着这条命干啥？"邓初琦看起来也是见怪不怪了，"没事的话要不就来和我一起住吧。夏夏一到假期就回娘家，留我孤身一人。"

云厘想着自己也没有别的事，就答应了下来。

说着说着，邓初琦猛地叹了一口气："我高二时候的同桌前几天给我发了结婚请柬。

"我跟我妈说了这件事之后，她居然问我有没有对象。

"希望她能多学学别人的妈妈，给我多安排几次相亲。

"她怎么就不知道要努力一点呢？"

云厘还没喝进去的一口水差点喷出来。

"话说你和夏夏小舅现在进展如何？"邓初琦所知道的云厘从未恋爱过，她也预测不出云厘喜欢一个人时会做什么。

"挺好的。"云厘淡淡道。

邓初琦大惊，连忙追问："你们是怎么发展的？"

"老子说'有即是无，无即是有'，我这'无'到了一定境界，不就是挺好的。"

"……"

因为有了先前的交涉，十一假期当天早上，云厘在宿舍收拾好了换洗衣服，就直接到邓初琦家去了。

到达的时候，夏从声已经回她舅姥爷家了。两人也没有计划出去玩，一人躺一张沙发，浑浑噩噩度过了大部分时间。

夏从声在国庆假期结束前一天回来，后头还跟着手里拎着满满当当大包小包的傅正初。跟她们打了声招呼，傅正初就说："那我先下去了，我怕小舅直接走了。"

"哦，对。"夏从声看向云厘，"厘厘，我小舅现在要送我弟回学校，你要不要跟他们一块儿过去，一会儿就不用自己搭车了。"

按照计划，云厘是打算在这儿跟邓初琦一块儿叫个外卖，吃完再走。本想按部就班地完成，但半个字的拒绝都还没来得及说，邓初琦就替她同意了。

"好啊！"

对上云厘疑惑的视线，她眨眨眼，欲盖弥彰道："你一个人这么晚回去我也不放心，现在有顺风车，当然要搭上！"

云厘实在无法忽略她眼中撮合的意味。

片刻，云厘委婉道："但我要收拾东西，得一段时间。"

这会儿傅正初倒是无所谓了，坐下掏出手机："那我跟我小舅说一下，让他等等。"

"……"

邓初琦拆穿她："你有什么要收拾的，而且有些东西可以直接留这儿，反正之后也不是不会再过来。"

云厘没辙，只能回房间把东西收拾好。

临出门前，夏从声想起来说："对了厘厘，我这两天回家忘记了，我刚刚给你发了几份工作，你看看你对哪个感兴趣。"

云厘愣了下，本以为夏从声只是随口一提，也没想过麻烦她。

夏从声又补充："还有一个是听徐青宋口头说的，EAW 要招一个人事行政专员，估计还有些其他的岗位，晚点我把他们 HR 的微信发给你。"

…………

隔了一段时间又回到这车上。

车子发动后，为让云厘不那么尴尬，傅正初主动跟她搭话："厘厘姐，你最近是在找实习吗？"

"对。"

"你打算去 EAW 吗？"说到这儿，傅正初语气幽怨，"我本来这个暑假也想去实习的，结果天天被我妈喊去看店。"

"……"

云厘瞅了傅识则一眼，不知道怎么回答。

"我觉得去 EAW 也不错，起码待遇是好的，我哥对员工可大方了。"

傅正初哪壶不开提哪壶，"而且我小舅也在那儿，你俩还能相互照应一下。"

说完，他还要得到当事人的肯定："是吧小舅？"

傅识则瞥他。

可能是被这眼神震慑到，傅正初不敢以客套的名头给傅识则找麻烦。他及时收敛，换了个靠谱的理由："厘厘姐，而且你家就住海天商都附近，过去也方便。"

云厘虽然什么都没说，但不由得觉得理亏。

"嗯，我回去考虑一下。"

沿这条路开过去，先经过南芜理工大学，再到七里香都。

傅正初先下了车，车上剩下两人。

重新恢复沉默。

云厘甚至有种回到了两人初见时的那一晚，只不过这次她的位置换到了后边。

她也无暇觉得不自在，思索着目前的状况。

从对方的角度来看，就是近期有个陌生人莫名对他做出了几次怪异举止，又突然要去他所在的单位工作。

是个正常人都会觉得她意图不轨。

云厘纠结着要不要解释一下。话还没说出口，前边的傅识则忽地出声："云厘厘？"

云厘怔住，叠声词的轻音柔化了傅识则的声线。

甚至……还挺可爱？

还没来得及分清楚这个称呼的来源，云厘又听到他问："你那天的蛋糕在哪家店买的？"

"蛋糕？"很快就反应过来是毛巾卷，云厘回答，"我自己做的。"

傅识则顿了下，没再多说："嗯。"

云厘小心翼翼地问："怎么了？"

傅识则："家里老人喜欢。"

"哦哦，我每次都做挺多的，一个人也吃不完。放冰箱也浪费。"云厘说，"你家里人要喜欢的话，我下次做完可以给你带点。"

恰好到小区门口，傅识则停下车子："谢谢，但不麻烦了。"

就算云厘是被拒绝的那一个，也不得不想感叹一下，这人真是个铜墙铁壁。

被拒绝的次数多了，云厘的内心都有些麻木了。她的思绪还放在他的称呼，以及刚刚的事儿上，心不在焉地点头："那我先回去了。"

握住车门把手时，她又停下。

云厘没忍住说："我最近在找实习，就让夏夏姐帮我介绍了几份，还没选好给哪家投简历。"说完，她停顿，委婉补充，"你有什么想法吗？"

她也不能直说，我可能会去 EAW 面试，你不喜欢我就不去了。如果他有意见，那她就可以直接排除掉 EAW 了。

傅识则回头。

静默。

瞧见他的表情，可能是她过分解读，但此时此刻，云厘能很明显地从他脸上读出"关我什么事"这五个字。

仔细一想，确实过于自作多情了，她去哪儿工作，确实也跟他没有任何关系。这话就显得，他好像很在意她会不会出现在他面前似的。

还没想好怎么挽回局面。

傅识则忽然道："夏从声给你推荐了什么实习？"

"啊？"云厘下意识拿出手机，递给他，"这几家。"

傅识则接过去看。

夏从声发给她的资料里，包括了公司简介和岗位要求。傅识则飞快地扫了几眼，时不时问几句她的专业，以及对这份工作的期望等。

余晖落到他的侧脸，能看清一层细细的茸毛。浅色的衣服上也染上星点的图案。

仿若有一簇又一簇烟花顺着心跳冲上天空，层层叠叠地炸开，世界变得色彩斑斓。眼前的人，在此刻像是与她拉近了距离。

过了几分钟，傅识则像在讲解一个课题一样，比对出几家公司的优劣势。最后，客观地给了她一个答案。

"EAW 比较适合你。"

合适。不合适。合适。还有一个。

"合适。"

第三章
去看足球赛吗

好些天没回家，云厘打开窗户通风，随即开始收拾房子。检查冰箱时，发现里边还剩着几个用来做毛巾卷的芒果，放了那么长时间已经有些坏了。

去邓初琦家的决定做得太匆忙，虽然后来他们还送她回家拿换洗衣物了，但当时也没来得及想到这一茬。

云厘全数拿出来，放到流理台上，盯着看。

刚刚傅识则还问了她，那些毛巾卷是在哪里买的。这么一想，难不成他忽然耐心起来给她提供建议，是因为她做的毛巾卷吗？

虽然她最开始的本意是想问他，对于她去 EAW 工作有没有意见。

不过，不管是什么原因，云厘忐忑一路的心总算是落回了归处。

至少从这个事情里能证明，他并没有讨厌自己，也没有因为她可能会跟他在同一家公司工作这个可能性而感到反感。

每次遇到傅识则，云厘的心情就会变得七上八落。却又不完全是贬义。

会因为他的一个举动备受打击，一蹶不振。

也会因他的一句话而死灰复燃，重整旗鼓。

像是一罐已经没了气的碳酸饮料，被人重重地摇晃过后，又刺啦地，轻易恢复成千上万的气泡，一个一个地往上冒起。

她神色怔怔，良久，忽地弯了下唇角。

云厘回神，打算把这些芒果扔掉，于是拿了个垃圾袋。想起傅识则最后说的话，她停顿了下，每丢一个芒果，嘴里就会念叨一个词："合适……"

合适。

不合适。

合适。

还有一个。

云厘丢进袋子里，眼都不眨地重复了一遍："合适。"

等夏从声把EAW人事的微信名片发来，云厘想加入通讯录时，却意外发现对方已经在自己的列表里了。

——就是前段时间跟她对接的何佳梦。

"……"

云厘点开她的朋友圈。

发现这段时间，何佳梦确实是在朋友圈发了几则招聘广告，和夏从声发给她的资料一样，和她专业比较对口的是技术部的研发岗。她没有看朋友圈的习惯，所以一直没有注意到。

踌躇许久，云厘给她发了条微信：佳梦，你是EAW的HR吗？

何佳梦回得很快：不是。

何佳梦：我是总经理秘书，这段时间人事部比较忙，我就临时调过来帮忙了。不过我只筛选简历和安排时间。

何佳梦：怎么啦？

身份转换后，云厘有些不知道怎么开口。她来回措辞，简单说明来意。

何佳梦虽惊讶，但反应也不强烈。让云厘发了简历，又问了几个问题。没多久，就通知了她正式的面试时间。

流程走完，何佳梦还留了个悬念：你那天可能还会遇到熟人。

何佳梦：那到时候见！

云厘有些疑惑，却也没多问。

心想着，之前去EAW也确实见到不少工作人员，会遇到认识的人也理所当然。但"熟人"，应该是一个都没有。

…………

陆陆续续面试了几家公司，直至到 EAW 面试的当天，云厘才明白这话的意思。

原来这个“熟人”指的不是“熟悉的人”，而是“同行”的意思。除了她，同时间段还来了两个面试者，一男一女。

女人就是之前在 KTV 跟徐青宋要傅识则微信未果的杜格菲。

他们被安排在其中一个办公间等待。

杜格菲也认出她了，主动打招呼：“嗨，你也过来面试啊？”

云厘不自在地点头。

见状，旁边的男人好奇地问：“你们认识啊？”

杜格菲没说实话，随意扯了个理由应付过去。

接着，两人就你一言我一语地聊起天来。其间男人还提了云厘几句，试图让她加入话题，但见她兴致不高，也就作罢。

随后，杜格菲似真似假地开了个玩笑：“别人不想理你呢，别打扰她了。”

“……”

从确定面试时间那天起，云厘每天都会上网搜一遍面试可能会问的问题，还找邓初琦寻求了不少经验。心情也处于一种不上不下的焦虑状态。

每回遇到这种类似的事情，云厘的反应都是如此。包括先前答应 EAW 探店邀请后，她也焦虑了一段时间。

云厘的临场反应很差，在陌生人的视线下更甚。很多时候她都转不过弯来，十分浅显的问题在那瞬间也会想不起答案。研究生复试时她就拿了垫底。

这也是很多人在初次见到云厘时，觉得她这个人不好相处的原因。

她不擅长应付陌生人的搭话，加上她的眉眼偏英气，不带情绪看人的时候，会显得锋利又不好相处。而简短又显拒绝交流的回复，更让人觉得她过于冷漠。

云厘垂头，没有解释。

却因为这句话，刚鼓起的勇气又瘪了些。

无端打起了退堂鼓。

云厘被排到最后一个面试。

面试官是一个三十来岁的女人，名为方语宁。短发齐整，戴着细边眼镜，唇形天生下拉，看起来干练又不怒自威。

不过，只有一个人，这让云厘的紧绷感减少了些。

当时她去南芜理工大学复试，里头有五六个老师坐着。一进去看到那架势，云厘脑子都空了。那瞬间，唯一的想法就是，这一趟白来了。

面试大约持续了二十分钟。

方语宁点头，整理着资料："差不多了，你有什么想问我的吗？"

先前云厘搜索出来的问题里就有这个，而且多数答案都是——最好别说"没问题"，也不要问一些高深到面试官答不出来的疑问。

云厘故作思索，而后，提了几个通俗又官方的问题。

结束后，方语宁说三天内会出二轮面试的结果，让她回去等通知。

云厘的心情没因此放松，依然觉得沉重，低声道了谢便离开了。

出到外头，顺着过道往前，看到工作区那边，何佳梦笑着跟同事聊天。余光瞥见她出来，何佳梦转头打了声招呼："结束啦？"

云厘点头。

何佳梦好奇："闲云老师，我看你的简历上写着今年刚入学，怎么突然想来 EAW 工作了？"

云厘斟酌了半天，慢吞吞道："嗯……我们导师放羊，平时不管我们。研究生的课也不多。"

入学前几天，师兄师姐将她拉进了一个小群，告诉她实验室比较"坑"。导师极度放养学生，她的同门师兄师姐不少延期毕业，甚至没有拿到学位证，只拿到个结业证书。她最好一进学校就去抱其他导师的大腿，去蹭别人的组会，才有毕业的希望。

云厘觉得自己能通过复试进入南大已经用完这辈子的运气和勇气了，又让她去和其他导师套瓷，还要厚着脸皮去蹭别人的会。

理智上，她告诉自己要这么做，但行动上，云厘就是一拖再拖，反复给自己的导师发邮件，试图唤醒自己导师心中的良知和师德。

开学一个多月，她只见过导师一面，那还是开学两周之后。

她给自己的导师——张天柒，那个曾经轰动科研界和工业界的人物，发了诸多没有音信的邮件之后，他邀请她到自己的实验室坐一坐，聊一聊她的发展。

云厘还以为自己终于守得云开，便认真准备了一份研究方案带过去。

说是实验室，张天柒的办公室已经被他改造成休闲养老用的娱乐场所。

房间干干净净，书架上全是笔墨纸砚，桌面上也摊开着各种书法绘画作品，只留了一个小角落放着一台笔记本电脑维持着和外界的通信。

云厘把研究方案给张天柒看，对方用五秒看完，对云厘大夸特夸后，直接切入正题："小姑娘挺不错，我这边有个剑桥的朋友，要不你去他实验室待着？"

没想到张天柒会给她这么好的机会，她也听说过不少研究生会在读研期间出国交流半年后回来，云厘露出个感激的笑容，但又担心张天柒会觉得半年太久。

"老师，那我回头和系里申请一下交流项目，之前听过可以去半年，不知道您觉得……"

"半年？"张天柒直接打断了她，显得困惑，"你为什么不去待满三年？"

三年？

云厘脑袋一片空白，只留下唇部翕动："噢，那这边我的论文……"

张天柒："你在那边会写论文。"他停顿一下，"翻译成中文，就是你这边的论文了。"

云厘的笑容僵住："那我的研究内容……"

"哦，你和剑桥那边商量就好了，不用让我知道。"

云厘："……"

怎么听都觉得不靠谱，张天柒自己也像忘记了这事一样，再没主动找过她。

报名的时候看导师和颜悦色，云厘也没想到会这么坑，以至于其他同学的生活都步入了正轨，只有她还无所事事，每天都在发愁。

只好顺着师兄师姐说的，早一些出来实习。

从回忆中回过神，云厘补充了一个来之前就想好的理由："而且我自控力不太好，拍视频时作息会颠三倒四。找个实习能让我的生活规律些。"

"哦哦。"何佳梦表示明白，开始跟她八卦，"杜格菲刚刚在里边有没有跟你说什么？"

"没有。"

"前段时间她不知从哪儿知道傅识则在这儿上班，就直接找了我老板，说想过来面试。"何佳梦吐槽，"她这面试明显醉翁之意不在酒，我老板就直接把这麻烦丢给我了，但我也不好连面试都不让她来。"

云厘"啊"了声。

"她刚刚出来，问我傅识则在哪儿，我说我不知道。"何佳梦说，"她又问没来上班吗？我说来了。她就走了。"

云厘不自觉地往周围看了眼，确实没看到傅识则的身影。感觉再不说句话实在有些不知好歹，她勉强挤出一句："怎么像来监督工作的？"

何佳梦被她逗笑了："这么一想也确实。"

不想在这儿久留，云厘以怕打扰他们工作为由，跟她道了声别就往外走。走出办公室，刚掏出手机，铃声就响了——是母亲杨芳的电话。

在负一层找了个无人的角落，云厘接起来："妈妈。"

前两天云厘给家里打电话的时候，随口提及了今天要来面试的事情。这会儿杨芳打过来，不出所料，果然是来关心她面试得如何的。

云厘情绪低落："好像不太好，我也不知道。"

"也没什么，这些都是社会经验，都需要积累的。"杨芳安慰道，"不管这次有没有好的结果，对你来说都是有收获的。"

还没接话，那头忽然响起云永昌的声音："这臭丫头本来性子就内向，跟陌生人话都说不好，非要一个人跑去南芜那大老远的地儿，以为好玩是吧？现在后悔了吧？"

云厘被这话刺到。

噌的一下。

一股无名火涌起。

不知从什么时候开始，"内向"似乎就成了个贬义词。

明明是很正常的一个词，从别人口中听到，却会觉得对方是在指她不善交往、不善言辞、孤僻又不合群。当有人拿这个词来形容她时，云厘会觉得抗拒，无法坦然接受。

像是成了一个她不想让人察觉且提及的缺点。

云永昌这个态度，也是他惯用的手段。他向来顽固，让他认错比登天还难，不论是对妻子还是儿女。这话看似是在责备云厘，实则是以这种方式，让她服软下了这台阶。

以往云厘都不想跟他吵太久，每次都顺着他的意。

但这次她完全没有这个意思。

云厘尽量心平气和地道："嗯，也不是什么大事情。如果这家公司不要我，我就给下一家公司投简历。"

云永昌的语气更凶了："说的什么话！西伏容不下你这尊大佛了是吧？"

云厘："我没这么说。"

云永昌："那现在就给我订机票回来！"

云厘："我不要。"

气氛僵持。

片刻，云永昌冷声说："行，你现在不回来就以后都别回来了。"

云厘的火气反倒随之被点燃："我在别的城市读研、工作怎么了？"

云永昌没说话。

"我又没说一辈子不回去，我每次都是好好在跟你商量，你哪次好好听了？"云厘眼睛红了，话也不由得哽咽，"你除了说这种话还会说什么？"

随后，那头传来杨芳劝阻的声音："你们父女俩怎么一对上就吵起来……"

云厘用手背抵住眼，飞速说了句"我去吃饭了"就挂了电话。

…………

在原地平复完心情，云厘从包里拿出粉扑补了个妆，而后又戴了口罩。确定看不出情绪后，才从消防通道回到一楼。

从这扇门一出去就是 EAW 的大门门口。

云厘随意地往那边一瞥，看到傅识则和杜格菲站在前边，不知道在说些什么。她这会儿情绪极差，也无半点心思去顾及别的东西，转头正想往出口的方向走。

下一刻，杜格菲突然喊她："闲，闲云！你上哪儿去啊？怎么不过来？"

云厘莫名其妙："什么？"

"你刚刚不是让我帮你要这个帅哥的微信吗？"杜格菲过来抓住她的臂弯，亲昵道，"他还以为是我要，搞得我可尴尬了。"

"……"

云厘明白了。

敢情是要微信不成觉得丢脸，想把锅甩给她。

没等她开口，傅识则淡声问："你要？"

云厘顺着这话看向他。

傅识则今天穿了件浅色衬衫，黑色西装裤，胸前挂了个工作牌。他像是刚修理完什么出来，手上蹭了点灰，还拎着个工具箱。

此时他安静地站在原地，等着她的回答。

杜格菲抢先替她说："对啊，她就是不太好意思说。"

傅识则低眼，似是在思索，没有多余的动作。过了几秒，又与她对上视线，漫不经心地问："不是给你了吗？"

话音刚落，店里就走出个穿制服的男人，喊傅识则过去帮忙。他应了声，朝她俩轻轻颔首，便转头往里走。

杜格菲也意识到这俩人原来认识，脸都绿了。

云厘低声说："那我也先走了。"

"噢，"杜格菲调整好表情，挽住她的手臂，"我也要走了，一起吧。"

云厘有些抗拒，却也没挣开，自顾自地往扶梯走。

杜格菲跟在旁边，闲聊似的："你俩认识啊？"

云厘："算是。"

"是吗？"杜格菲叹了口气，语气带了些嗔怪，"那你一早跟我说呀，我肯定也不会做那种事情了。你这样我多尴尬。"

云厘侧头看她。

杜格菲脸上仍挂着笑："不过也没事儿，我相信你也不是有意的。"

"……"

云厘就没见过，这么，不要脸，的人。

倒打一耙还能倒到这种程度。

跟云永昌吵架的坏心情还未恢复，又平白在傅识则面前被这陌生人喊过去当枪使，她唇线拉直，觉得没发火也算是给足面子了。

云厘缓慢道："如果我没记错，今天是我们第一次说上话。"

"对哦，那既然没说过话，你怎么记得我的呀？"仿若没察觉到她的情绪，杜格菲眨眼，"我还挺受宠若惊的。"

云厘敷衍反问："你呢？"

杜格菲："我记性好呀。"

云厘："这样。"

"说起来，你还挺像我一个很好的朋友。每回呢，她见我看上了什么东西，就会故意跟我买一样的。"铺垫了许久，杜格菲终于切入主题，恍然道，"对了，之前也没见你对这帅哥有意思，是因为听到我找徐总要他微信号啦？"

云厘一时语塞。

被这离谱的话弄得不知从何吐槽起。

杜格菲当她默认，笑笑："不过让你误会了，我对这种穷——"停顿了下，她找了个温和点的词，"没什么本事的维修工，没什么兴趣。"

云厘皱眉："你说什么？"

"你刚没看到吗？一手的灰，脏死了。"杜格菲说，"我本来以为是徐总的朋友，应该起码能混个店长，这么看他们关系也不怎么样。"

"……"

早些年，有一段时间，云厘家里条件很差。

那时候杨芳生云野时险些难产，一直在家调养身子。恰逢云永昌工作的那个工厂倒闭了，家庭没有收入，举步维艰。找不到工作他也不敢闲着，后来就靠在工地搬砖养活一家子。

每回跟亲戚聚会，都会有几个仗着家里条件比他们稍好些的人，在那儿倍加嘲讽，耀武扬威。

其中有人经常打着同情的名义，说云永昌没文化就只能去干这些活儿，身上的灰都融进皮肤和骨子里了，洗都洗不掉。

当时云厘年纪小，性格也不像现在这般话少怕生，听到的时候不会像云永昌那般沉默应对，次次都替父亲感到委屈和愤怒，伶牙俐齿地顶回去。

到现在，她看到这些亲戚时，也不会有什么好脸色。

也因此，她最讨厌这种因为活得光鲜亮丽，就以为自己高人一等的人。

杜格菲这话，也让云厘想到父亲当初的遭遇。她压着火："看来你条件挺好的。"

杜格菲："也还好——"

不等她说完，云厘又道："原来你之前还要过傅识则的微信，我不太清楚。毕竟那天我看你跟不少人要了，也没法记住全部人。"

明显觉得她是个好欺负的软柿子，此时突然被她呛茬，杜格菲表情僵住。

云厘无法做到像她那样，跟人敌对时还笑脸相迎，面无表情地说："对了，你条件这么好，他怎么没给你微信？"

"那是因为——"

"哦，看来他对你也一点兴趣都没有。"云厘压根没打算听她扯，直接打断，"所以人家是什么职业，每个月挣多少，跟你有什么关系？"

…………

直至云厘回到家，火气才渐渐消退。

她后知后觉地发现自己刚刚的战斗力，似乎发挥超常了。这感觉不可思议，又有些飘飘然，让她的心情也莫名其妙地好了不少。

云厘打开微信，发现杨芳和云野都找她了。

杨芳安慰了她一番，说的话跟往常差不多，主要是来劝和的。而云野也不知是从哪儿听来的风声，消息格外灵通：你又跟爸吵架了？

云厘：你不用上课的吗？

云野：妈让我安慰安慰你。

云厘忍不住告诉他：我刚刚跟人吵架，居然吵赢了。

云野：哦。

云厘：你不觉得很不可思议吗？

云野：不觉得。

云厘：？

云野：你跟我吵架就没输过，每次都堵得我无话可说。

云厘：？

云野：你可能自己没注意到，你平时遇人时可能嘴笨点，但一生气的时候，战斗力就会超强。

云野：不过也挺好。

云野：社恐并不代表懦弱。

结束对话后，云厘还在思考他的话，破天荒地觉得这个弟弟还是有些用处的。她起身，到厨房给自己拿了支雪糕。

复盘刚刚的"战斗"，想起杜格菲说傅识则是个维修工。即便知道这并不真实，听到别人这么说他，云厘心里终归不舒服。

算起来，他读研的话应该也毕业了。按照他这么好看的履历，应该会去大公司或者是搞科研什么的吧。

也可能是因为这店是亲戚开的？

想起上次吃饭几人相熟的模样，云厘感觉这个可能性比较大。

云厘坐在电脑前水了一会儿 E 站，私信已经有不少催更，她良心不安地当作没有看到。

自从开始准备考研，云厘的全部心思都耗在那四平方米大的自习室里，那时候连拥有几分钟剪视频的时间都是奢侈。每天她都渴望着从牢笼中释放的那天，但真正重获新生的时候，她又学会了新的生活方式。

偷懒，但是舒适。

正当云厘含着一口雪糕时，手机屏幕亮起视频来电的提醒，赫然是傅识则辨识度极高的名字。

云厘吓了一跳，被冰冻的雪糕冻到牙齿，她捂了下。看着这来电显示发呆。犹豫这一会儿，电话已经挂掉了。

没接上电话，云厘一时觉得有几分懊恼，又不自觉地松了口气。但还没等她缓上两秒，屏幕再度显示傅识则的视频来电。

云厘将电脑调至静音，手机的每一次振动和铃声都在她的感官中放大，连带着桌面都微微地颤抖。

鼓起了十二分勇气，云厘将视频模式切换成语音模式接听，装作什么都没发生地应了一句："你好。"

电话对面没有回应。

云厘平日里喜欢安静，但此刻，安静仿若一颗颗亟待爆炸的手榴弹。

刺啦一声，电话那边传来嘈杂的人声。

"厘厘姐，你在学校不？"云厘勉强通过称呼分辨出是傅正初。

突然觉得方才的心惊胆跳都是自作多情。

"今天学校百团汇，厘厘姐你要不要来我们的摊位玩一下？"

很少受到不太熟的朋友的邀请，云厘一下不会拒绝："可以啊。"她顿了顿，说道，"这好像是你小舅的微信。"

不过傅正初似乎没有听清，声音大了点："我要去干活了，要来捧场哦——"他匆匆挂了电话。

本来是想试探一下傅识则是否也在，思索一会儿后，云厘又为自己的行径感到羞愧。傅正初盛情邀请她，但她的不良居心昭然若现。

可能傅正初只是恰好用了下傅识则的手机。

更何况，她也没有必要想那么多。难道傅识则不在，她就不去捧傅正初的场了吗？

云厘更为惭愧地发觉——她确实是这么想的。

百团汇是学校里各个社团组织进行集中宣传的活动，各负责人会在学校广场的两侧搭帐篷，摆成长龙，就像一个午间的热闹集市。

云厘上一次接触类似的活动还是刚进大学的时候。

下午也没什么事，云厘咬了口雪糕，拎起包往外走。

学校离租赁的房子不远，云厘步行到校门口后，乘坐小巴士到校内。离广场还有距离，云厘就听到密集的喧哗声和音响声，入口处密密麻麻的人头，场地中央搭了个小型舞台。

下车后，云厘随着人流移动，宣传的人似乎把她当成了本科新生，纷纷给她塞宣传单。

走了一圈，好不容易在广场的边角找到傅正初。

"厘厘姐！"傅正初一身学院衫，帽子上印着南理工的校徽。原先正和新生讲得焦灼，见到云厘出现，他便干脆地塞了张宣传单将新生打发走。

注意到云厘手上厚厚的一沓宣传单。

"这些都不好，厘厘姐，你就瞅瞅我们社团的。"

傅正初瞟了两眼，一把拿走这堆宣传单，从挂在脖子上的文件袋中给云厘拿了张新的。

是一个叫作"攀高"的户外运动社团。

傅正初故作正经，清清嗓音："我们是学校唯一的户外社团，体量也是最大的，我是副社长。"

为了突显自家的竞争力，傅正初振振有词："而且我最近花了九牛二虎之力拉了一笔赞助，超级多钱！"

他话音刚落，云厘发现底下写着一段话——"由 EAW 虚拟现实体验馆赞助"。

后面还附上了 EAW 的详细地址和简要介绍，凭这宣传单到店消费还可以打八折。

云厘："……"

"攀高"户外运动社团的摊位不大，由两张一点五米长的桌子拼成L形，几个学生坐在帐篷底下引导新生填申报表。

作为赞助方，EAW 成功在他们摊位的帐篷上印上了自己的 logo 和主营项目的图片。

摊位的易拉宝意外地有些距离，前方摆了张平板桌，地上放着 EAW 未拆封的包装箱。

云厘站在摊位前，注意到易拉宝后面那偶尔探出的肢体。

是傅识则。

他单腿支地，西裤利落，不掩身形颀长笔挺。美工刀划开胶带到底部时连带着他的身体后退，露出硬朗明晰的下颌线。

灼人的日光显得他肤色越发苍白，双眸忽明忽暗，明明是会说话的五官，在人来人往中反而漠然无声。

像是突然意识到什么，傅识则抬眼望向她这边。

感觉自己是个偷窥狂，云厘连忙收回了自己的目光，好在傅正初发现了他的存在，直接用一声响亮的呼唤中断了她窥视的心虚。

"小舅！"傅正初搬着一个纸箱，喘着气往傅识则那儿跑。

云厘慢慢地跟过去，对上傅识则的目光，不太自然地点点头。

对于她的到来，傅识则并没有过多的反应，淡漠地看了她一眼后，继续整理傅正初搬过去的纸箱。

里面整齐地堆放着一些纪念纸笔、帆布袋和文件夹，边边角角印着 EAW 三个字母和地址，看起来是特意定制的。

傅正初帮忙将奖品摊到桌上，稍微摆了摆："这些是奖品，用来吸引人流的，有人玩一次游戏就送一个奖品，让他们自己挑就好了。"

均是常规的奖品，云厘却注意到天蓝色帆布袋上印着个半弯的月亮，孤零零地印染在底端。

是白天的月亮。

云厘收回目光，又忍不住多看了两眼。

傅识则此刻正在听傅正初讲奖品的发放规则，有一搭没一搭地应着，听起来不甚上心。

云厘不知道自己在期待些什么，原先以为有万分之一的可能性是他们两个达成一致让她过来。

现在傅识则的冷漠直接将这异想天开全数击碎了。

站在原地有些拘束，云厘只好翻来覆去地摆弄着桌面的奖品。

"这些奖品是不是挺好的？"傅正初突然问她，语气得意扬扬。

"都蛮好的。"云厘有些不好意思，也许是为了让自己不那么尴尬，她又找了些话题，"也挺巧的，我今天上午去面试了 EAW。"

"那太好了厘厘姐，以后你们就在一个公司了。"傅正初听到这个讯息后异常开心，转头故意一脸严肃："小舅。

"少给厘厘姐添麻烦。"

原以为傅识则不会搭理，他却突然开口："那我回去了。"

傅正初："小舅你怎么能走！"

傅识则："不添麻烦。"

傅正初："我错了。"

…………

傅正初连忙转移话题："既然厘厘姐和 EAW 这么有缘，不如当我们第一个体验者？我们这些礼品都是有 EAW 的 logo 的哦。"

他问这句话的语气似乎就是想要得到肯定的答案，云厘支吾了会儿："那待会儿我可以玩一下……"

傅正初："你想要哪一个？我让小舅给你留着！"

云厘有意隐藏自己想要帆布袋的心思，有所保留地回答："都挺好的。"

"这样啊。"傅正初为人直爽，满脸的无所谓，"算了，厘厘姐你直接拿一个礼物好了，没事的，反正都是 EAW 那边买的。"

还没来得及拒绝，云厘就被塞了一盒纪念笔。

傅正初还一脸自己做了天大的好事的表情。

云厘："……"

这下她也不好继续要帆布袋了。知道他出于好意，云厘只能忍痛又看了帆布袋几眼，默默地把纪念笔塞到包里。

将箱子里的 VR 和 AR 设备都摆到桌上，傅识则撂了下 VR 眼镜旁的启动键，从云厘的角度能看见镜片处一闪而过的亮光。

怕他觉得自己多管闲事，云厘过了几十秒才开口："需要我帮忙吗？"

傅识则随手指了个一米外的位置："你站那儿，我调位置。"

他又让傅正初站在和云厘相对的位置，自己走到了两人中间，游刃有余地戴上了 VR 眼镜。

也许是在调整虚拟世界的边缘，他捏着手柄，前端朝下，慢慢地靠近云厘。

两人似乎形成与世独立的幽闭空间，站在同一条小径上，男人如流浪在外的修道士，阴晦的气息瞬间吞噬了她的空间。

让她试图后退逃离，但又渴望他继续接近。

傅识则在离她一步之远处停下来，用手柄沿着她的周边画出一个虚拟的圆圈。

"可以了。"画好后，傅识则单手摘掉眼镜，发丝蓬松，他看向云厘，礼貌地说了声，"谢谢。"接着便查看其他设备是否正常。

傅识则另外还带了个小箱子，里面堆满了厚厚两沓宣传册，按照 EAW 的赞助条款，"攀高"社团需要帮他们将这些宣传册派完。

傅正初也注意到，瞪大了眼睛："今天要派完吗？"

不可置信的模样就像小孩初次见到怪物，见状，云厘不禁微扬嘴角："不是你拉的赞助吗？"

"话是这么说没错，但是，这也太离谱了，我就一个人。"傅正初苦着一张脸，"这也太过分了，EAW 只赞助我们一点点。"

傅正初已经忘了两分钟前，他还和云厘炫耀 EAW 赞助了一大笔经费的事情。

见傅识则不附和，他又说："小舅，你不觉得吗？"

"不觉得。"

"为什么？！"

傅识则瞥他一眼："又不是我派。"

嘴上哀号着，傅正初在行动上还是不敢怠慢，抱了一半宣传册往回走。云厘见状，觉着自己没什么事，也就跟上："我帮你派一点。"

不等他回答，云厘抱起剩下一半。

傅正初不禁瞅着傅识则，像看怪人一样："小舅，你看看，这就是你和厘厘姐的差距。"

傅识则懒得搭理，散漫地说了句"等会儿"。而后从云厘那一沓中拿了一半放在桌上。

傅正初结巴了两下："小舅你怎么不拿我的？"

"因为——"傅识则漠然，"这是你们之间的差距。"

"……"

云厘抱着宣传册跟在傅正初身后，忽地右耳又滚滚发烫。

刚才那句话……虽然听起来是在回撑傅正初，但或多或少似乎也是在说，她有特别之处。

"厘厘姐，我去另一边派，你在这边好了，不用走远。热的话就去帐篷底下躲着。"傅正初说完便走向广场的另一侧。

现在人还不少，云厘没过多久便派了不少宣传册。比较幸运的是，站在现在这个位置可以看见易拉宝那一块的全景。

EAW 派傅识则来学校宣传无疑是个正确的抉择——傅识则的外形优势迅速体现出来。大多数排队的都是女生，不少还成群结队。

云厘第一次作为旁观者看傅识则工作。

他站在边上，引导学生使用 VR 和设备，同时用纸板搭了临时安全区避免其他碰撞。

看起来漫不经心，也未见笑容，所有动作不见热忱主动，却也不见怠慢不耐烦。

心有想法的云厘偶尔往傅识则的方向看去，又匆忙别开眼，刻意地给另一方向的来人派宣传单。就像做贼一样，掩耳盗铃。

云厘有些懊恼，虽然她是这双眼睛的主人，但将它放置于哪个位置却不由自己控制。

下午四点一刻，人已经少了许多，宣传册已悉数分发。

云厘回到帐篷底下，几个守摊的成员都累得趴在桌上，甚至拿纸巾覆盖在眼睛上，仰着头睡觉。

傅正初搬来一箱水，见傅识则那边还有不少人排队，就塞了两瓶到云厘手里："怎么小舅那边还有这么多人，厘厘姐，你拿瓶水给小舅吧，我还得去派传单。"

云厘拿着两瓶水走到傅识则身边。

他还在工作，正在体验的学生恰好问他："是按右边的键吗？"

傅识则："右下方的键，摁住后可以抓握物品。"

也不知道是不是该打断他工作，云厘站在一旁安静地等着。

不过几秒，傅识则朝她的方向伸手，掌心朝上。

云厘一愣，相当默契地将水递过去。

他的目光平视，停留在体验区的学生身上，眼神疲惫。借助余光，傅识则接过水，轻微拧开瓶盖后又拧紧还给她。

又接过另一瓶水，打开后喝了口，放在桌脚。

看起来几乎是无意识的动作。

云厘反应慢了半拍，才意识到刚才发生的事情。她仔细盯着瓶盖的那一圈拧开的防盗环，就像看见傅识则的手覆盖其上。

回到摊位后，云厘还有些出神。这似乎也不是多么了不得的事情，却挠得她心口痒痒的。

云厘一向属于在人际上遇到挫折后，便会龟缩在角落里躲避的人。

好几次傅识则的刀枪不入，让云厘下定了决心远离这个冷冻品，可能还是那种未写明解冻方法的常年冻货。

可许多细节，又将她逃离的念头打消。

她不自觉地将目光定在那冷然的背影上，像偷拿了糖的孩子，唇角溢出不受控制的笑。

队伍只剩几人，傅识则环顾四周，天色渐暗，不少摊位已经拾掇干净。

他给一个女生摘设备，低头调整头带的长度，听到女生问："我可以拿这个奖品吗？"

傅识则回头扫了一眼。

女生手里拿着帆布袋，桌上只剩一些纪念纸笔。

见他没说话，她莫名觉得有些阴郁，不安地问："可以吗？"

沉默了半晌。

傅识则继续给下一个人戴上设备，语气平静。

"不好意思，这个刚才有人要了，换一个吧。"

…………

云厘帮傅正初合上帐篷，卷起易拉宝，捋捋申请表的边角放到箱子里。傅正初和其他人打了招呼，让他们回头将桌子和帐篷搬回办公室。

"小舅，你收拾好了没？"傅正初大大咧咧地搭上傅识则的肩膀，"快点快点，我们去吃饭。"

桌上还摆着剩余的奖品，见还有一个帆布袋，云厘顿了一下。她偷偷注意傅识则的脸色，又看看傅正初。

犹豫半天，等东西都收拾得差不多了，她才鼓起勇气问："我可以玩一下吗？"

"厘厘姐，你之前去 EAW 没有玩过吗？"傅正初问。

感觉像是被傅正初拆台，云厘不会说谎，只好小声说："没玩过……完全一样的。"

也许是她心虚，此时感觉时间的流逝都减慢许多。

傅识则单手拨了拨桌上残余的塑封，怠惰的眼角轻扬："奖品只剩帆布袋了。"

他的意思是，如果这时候她想参与的话，就没有其他奖品可以挑选了。

"我就是想体验一下。"

她尽力让自己看起来真诚："奖品什么的，都可以的，不重要。"

清爽的空气中，似乎听到傅识则来自喉咙里低低的笑声，微不可闻。

正当云厘打算进一步确认，抬头一看则是傅识则一贯的默不作声。

"厘厘姐你是想要这个帆布袋对吧，直接拿就好了啦，留着也没什么用的。"还没等云厘深究，傅正初终于看出了云厘的心思，适时地把帆布袋塞到云厘的怀里。

"就当作是——"他想了一个极好的理由，"回馈老玩家！"

结束后，傅识则将设备装回海绵袋，扣上安全锁后搬到车旁放后备箱里，似乎这些都与他无关。

三人到二楼的网红食堂吃饭。

网红食堂已经扬名在外，南理工也曾被调侃为网红培养基地。但这并不妨碍南芜的市民和游客慕名前来打卡。

这还是云厘第一次到这个网红食堂，她在西伏粉铺的队伍里，傅识则和傅正初两人都去了韩国料理的窗口。

云厘拿上粉条后，傅正初在出口处等她。

傅识则已经找了一个位置，站在那里等他们。

他们两个都点了紫菜饭团，工工整整地摆在黑釉餐盘上，唯一的区别是傅正初的量是傅识则的一倍，还另外点了一杯可乐。

"小舅，你只拿了自己的筷子？"傅正初一副不可置信的语气。

傅识则无语地盯着傅正初盘子上的筷子。

"没事的，我自己忘记拿了。"云厘把盘子放在桌上，连忙打圆场。

盘子上的粉条看起来朴素寡淡，清水之外就那么几根粉，一点油水都没有。

比起傅正初义愤填膺的模样，傅识则倒是不太在意，让她等一下，起身去给她拿了筷子和勺子。还顺带带了两碗小吃回来，放在云厘的盘子上。

明明是自己刚才因为盘子太重就没有拿筷子，云厘不好意思地看了眼傅识则，低声说了声"谢谢"。

傅正初一坐下便问："厘厘姐，你是西伏人吗？"

西伏人出了名地喜欢吃粉，云厘也是有一段时间没吃了，在网红食堂里见到便忍不住去点了一份。

扒拉两下碗里的粉，太烫了得放一会儿。

云厘点点头："对，我读研之前一直在西伏。"

傅正初："西科大的学霸吗？"

听到西科大，傅识则的筷子一顿，也抬头看他们。

"我在西伏的一所普通一本。"云厘不好意思地摇了摇头，"西科大几乎是最好的大学了，正常人哪考得上。"

"对的，我旁边就坐了一个不正常的人。"傅正初非常赞成地点点头。

"哦哦……"云厘故作糊涂，不自然地对傅识则说，"你是西科大的啊？"

傅正初满脸震惊："厘厘姐，你居然不知道小舅是西科大的，他是那年南芜市的高考状元，彩旗都快挂到我们家门口了。"

"那是很厉害的。"她的平平反应引起了傅正初的注意，云厘立马挤出一个夸张的表情，"那真是太厉害了！"

傅识则："……"

粉总算放凉了些，云厘往勺子里卷了一根，放到嘴边，刚吃进去。

傅正初突然把筷子拍在桌上，声音吓了云厘一大跳，粉条差点卡在喉咙口，云厘轻咳两声，拍拍自己的胸口。

"厘厘姐，你知道小舅有多不正常吗？"他愤愤道，"我当时不肯上学，他骗我说和我在一个学校，我就同意去了。前一天还拍着胸脯和我说以后要一直一块儿上学，但是——"

傅识则放到嘴边的饭团被他一把抢过，生闷气般地一口吃掉，傅正初继续说："坚持了两天，他跳级了！！"

云厘："……"

傅正初："还直接跳到了初中部！"说完后，还看向云厘，圆滚滚的眼睛明示她得说些什么。

傅识则眼皮都不抬，像是没听懂他讲话一般支棱着脸。

顶着傅正初的目光，云厘支吾半天，才开口："那他好像也没说谎，确实和你在一个学校的样子哦？"

三人陷入寂静。

见傅正初安静下来，似乎是听进去话了，云厘继续循循善诱："而且他也没有办法，再怎么说，生得聪明也不是他的错。"

现在傅正初的表情就像是呆住了一般，看着又有些古怪。云厘不清楚自己是不是说错了什么，只好确认似的问："你说，是吗？"

明明食堂吵得很，云厘却感觉她话音刚落的瞬间，他们三人彻底安静了。

只想赶紧从这怪圈中逃离，她扒拉扒拉自己的粉条，吃了一口。

见状，傅识则也默默地拿了一个饭团，看傅正初没什么动静，才慢慢地移向自己。

"但是，"傅正初突然又抢走了傅识则的饭团，"小舅你从小就给我留下了心理阴影，所有人都拿我们作比较。"

云厘差点被呛住。

"没想到这么多年过去了，我还是活在小舅的阴影下。"傅正初故作伤心地叹了口气。

傅识则把筷子一放，凉凉地盯着傅正初。

谁知道傅正初根本不怕，豁出去地说："小舅你还凶我！！"

傅识则："……"

这顿饭的后半程就是傅识则死鱼状态，大概是觉得挣扎无效，无论傅正初怎么"挑衅"，他都静默地承受。

傅正初开了头，也管不住嘴，吧啦吧啦讲了一大堆傅识则小时候的事情。

主要的事件就是傅识则跳级引起的连环效应，导致傅正初的妈妈这十几年认为自己的儿子和女儿也可能有天才的基因，是潜在的天才。傅正初也因此需要上各种补习班，他妈总觉得埋没了他。

最离谱的是傅正初上初中后，傅识则已经在高中了，原本以为可以喘两口气，同班又来了一个桑稚，做题像数数一样。

喋喋不休讲了许久，另外两个人就像观众一样，有频率地"嗯"两声。

"后来连我妈都承认了，她儿子的智商实在没法和她表弟的智商比。"傅正初理所当然地道，"那都差了一辈儿的人，能一样吗？"

饶是云厘脾气好，也有点听不下去傅正初的话，她吃完最后一口粉后，用手帕纸擦干净嘴，温声道："别难过。"

傅正初泪眼汪汪，觉得好不容易将云厘拉到了自己的立场，等待她下一句安慰。

云厘抿抿唇："都是普通人，咱要有自知之明。"

难得地，沉默许久的傅识则终于附议："接受自己并不可怕。"

"……"

下楼时，云厘注意到广场中央摆了几个甜品摊，专门卖刚才在食堂看到的饼干曲奇和面包点心。

"咦，今天有卖啊。"傅正初有点意外。

换个新环境就忘了刚才的事情，他扭过头装模作样地问傅识则："小舅，你想吃不？"

傅识则并不领情，直接拆穿："想吃就去买。"

说完，他还看了云厘一眼："你也是。"

云厘刚要拒绝，傅正初完全不给机会，推着她就往队伍里钻。

两人拿了密封袋和夹子，傅正初每到一个新的饼干柜子前就会分析它的优缺点，遇到他喜欢的还会帮云厘夹两块。

云厘已经没有力气回应了，这个傅正初也太能讲了。能讲就算了，隔一会儿还要问她个问题，她不应两句他就不会善罢甘休。

趁着聊天空隙，云厘问："傅正初，以前你也经常这样和你小舅聊天吗？"

"好像是吧。"傅正初抬头想了想，"不过以前小舅的话比较多，不像现在这样。"

这一听，云厘有些好奇："那他一般和你说什么？"

"问我是不是长了两张嘴巴。"

云厘往外看去。

傅识则站在人群外，在旖旎的流霞中，像大厦一般疏离清冷，低着头在玩手机。

和想象中的不一样，虽然傅识则大多时候都不搭理傅正初，但对他几乎可以用"宠溺"来形容。宛如一颗海藻球，情绪起伏时渐渐膨胀，却永远没有爹毛的一天。

如果云野这样，云厘估计早已经暴走了。

两人装好饼干，去结账时，才发现这一会儿，队伍已经排成长龙。

"我们往前走，厘厘姐，小舅在前头。"注意到云厘意外的目光，他补充，"以前我们出去玩都是小舅去排队的，小舅是排队专业户。"

果然在队伍的前端看见傅识则的身影。

云厘的步子慢了点，今天已经有不少事情麻烦他，她犹豫地看看两人的袋子："我们是不是该给他也拿一点？"

一开始没想到他是在前面排队。现在的感觉像是牺牲了傅识则，让他们两个独自享乐一样，毕竟其他人可以肆意挑自己喜欢的，而甘愿排队的人却是放弃了这一权利。

傅正初丝毫不在意："没事的厘厘姐，经过我们的打造，小舅才可以成为付出型人才。"

说完也不顾云厘反应，他将两个袋子递给傅识则。

傅识则接过后将手机切换到支付码，见这情况，云厘手疾眼快地把校园卡从口袋里掏出来。

傅正初是他外甥，她不是，让他给她买单总归不大过意得去。

云厘："我那个……你用我校园卡付就好了。"

傅识则没有接，缄默不语。等了好一会儿，手都开始麻了，却没有等到意料的反应。

云厘抬头，发现傅识则和傅正初两个人都在看她校园卡上的照片，傅正初只差把脸贴到校园卡上了。

云厘："……"

云厘觉得自己可能太瞻前顾后了，她关注的重点在于不该让傅识则为她支付这些费用，和另外两个人显然不在一个频道上。

傅正初："厘厘姐，这张照片还挺好看的，是你本科的时候吗？"

云厘迟疑一会儿，说："是我高中的时候。"

傅正初并不关注照片的时期，只是发出由衷的赞叹："厘厘姐，我觉得你长发比我姐好看多了。"他望向某种意义上的同谋——傅识则寻找共鸣："小舅你说对吧？"

傅识则没应，收回视线。

云厘瞬间有点窘迫，把校园卡翻了个面。

本科毕业照片采集的时候她恰好有事情回家，信息系统里直接沿用了她高中毕业的照片。彼时云厘还是齐腰长发，后来因此事，她索性直接剪成齐肩短发。那时候上初中的云野还因为难以接受哭了一顿。

"那我待会儿把钱转给……"云厘困难地说出后面两个字，"小舅……"

傅正初理所当然："没关系啦厘厘姐，我们是小辈，小舅不会让我们付钱的。"

云厘实在受之有愧。作为傅识则的同龄人，很难适应这一个"小辈"的身份。

"我觉得你小舅人挺好的，我觉得你还是不要老欺负他。"为了让自己听起来没那么刻意，她又说，"他都帮我们付钱了。"

傅正初："厘厘姐，这不叫欺负。反正小舅也没女朋友，钱花小辈身上就行。"

"欸，上次不是说挺多人要他电话……"

"最开始给了几个。"他一顿，"不过小舅都没回别人。"

云厘沉默了一阵："他还会给别人号码？"意识到自己的语气不太对，云厘立马补充，"我的意思是他看起来不会给，上次咱们吃饭不也是吗？"

"想什么呢。"傅正初一脸骄傲，"那必须是我们给的。"

"为什么？"

"找个舅妈管管他。"

…………

不一会儿，傅识则拿着两袋饼干回来，云厘背上了好不容易得到的半月帆布袋，将原先自己带的小包和饼干都装在里头。

可能是心里过分满意，她踮起脚，侧身往下看了看帆布袋。

见云厘喜欢 EAW 的奖品，傅正初好奇有无特殊之处："厘厘姐，背着感觉怎么样？"

云厘低头瞅瞅这个包，腼腆地笑着："挺好的，就是……"她将帆布袋往上提了提，"有点大。"

不太好意思在他们俩面前搔首弄姿，云厘跑到离他们两米远的空地拍照。

傅正初无聊地拆开饼干包装袋吃了两片，远远地看着云厘拍照，也许是太无聊便端详了会儿她背着的帆布袋，突然长长地"咦"了声。

"小舅，这不是你的头像吗？"

为了佐证自己的观察，傅正初放大傅识则的微信头像，摆到傅识则面前。

一个天蓝色，一个纯黑色。

傅正初："看，上面的月亮是一样的。"

傅识则用看智障的眼神看他。

不知足的傅正初得寸进尺，低声用只有两个人能听见的稚气的下流话揶揄他："小舅，刚才厘厘姐说你大。"

嘴巴里的饼干还一嚼一嚼的，分外欠揍。

傅识则："……"

天色暗沉，校园绿道的音响正在晚间播报，此刻是女主持人在采访一名已毕业工作的学长。

"所以尹学长，作为南理工曾经的风云人物，揽遍无数奖项，您的粉丝们包括我在内都很好奇，您觉得大学期间最遗憾的事情是什么呢？"

男人的声音温润如风，在音响的噪声下也很悦耳，他笑了两声，停顿一会儿："那大概就是……没谈恋爱？

"这几年我的同学们连娃娃都有了。"

傅正初随口一问："厘厘姐，你本科有留下这个遗憾吗？"

猝不及防，云厘瞬间想了万种答复，无论是哪种，都是尴尬的自我吐露。

这个傅正初是不是故意的？

云厘不爱探究别人的私事，更多原因是害怕其他人追问自己，从未脱单也是他人口中她不善交际的佐证。

忽地晚风有点凉，她用掌心擦擦双肘，艰难承认："我……没谈过恋爱。"

慌不择路地转移话题："你们呢？"

"啊，"傅正初歪着脑袋想了好一会儿，确凿而又不甚在意，"谈了四五次吧，每次都不久。"

"那……"话题的聚焦点转移到傅识则身上。

担心他也有类似的想法，将不曾恋爱视作缺点。云厘斟酌再三，故作糊涂地问："也是四五次？"

傅识则微微往后仰头，脖颈白皙，血管细枝般分布。恰好走过一盏白炽灯，在他眸中点亮一盏烛火。

他侧过头看着她："真是看得起我。"

"厘厘姐，小舅的意思是……"傅正初负责解读，"他能被问这个问题，已经是高估他了。"

他故作严肃："毕竟在我们眼里，他就是个无性生殖者。"

云厘："……"

傅识则："……"

女主持人继续问男人："那么尹学长，你有什么建议给新入学的小朋友吗？"

男人掩着笑声："那就希望大家好好学习，闲暇之余也不要忘记享受一场美好的校园恋爱。"

访谈结束时放起了最近在国外很火的一首歌 Wonderland，随着前奏音量逐渐增大。

傅正初不住地评价："他们不应该请这个男的当嘉宾。"

云厘："嗯？"

傅正初："我觉得以后大概率，等到小舅同学的娃都上小学了，他都没女朋友。"

他总结："小舅明显更有发言权。"

…………

三人慢悠悠沿着生活区散步。

不觉走到了西街附近，这是沿着生活区外侧建的联排店铺，大多是供学生娱乐和自习用的咖啡厅。

几只流浪猫懒洋洋地趴在路边，并不忌惮行人，有吃的便起身吃两口，慵懒得没有多余的动作。

路灯将身影拉得细长，这一角度下云厘和傅识则恰好重叠。

西街相当于到了学校外面，傅正初看了眼时间，问她："厘厘姐，我们今晚要去看足球赛，在南芜体育馆那边，你去吗？"

云厘一下没反应过来，足球？她可是一个连足球场上有几个球员都没有概念的人。

云厘："我还是不去了。"

傅正初："为什么？"

云厘："唔，我不懂这个，怕扫了你们兴。"

傅正初严肃地道："厘厘姐，我们去看球，不是去踢球的。"

见她犹豫不决的模样，傅正初直接拍板，指着马路对面的便利店："我们再去买点吃的吧，待会儿看比赛的时候吃。"

连锁便利店里各式各样的零食、饮料、快餐都有，云厘在开放式冷柜前挑牛奶，无意间听到对面传来他们两人的对话。

"不过小舅，你还不回学校吗？"

他还没毕业。

平时脑袋迟钝的云厘此刻像开光了一样，瞬间提取到了傅识则还在读博的信息。

她慢吞吞地看着牛奶盒上的保质期，但密密麻麻的黑色字符此刻都处于低分辨率状态，耳朵却格外清晰和通透地注意那边的对话。

半晌，傅识则平淡地道："不回。"

"那还能毕业吗？"傅正初语气诧异，"我老师说我要敢请一周假就要延毕。"

傅识则没回答，直接往收银台走去，云厘连忙收回自己的目光，假装还在认真挑牛奶。

"同学——"一个清朗的男声突然响起，云厘抬头，旁边站着个鬈发的男生，"一瓶牛奶挑了这么久？"

云厘有点尴尬，怕被傅识则他们听到："我也没挑多久，就看了一会儿。"

男生轻笑了两声，俯下身子稍微靠近了点："可是我看你挑了很久哦，你一开始拿了光明的盒子牛奶，后来换成了伊利的，然后又换成蒙牛的，我知道附近有一家一鸣真……"

云厘后退了一步，皱皱眉："我们认识吗？"

"不认识，但是……"

"不认识你为什么……"云厘顿了下，抱着怀里的牛奶继续后退，"要盯着我挑牛奶？"

说完，不等他回答，云厘扭身快步走到傅识则和傅正初身边。男生吃了瘪，到嘴边的话只能咽下去。

傅正初看了看冷柜旁的人："厘厘姐，是你同学吗？"

云厘摇头："不认识。"

傅正初："那你们刚才是在聊天？"

云厘正在把要买的东西的条形码朝上，然后递给傅识则。听到这话，她纠结了会儿，小声说："没有，他一直看着我，我觉得有点……"

不太确定这个形容是否恰当，云厘的声音更小了一点："变态。"

这一听，傅正初又往冷柜那边瞟了几眼。

傅识则接过云厘给他递的东西，将条形码对准检测口一个个扫描，放到一旁的袋子里。接到鲜牛奶的时候，他原先惯性的动作停住，自助结账机扫码口的红光印在牛奶盒的外包装上。

以为是自己牛奶拿太多了，云厘解释："我拿了三盒，想着待会儿你们也可以喝。"

傅识则继续扫条形码，问："巧克力味的？"

云厘："噢，我一开始找的时候没找到，如果你想喝的话我去隔壁的超市找一下。"

"厘厘姐你后头有的啦！"傅正初提醒她。

果真，云厘转头便发现巧克力牛奶放在收银台附近，因为是常温奶，所以没和冷柜的放一块儿，她拿起刚才的几盒牛奶："那我去收银台换一下。"

傅识则从她手里拿走了两盒，放回袋子里："换你的就可以。"

…………

结完账后，他们往停车场的方向走去，云野打来了一个视频电话，云厘直接挂掉了。他立马发来一条信息：你心情好点没?

虽然两个人平常更多是互相奚落，但关键时候，这个弟弟还是比较靠谱的。

云厘原本心情已经不错，此刻更像是上了天：还行，在外浪了一天，现在去下一场。

云野：……

云野：少骗人，才过去两个月，你能交到朋友?

云厘眉一紧，打字的速度都快了点：不要羡慕，不要挂念，你老姐过得很好！！！

云野：可以可以。

过了一会儿。

云野：男的?

这小子怎么会问这个问题?

虽然并没有发生什么，但不知道是不是云厘做贼心虚，总觉得真实回答就意味着有了点什么一样。

偷看傅识则一眼，她没底气地回复：女的。

云野也估计她这么点时间交不到男朋友：行吧，这么晚，你还要去哪里?

云厘：看足球。

云野：什么时候你们女生也会约去看足球了??

云厘也没注意自己发着短信越走越快。

渐渐和另外两人拉开两米的距离。

傅正初隐约看到云厘打开着聊天界面，还有好几个感叹号，以为云厘在和别人吐槽刚才的事情。又想起他在机场和她要微信号的事情，只觉得云厘在这方面不太开化。

便凑近傅识则小声说："厘厘姐是看不出那个人想搭讪她吗？她好像把别人误认为是变态在偷窥了？"

袋子里的罐装薯条和饮品磕着作响。

傅识则问："不然是什么？"

隐隐听出傅识则话中的不认同，傅正初也没多想。可能是有过相似的经历，他感同身受地辩护："就是纯粹的搭讪呀！"他感叹道，"对吧，厘厘姐这么漂亮，没想到这方面这么没经验。"

"我也没经验。"傅识则侧头说，"比不上你谈了四五次。"

"……"

到南芜体育馆时，几人才发觉饮料白买了。体育馆此刻人声喧嚣，气氛鼎盛，门口几个安保拦截了自带饮料的人群，一个巨大的木牌放在前面，写着"禁止自带酒水"。

见状，傅识则又把东西放回车上。云厘和傅正初两人进了门在原地等待，发现大部分的观众都穿了白色或者黑色的衣服。

这是两支队伍的颜色，显而易见的推断。

"你们有支持的队伍吗？"

"有啊！"傅正初提起自己的衣服抖了抖，"我这不是穿了黑色的衣服吗？"

"可是……"

她和傅识则都穿的白色外套。

傅正初一副了然于心的模样，淡定地道："没事的，你们就跟着我走！"

球场里的观众被一条过道分隔开，两侧分别坐着黑衣服和白衣服的人。

云厘三人顶着众人的凝视，走到了黑衣区。几乎每过来一个新的人，就会问他们两个是不是坐错地方了。

好一阵，傅正初也顶不住了。

"小舅，厘厘姐，你们还是去对面吧。"

云厘尴尬地拿起包，在白衣区找个位置坐下，傅识则跟着她在邻位坐下。

位子不宽，偶尔两人膝盖相碰，云厘都会触电一般缩回来。

云厘先打破沉默："你支持这个白队吗？"

傅识则："没有。"

"那你平时看比赛吗？"

"不看。"

"那你今天是陪傅正初过来的吗？"

傅识则回头看她："你不也是？"

这尴尬的对话让云厘想找个地洞钻进去。

好在比赛很快开始了，全场气氛热烈起来，云厘才不至于殚精竭虑地解决和傅识则的沟通问题。

这还是云厘第一次在现场看球赛。以往她也浏览过不少 up 主的解说视频，上次探店时遇到的费水就在球赛解说方面小有名气。

作为旁观者和亲身的参与者，体验却截然不同。

此刻云厘便感受到了这种热烈。

为了提高娱乐效果，南芜体育馆还配了现场解说，激昂的语调节奏与现场的喧嚷尖叫保持一致，一波一波将场内氛围推向高潮。

云厘进门时被塞了两个拍手器，这一会儿被带动了，也能适时地拍一拍。

不知不觉，云厘的情绪也被周围的人带动，当白衣队进第一个球的时候，她也不住地狂拍。

傅识则："……"

原先想说什么，但看云厘笑容满面，他又闭上了嘴。

只当没有听到那声音。

旁边一直低气压，云厍也无法忽视。

想了会儿，她将其中一个拍手器摆在他面前："我感觉你也可以多参与一点，还蛮开心的。"

傅识则没有接。

过了几秒。

云厍捏着自己白色的衣服，向上提了提："我们不是白队的吗？"

明明原先是两个人不看球，现在云厍已经彻底倒戈。

傅识则甚至在她微抿的唇角，看出了一丝丝指责。

"……"

两个人对视，在炽热的背景中悄然无声，云厍有一丝紧张，却又倔强地坚持自己的视线。

半晌。

"啪啪啪！"

顺从地，傅识则接过拍手器，不发一言地挥了挥。

估计也是没想到傅识则这么配合，云厍还蛮开心，嚼着笑接着看比赛。

比起最初旁边像立了个冰窟，现在云厍觉得身边回暖了许多。傅识则靠着椅子，偶尔会拿起拍手器挥一挥。

就在云厍偷看傅识则的时候，现场的气氛又被点燃，云厍忙跟着白区的球迷狂摇拍手器，广播里主持人的音调越来越高："比赛进入焦灼状态，只要他们能再进一球，只要再进一球就基本保证胜利了，我们现在能看到白队的前锋突破了防守，这是……"

主持人语速越来越快，随后场上爆发一阵阵欢呼和尖叫。云厍不懂足球，但也能理解场上那个"2：0"的含义。

现场摄像将画面拉近球员，球场上的大屏幕和观众席上的液晶屏幕快速地在欢呼拥抱的球员身上切换，随后转移到几乎疯狂的白衣区球迷身上，被拍到的球迷激动地对着镜头挥舞双手。

主持人仍在激情澎湃地解说，云厍看向傅识则，他无聊地靠着椅子，慢慢地挥两下拍手器。

直到镜头停留在他们两个身上。

曝光在几千观众前，云厘原先狂摇的拍手器骤然停下，瞬间敛起了笑，有点无所适从地将拍手器放下。一旁的傅识则也动了动，环着胸，乖张而又冷漠地直视着镜头。

摄像机就像坏了一样，没有转移的迹象。

此时主持人恰好对镜头进行解说："简直不可思议，因为进球，球迷们激动得呆若木鸡……"

…………

好在这压抑的情况没维持多久，镜头移开后，云厘感觉自己重获生机。

意识到刚才自己在摄像机前的表现，云厘明白过来，自己的冷场帝属性又升级了。

接下来几分钟，云厘都只是坐着发呆。

注意到身边突然安静下来，傅识则看了她一眼，云厘睁大眼睛盯着手中的拍手器，像蔫了的茄子。

傅识则将目光转回球场内。他动了动，双肘倚在膝盖上，身体前倾，手里握着拍手器。隔了一会儿，像是克服重重障碍后下定决心，忽地狂拍几下。

听到一旁的声响，云厘有点诧异地看过去。

傅识则斜了她一眼："这不是进球了？"

云厘意外，没注意到什么时候又进了一个球，也跟着傅识则一起狂拍，说："这支队伍好厉害。"而后她瞅了瞅黑队那边的座席，笑着给傅正初发了信息："傅正初，你应该换支队伍支持。"

偷闲把酒民宿：我去呜呜呜，我好恨。

云厘回归初始状态，像孩童般无忧地跟着白衣区的球迷一块儿挥舞着拍手器。

见状，傅识则揉揉困倦的眼睛，又靠回椅子。

…………

十分钟后比赛结束，白队三比一获胜，云厘周围几乎所有球迷都激动得抱成一团，为这几年来第一次夺冠喝彩。

这种氛围让云厘眼角涌起阵阵感动，也许这就是自己衷心热爱的东西斩获荣誉时，那种无上的自豪吧。

直到视线再度与傅识则对上。

他看起来已经有些困了。

云厘一下子清醒，轻咳两声掩饰刚才的"忘我"。

傅识则坐在外侧，率先起身，跟着人流往外挪动。从云厘这边看过去，他身形修长似一支笔杆，手插在裤兜里，只露出纤细白皙的手腕。

从小到大，云厘都属于人群中偏白的群体。

可和她相比，他却白得病态而又妖冶，偏大的白外套，躯体似乎一扑即倒。

等等。

她在想着，扑倒他？

打消自己乱七八糟的想法，云厘做贼心虚地和傅识则保持两步距离。

在她后头的人不给机会，一散场便赶着投胎般往外挤，云厘一不小心没稳住，额头撞到傅识则的肩胛骨上。

瘦削让他的骨骼像地底的硬壳，撞得云厘钻心地疼。疼得眼泪都掉出来了。

见傅识则回头看她，以为是自己撞到他，云厘还忍痛道了歉。

云厘的手捂着脑袋，只觉得后面的人在拼命推她，傅识则不带什么情绪，不客气地伸手将最前面的人往后推了一把。

"后退点。"

"干吗呢！"被推的男人条件反射般地大喊。

对上傅识则的眼神后瞬间熄火。

明明眼前的人高挑但不魁梧，说起话来更是和凶神恶煞沾不上边，却莫名让男人有些战栗，往前挤的男人扁扁嘴，只敢后退一步示弱。

傅识则低眼，侧过身，示意云厘走到他前面。

原先坐在位子上时，云厘看比赛再入神，也没有忘记保留一些空间，避免出现两人相触的情况。

过道狭窄，她贴着他往前走着时，即使身体刻意地往外偏，仍然不可避免和他有接触。

衣服擦到的时候如燧石相触。

云厘低着头，假装什么都没有注意到。

待云厘到前面后，傅识则和她保持一步的距离。和周围赛后的喧闹相比，傅识则安静得仿若不存在。

云厘从小便不喜欢陌生人触碰她。

不论小初高，本科时代也有不少自来熟的男生会靠她很近，直接拿她正戴着的耳机，到兴头上用手拍拍她肩膀，或者喊她时直接拽她衣服。

这些行为或多或少都吓到了她。

但认识傅识则至今，他一直礼貌得体，有意识地避免和其他人有肢体接触。

从这些小细节，云厘可以分辨出，他是个家教很好的人，从不愠怒，从不逾矩。

除了不爱说话，也不爱笑。

到体育馆外，傅正初已经在门口处等待，他已经把一身黑色外衣脱掉，只留下一件学院短袖。

傅识则问："衣服呢？"

傅正初闷闷地哼唧两声："扔了。"他哀号两声，"以后再也不爱了。"

不悦的心情也只维持了几分钟便一扫而空，正打算回去的时候，体育馆门口几个中等身材的男生和他打招呼。

傅正初聊了几句话后回来："和他们很久没见了，我们踢个球再回去。"

云厘看傅识则："你要去吗？"

傅识则不介意地承认："我不会。"

"那你一般——"脱口而出的瞬间云厘又觉不妥，说不定傅识则没有会的球类，她一下子改口，"不打球吗？"

刚被傅识则塞了根士力架的傅正初替他回答："小舅不踢球，他打羽毛球。我是全能的，下次一起打羽毛球吧，厘厘姐。"

"啊，好啊。"云厘朝傅识则看了眼，他没讲话，傅正初不满地用肘部顶了顶他："小舅，厘厘姐问你话呢。"

云厘："……"

傅正初："厘厘姐问你要不要一块儿打球。"

云厘顿时窘促，所幸傅识则也没在意，点点头。

门口的朋友在催促，傅正初和他们打了声招呼便过去了。

云厘跟着傅识则去停车场，两人一路无话。

如果不是一切发生得那么顺其自然，云厘甚至怀疑傅正初是不是上天派来的助攻。

入秋了，南芜的风已有了阵阵凉意，地面停车场高挂着几盏低功率的灯，人影与细语吸附在黢黑中。

傅识则给云厘打开副驾驶座的门。

"先进去。"

在她入座后关门，傅识则没有立即回到驾驶座，而是靠着车的左前方。云厘见他肩膀倾斜，在口袋中摸索了会儿。

他低头，一刹的微光，空气中弥漫开灰白的云雾。

第一支烟没有带来终结。

孤寂的身影像是陷入无边的黑暗，而微弱火光是漫漫长夜的解药。

傅识则回来的时候摇下了车窗，飞疾的晚风携着烟草味飘到云厘的鼻间。他发动了车子，凭着记忆朝七里香都开去。

中途傅正初还发了条语音信息过来，傅识则瞥了眼，继续打方向盘。

汽车恰好开到隐蔽的一段，傅识则打开车灯，视线停留在前方道路上。他轻声道："帮我看一下。"

这还是两人上车后的第一句话。傅识则的声音仿若就在云厘的耳边，声线又柔和，云厘莫名觉得有些燥热，她拿起傅识则的手机，解锁后打开微信。

没想到他会允许自己用他的手机。

微信首页是几个聊天窗口，云厘不想偷看，但不可避免地可以看见前几个聊天窗，第二个的备注是"林晚音"，已经有一百多条信息未读。最近一条信息开头写着：阿则，我妈妈给你包了些粽子，让我给你拿。

后面说的是什么，云厘看不见，但她能判断出来，这是个女孩的名字。

不知为什么，心里稍微有点不舒服。

点开傅正初的窗口，播放语音信息，安静的车厢内响起傅正初一喘一喘的声音，估计是球踢到一半发来的信息。

"这么晚了，小舅你记得要把厘厘送到楼下。记住，"傅正初加重了语气，"不能上楼。"

云厘面色一红，将手机放下。

后方超车，傅识则看向车后镜，语气不太在乎："不用管他，比较聒噪。"

"嗯……"云厘小声地应，突然想起什么，她问，"噢，夏夏和傅正初是亲姐弟吗？他们的姓氏好像不一样。"

"傅正初跟着我姐姓。"

"噢，好。"

不好进一步问，云厘应了声后便不再说话。

窗外的风景淌成瀑布飞过，原以为剩下的路程只剩沉默，傅识则却主动开口："原本打算让夏从声也跟着我姐姓。"

云厘慢慢"哦"了声，问："那原本是傅正初和爸爸姓吗？"

"不是，姐夫比较怕我姐。"

云厘自然地问："那你也怕吗？"

空气瞬间又安静了。

云厘回过神，解释："我的意思是你怕姐姐吗，不是问怕不怕……呃，老婆……"

这回安静得连呼吸声都听不见了。

路程不长，十分钟后，汽车平稳地停在小区门口。云厘照惯例和傅识则道了谢，一开车门，暖气和外界的凉风对冲，云厘拉紧了领口。

"那我就先回去了，你开车注意安全。"

"等会儿。"

云厘止住关门的动作，弯下身子，傅识则侧着身，朝后座的那袋零食额首。

"拿回去吃吧。"

与那个夜晚不同的是，车身在黑暗中快速地压缩成圆点，画出一条笔直的线，在尽头残余两抹红光。

他喜欢喝这么苦的东西吗？

"我加点糖。"

傅识则重复了下她刚才的话："真的
不喜欢糖。"

第四章
可以陪你玩一会儿

回到家后，云厘先将手里一大袋零食放到茶几上。然后从帆布袋中拿出饼干，黄油香味四溢。

想起傍晚时分傅识则排队时的背影，轮廓与旖旎落霞的边界已经模糊了。

将饼干倒进玻璃罐里，云厘将罐子封口后放到电脑桌的角落。

打开电脑，在搜索栏里一字一字地输入"傅识则"三个字，网页上很快弹出与他相关的信息。不出意料，好几页密密匝匝堆满了他读书阶段的获奖记录，从小学到读博，数不胜数。

之前的无人机视频已经是好几年前的新闻。而最近的信息，已经是去年3月的了，讲的是他所在的课题组发表顶刊，在某一领域做出重要突破。

"该研究由史向哲教授团队完成，文章的第一作者为我校12级直博生傅识则……"

云厘在心中默念这一段话。今天是2016年10月10日，直博生是五年的学制，原则上还有8个月，傅识则就要博士毕业了。

好长一段时间里，云厘都以为他毕业了。但现在看来，事情并不像她想的那样，今天在便利店傅正初也说了，傅识则一直停留在南芜。

单手在触控板上滑动，网页的信息如弹幕般弹到她的视网膜上，是不同时段的傅识则的照片。

云厘的思绪放空。

无论哪一个时段的他，都不是现在的他——活在阳光底下，却晦暗阴郁。

她心里有些猜测，这两年内可能发生了什么不好的事情，想到这儿，云厘顿觉胸口堵堵的。

等云厘洗完澡，已经是十二点半了。手机通知栏显示“偷闲把酒民宿”发来的信息，是两张图片。

点开第一张看，是大屏幕里她和傅识则的合影，两人坐得笔直，镜头恰好抓拍到她局促地将双手重叠放在腿上，茫然地看着前方。而旁边的傅识则傲然不驯地环着胸，唇角绷得紧紧的，眼睛朝着她的方向。

两人都没有其余表情，看起来就像刚闹了别扭的小情侣。

第二张是傅正初和傅识则的聊天截图。傅正初问他：小舅，你怎么在偷看厘厘姐？

傅识则的回复隔了半个小时，连标点符号都省了：明着看。

云厘咽了咽口水，从哪个角度解读这句话似乎都不太妥当。她摸摸自己的脸蛋，已经烫得不像话。傅正初还给她发了信息，质疑：厘厘姐，你看看小舅！！像不像偷窥的变态！！

云厘弯了弯嘴角，傅正初真的是性格挺好的。随手给他回了个表情后，云厘将第一张图片放大，让整个画面只留下他们。

这是他们的第一张合照。

就还……挺不错的。

另外的信息来自何佳梦，通知她拿到了EAW的offer。

措辞很委婉，表示技术部在前一段时间面试了很多人，因此很遗憾她没有进入二轮面试。如果她愿意的话可以到人力部门实习，无须二面，每周出勤三天，需要她尽快给出答复。

没想到这么快就出结果了。

云厘紧绷的神经终于放松了一点，躺到床上用猫咪老师枕着自己的下巴。她给邓初琦发了条微信：EAW正式给我发offer啦！安排我到人力那边。

邓初琦：还不冲？

云厘：我还有点纠结嘛，哭，我原本投了技术部的，被调剂了，这个和我专业不太对口。

邓初琦：那你还有找别的吗？

云厘：其他都拒了我……

从个人发展上来看，EAW 提供的岗位并不是一个很好的选择，但 EAW 确实是个比较好的平台，毕竟背后的东家是优圣科技。

邓初琦调侃她：可是 EAW 有夏夏的小舅呀，不香吗？不香吗？

她又补充：说吧，你租这么近的房子，是不是一开始就有想法了？

虽然云厘并没有因为傅识则做这些事情，但就像被戳中了心事一般，隔空恼羞成怒。

丢开手机准备睡觉。

在床上来回翻滚了许久，云厘重重地呼了口气，起身直接给何佳梦回了短信：好的，我后天就可以去上班。

第三天一到公司，云厘便在人事部门撞见了来帮忙的何佳梦。

自来熟的她忙不迭地带着云厘熟悉公司的环境，详细地和云厘介绍了各个部门的情况。

EAW 科技城是优圣科技的子公司，主营 VR 体验馆和相关硬件设备的定制和零售。产品前期由优圣科技开发，因此这里的员工一般也把优圣科技总公司称为本部。

云厘所在的人事行政部的部门经理是当时面试她的考官方语宁，由于 EAW 只成立了几个月，现在整个部门的正式员工加上方语宁，一共只有六个人。

“闲云老师，没想到你会来我们公司。”何佳梦看起来很开心，神秘兮兮地问她，“是不是我们老板的魅力太大了，闲云老师也无法拒绝？”

还是一如既往地，三句不离帅哥。

云厘尴尬地笑笑。初来乍到，能重新见到何佳梦，让她感觉第一天上班的紧张消散了许多。

何佳梦简单给她介绍了下 EAW 的主要情况后，便将她领到工位旁，清了清桌面残留的塑封纸。

作为新员工，云厘想尽可能表现得积极一点，便主动问：“佳梦，我现在要做什么呀？"

何佳梦沉吟了会儿，像是遇到了一个大难题："闲云老师，你是我们招的第一个实习生。所以，其实我不太清楚。"

"那我应该去请教上次那位面试官吗？"

"呃……她也不太清楚。可能就是四处打杂吧。"

云厘瞬间感觉自己迈入了另一个天坑。

注意到她神色的变化，何佳梦还尝试着安抚她："也别太担心，你记得老板那个亲戚不？就是傅识则，听说原本要去本部的研发部门，不知怎的到我们这儿来当了个工人……"

意识到自己的措辞不对，她立马改口："不，设备维修员。

"老板安排他到体验馆那边，但那边基本都是新机器，一般也不会出什么问题。所以他平时也是四处打杂，也没什么不好。"

"但我听说他学历挺高的，应该挺厉害的。"云厘不自觉地袒护傅识则。

"话是这么说，主要是工作上太难配合了。"何佳梦秀气的眉毛蹙起，"他和谁讲话都冷着张脸，连我都受不了，也只有我们老板能忍受他的脾气。"

提到徐青宋，何佳梦表情一百八十度大转弯，满是崇拜："他也挺听老板的话。"

"语宁姐这会儿还在面试，今早的话应该没什么事儿了，你就自个儿再熟悉一下环境吧。"何佳梦看了眼时间说。

"好，那我再看看资料。"

"公司没有食堂，我们都是订盒饭，不过盒饭只能送到门口，得我们去拿。别说有好事我没想到你，刚好我要排去拿盒饭的人，每次是两个人一起去。"何佳梦笑眯眯地盯着云厘，怎么看都觉得不怀好意。

"怎么样，有没有心动人选？"

云厘想了一会儿，才说："没有。"

何佳梦更直接了点："傅识则怎么样？"

"你来决定就可以……"

"如果不是我心有所属了，我就把傅识则和我排一块儿了。"何佳梦一副痛心疾首的模样，又十分不理解地看着云厘，"你也见识过呀。"

"那傅识则至少脸好看啊，你每天拿盒饭都拿得心情舒畅，你不觉得吗？"她佯装恨铁不成钢的模样重重地叹了口气。

交代完事情后，何佳梦便回自己的办公室去了。

云厘翻看了工位上的文件材料，大都是一些产品的使用说明。文件很快就翻完了，她也就无所事事起来。

在工位坐了一个小时，云厘把今天的新闻从热点到蹭热度的都刷了一遍，还是没有其他人来。

正当她要闲得发霉的时候，方语宁通知她去 EAW 体验馆协助修理设备，届时场馆里会有工程师在。这并不是云厘所在部门的工作，估计是将闲人给其他部门借用。倒是和何佳梦说的一样，可能就是四处打杂了。

EAW 体验馆今天上午不对外开放，云厘从玻璃门看过去，里头暗沉沉的，狭小的光束中晃荡着粒粒微尘。

用何佳梦给她的员工卡刷开门后，云厘在门口翻开电闸盒，发现电闸已经全数打开，估计工程师已经在里面了。

场馆内寂然无声，不知为什么，她也放轻了自己的步子。

在一楼走了一圈，在角落的房间门口，云厘听见钝物在地面拖动的声音，听起来里面已经有人在工作了。

云厘敲敲门，中规中矩地说："您好，我是新来的实习生，语宁姐派我来协助您维修设备。"

没有人来开门，里面却又响起了器械敲击和移动的声音。云厘感觉受到了忽视。

里面的人就像是故意的，拉扯的声音更大了。再敲门就像要和对方"对线"一样。

在她陷入是否要继续敲门的挣扎时，一个声音传来：

"进来。"

云厘推开门，房间里只开了盏米黄色的小灯，空气干燥，木制品与塑料胶的气味混杂在一块儿。角落里有个身影蹲着，袖子半挽，他翻了翻工具箱的道具，拿起把螺丝刀比对了下，又随手丢到一旁。

"来 EAW 了？"傅识则声音不大，在封闭的房间中回响。

在工作场合，云厘还是切换回敬称，说起话来毕恭毕敬："对的，谢谢您上次的建议。"

在来之前，云厘已经想象过许多和傅识则相见的场景，犹豫再三，她还是谈起自己被技术部刷掉的事情。

"我被调剂到了人事部门，和专业不太符合，我的性格又是，"云厘有种自己豁出去了的感觉，"有些社恐……"

傅识则手上的动作一停，抬起头，米色的灯光打在他的脸上，他似乎没信："是吗？"

云厘被他这么一问，呆了呆："看、看着不像吗？"

傅识则盯着她看了好一会儿，似乎在认真地思考她这个问题一样。

这副模样不禁让云厘怀疑他是不是在回忆她主动要联系方式的事情。原先云厘是想从傅识则那儿得到一些关于职业的意见，这会儿只希望这个话题能快点结束。

"语宁姐让我过来和您一起修理东西。"云厘小跑到他旁边试图转移话题，才注意到地上放着个磨砂袋装的牛角包和一杯咖啡。

毕竟不会修东西，云厘心里有些犯怵。

"有什么我可以帮忙的吗？"云厘看了看地上的早点，"您的早饭都凉了，您可以先吃早饭。"

从云厘这边看过去，傅识则穿着简单的蓝色工服，黄色的电工手套占据大片面积。

"不碍事。"傅识则没让她插手，放了两个灯泡到口袋里便往梯子上爬。

梯子看起来并不是很稳固，饶是傅识则这体形的人往上爬的时候都会发出巨大的声音，云厘下意识地扶着梯子两侧。

傅识则更换的是吊顶的两个射灯，他握着灯泡将外檐旋开，放到口袋里，不一会儿便将新的灯泡换上。

从梯子上下来之后，他把手套一摘扔一旁，到门口打开射灯，原本暗沉的天花板明亮了许多。

在门口，见云厘还在远处扶着梯子，傅识则提醒她："梯子上没人。"

云厘愣住，尴尬地松开手。

傅识则从地上拎起牛皮纸袋，三两下拆开袋子，他咬了一口面包，往前走两步查看其他的射灯。

"我来检查吧，您先吃早餐。"云厘温声道，傅识则脚步一停，回头看她。

她刚才说错什么了吗？还是她脸上有脏东西？云厘心中闪过好几个想法，见傅识则没动，她紧张兮兮地说："您也辛苦了一早上了，剩下的我来做就好。"

没想到的是傅识则只是又咬了一口面包，学她的口气："不劳您帮忙。"

"……"

云厘学乖了："那你先吃早餐……"

其他的灯光设备基本都正常，云厘把几个有点小问题的记在纸上，傅识则慢慢地跟在她身后。

后方的存在让云厘感到一阵阵压力，她故作镇定，迟疑道："那我们今天还做别的事吗？"

傅识则"嗯"了一声，停顿一会儿，又问她："你想做什么？"

云厘手一顿。

这问题问的——她能想做什么？

这不是该问他！

好在傅识则吃完了早饭，也没在意她的回答，告诉她今早剩余的工作是把场馆内的其余游戏设备测试一遍。

是她能做的事，云厘松了口气。

和她第一次到的时候相比，EAW 新增了一些经典电影的主题场馆，还有一些街边娱乐项目，比如表情模仿抽奖、游戏盲盒等。云厘还不熟悉场馆，揣着文件夹跟在傅识则后面。每测试完一个设备，云厘就会在检查表上对应的位置打钩。

剩余的，两人分头行动，云厘负责表情模仿抽奖的机器。这套机器利用了人脸表情识别技术，屏幕上会提示玩家需要模仿的情绪，然后镜头会记录玩家的表情并进行识别，匹配分数越高，抽到的奖品越丰厚。

云厘以前没玩过这个，也不知道是不是真的这么灵敏。

她坐在机子前，屏幕上出现她的脸，并且左上角用不同的颜色条标注各种情绪的分值以及总分。

她点击"开始游戏"，屏幕提示：兴高采烈。

云厘露出一个浅笑，屏幕上一个黄色长方形框出她的脸，随后鲜艳的广告字体显示总分——20分。

这……也太难了吧？

云厘点击再来一次，在出现黄框之后，她立马夸张地挑眉瞪大眼睛，咧开嘴巴，连笑肌都能看得一清二楚。

屏幕弹出几个掀开的礼物盒——100分，您超过了99%的人！

也太浮夸了。

对于那些没什么情绪的人，这个游戏就不太友好。在对应位置打钩后，云厘在屏幕上操作，正准备关机。

心底突然冒出另一个想法——

想法刚萌生，云厘便觉得自己似乎有点过分。恰好傅识则已经测试完了，过来她这边。

云厘后退一步，将文件夹向下放在大腿侧。

"这台机器好像有点问题，检测不太准确。"云厘一边说一边观察傅识则的神色。

她……也不算说谎吧？

这台机器确实也不太准，她得露出好夸张的表情才能拿到高分。说服完自己，云厘心里稍微有点期待，等着傅识则的反应。

"一直都这样。"傅识则兴致泛泛地打了个哈欠，在屏幕上戳了戳。

弹出几个字——心花怒放。

傅识则的脸在屏幕正中央，显得阴鸷而凝重，他绷直的下颌线条终于松了松，似乎是很努力地在扯出笑容。

紫灰色的箱子出现在屏幕上。

左上角的"愤怒"和"悲伤"两个分值腾地升上去。

——10 分，您超过了 5% 的人。

果然还挺准的。

云厘心想。但傅识则丝毫没有为了拿高分挤出笑脸的样子，云厘原本的小算盘也没得逞。

"不准。"傅识则直接走到一旁，往检测表上打了一个大大的"×"，将笔盖一合拢，挂到胸前的口袋里。

云厘连忙笑着安慰道："就是它不太准，我们可以找厂家修理。"

而此刻云厘的脸刚好被摄像头捕捉到。

分数直接从 10 分跳到了 100 分。

"……"

这就像，你上一秒和考砸的朋友说，没事，大家都考得很差，下一秒班主任在讲台上大声宣告你拿了年级第一。

"你看，你还超过了 5% 的人。"云厘都有点语无伦次了，"5% 乘以总人群，那也是个巨大的数目了。"

傅识则瞥她："你还挺乐观。"

"……"

好在傅识则早已经习惯了这台机器，并且也很有自知之明。

检查完设备已经到午休时间了，两人拉了小房间的闸后准备离开，云厘注意到最外侧的房间门口放着台街机，介绍上写着房间里的这款 VR 游戏改编自一款经典街机游戏。

在云厘上小学的时候，街机游戏火遍西伏。放学后，云厘经常会和同学偷偷地去玩，约定要一块儿玩一辈子。

那时候她的零花钱还不多，就将每个星期的一两块钱存下来。再后来就是云野上小学了，云厘就将自己的生活费存下来，等到周末两个人一块儿去玩。

再后来，科技日新月异，云厘回家也会和云野继续用游戏机玩那几款游戏。而以前的朋友，也渐渐在时光中走散。

见云厘停在街机前，傅识则站在原处等了一会儿，问："试试吗？"

云厘："欸，可以吗？"

傅识则"嗯"了声。

云厘不太好意思，说："我小时候经常和同学去玩，那时候街机很火，里面有好几款游戏我都很熟悉。"意识到一直在聊自己的事情，云厘又问，"你小时候玩过这个吗？"

"不玩。"傅识则应道。

云厘："那你小时候一般玩什么？"

傅识则："主要和外甥玩。"

云厘："噢……那你和傅正初玩什么？"

傅识则："他喜欢玩过家家。"

云厘："……"

傅识则将电闸拉开，房间里面放了十几台小型的摩托车装置，傅识则去后台远程操纵激活了两台机器，两人商定她在左边，傅识则在右边。

云厘在屏幕前操纵，选择了"2p"（两位玩家），接下来是选择两人的关系，估计会据此选择游戏的副本。

屏幕弹出几个选项，云厘一愣，只有亲子、配偶、情侣可以选。点另外两个实在是引人遐想，云厘果断地选了"亲子"。

傅识则："……"

不知道怎么解释才能让自己的动机看起来正当点，云厘讪讪道："我觉得我们的关系，用这个词描述比较准确……"

傅识则："……"

提醒她："有下一页。"

"……"

云厘只想给自己配一副高度眼镜，下边这么大一个右键她都没看见。由于已经锁定了，云厘不能进行其他操作，直接点击进入游戏。

屏幕提示他们选择监护人操作的机器。

云厘高度怀疑，这个游戏的设计者是不是就怕差评不够，怎么能设计出这样离谱的进入界面。

云厘自觉地将傅识则设定为父亲，将自己设定为女儿。

傅识则没有讲话，但他的视线仿若穿透了她的后背，烧得云厘心里害怕，她尴尬地提议："那要不我当妈妈，你当……"云厘硬是没将"儿子"两个字说出来。

傅识则："……"

好在后面的操作都比较顺利。进行了基本的设定后，两人便进入正式游戏。游戏过程需要骑在摩托车上，下面安装了机动装置模拟驾驶效果。

云厘没有穿戴过装备，爬上摩托车后便不知道做什么。见状，傅识则翻下车，走到她身边提醒："等会儿会晃动得比较厉害。"

他俯身用手指敲敲她鞋子附近的一个脚踏板："踩这儿。"

云厘顺从地将双脚放到脚踏板上。

傅识则侧头问她："给你绑上？"

这句话听着让人怪脸红的，云厘微如蚊吟地"嗯"了声。

和第一次到 EAW 的感觉不一样，那时候云厘的情绪更多被恐惧笼罩。此刻，她盯着傅识则，傅识则将固定绳环住她的脚踝，然后收紧，不自觉地，她的目光上移，停留在他的锁骨上。

刚给云厘安好装置，注意到她一动不动的视线，傅识则抬眸："太紧了吗？"

云厘脸红："没。"

给她穿好另一边的安全绳后，傅识则回到了自己的位置，等两个人佩戴好 VR 眼镜进入游戏后，眼前出现一家摩托车商店。

云厘看见旁边有个人，戴着一副墨镜，穿着紧身的运动装，估计是游戏里的傅识则。对方选择了摩托车的车型后还和她点了点头。

游戏进入倒计时。

她不用选摩托车吗？云厘觉得困惑。

等游戏正式开始，云厘才发现问题所在——

由于选择了亲子模式，系统默认她和傅识则骑一辆摩托车。

她坐在傅识则的后面，眼前就是他的背影。

过于真实的场景让云厘下意识地往后躲，手从摩托车的把手脱离，VR 眼镜的音响系统安装在眼镜内，云厘听到个可爱的提示音："小朋友，抓紧把手才能抱住爸爸哦。"

"……"

明知道这一切都是虚拟的，但在 VR 的世界中，这种视觉上的真实感仍旧让云厘抗拒主动抱住傅识则。

但心里越是在意，这些稀松平常的事情就变得越别具心思。

没两秒，摩托车开始动了，傅识则骑着摩托穿梭于山林间，同时射击窜出来的怪物，怪物的形象也是致敬那款经典街机游戏。机动装置的模拟效果很好，好几个翻转的场景都吓得云厘闭上了眼睛。

等云厘回过神，才发现自己不知何时又握紧了把手，游戏中自己正用细小的胳膊环着傅识则的腰。

云厘感觉额上出了细密的汗，虚拟现实技术有限，还无法给予真实的触觉反馈，然而，仅凭视觉上的拥抱，云厘也觉得自己的心提到了嗓子眼。

傅识则始终平视前方，似乎完全没有注意到她的存在。云厘正打算收回的手停住，用指尖摁了摁掌心，已满是薄汗，她深吸一口气，舒展开手指，看见自己又抱住了前方的身影。

偷偷抱一抱……好像也没有关系……

终点是峡谷的边缘，她看见傅识则下了摩托，游戏里的角色戴着头盔和墨镜，脸颊上有些刮痕。

他朝她伸出双手。

云厘屏住呼吸，看见傅识则的双手穿过自己的胳膊底下，将她抱起来放到地上。

短短几分钟的旅程，遍历山河，云厘看着自己小小的掌心，鼓起勇气地去牵住他的手。视线中，对方也轻轻牵住了她的手。

傅识则此时已经摘了 VR 眼镜，只看见左手手套振动了一下。他转头看向云厘，她过了一会儿，才慢慢地摘掉 VR 眼镜，像是还没回过神。

几秒的沉寂，系统开始播报离场安全注意事项。傅识则先解开了自己的装备，走到云厘身边。

云厘的眼神有些躲闪："这个模式好像比较特殊。"

傅识则弯下腰给她解安全绳，同样的游戏，他却似乎没受到影响，问她："哪儿特殊？"

"这个亲子模式的设定好像会避免儿童学习驾驶和射击的动作……"

傅识则愣了一下："你刚才没开枪？"

"是的。"

"也没骑车？"

"是的……"

傅识则的表情略显困惑："没进入游戏？"

"……"

云厘低着脑袋，心虚得不行："亲子模式的话小孩不能操作，只能一路看风景。"

傅识则瞅了她一眼："好看吗？"

云厘点点头。

不需要问，云厘也能通过他们的对话推断，傅识则是完全不知道她坐在后头的。

也对——他也不可能玩过亲子模式。

说不出心中是庆幸还是失落，云厘觉得今天自己已经得到许多了。在科技的福音下，就像曾经的街机游戏给她带来的热血沸腾一般，在这里面，她切身体验到一个截然不同的世界。

但她希望这些是真的。

将设备都关闭后，两人回到办公室。

云厘怀里抱着文件夹朝傅识则轻声说了一句"谢谢你的指导"便转身跑掉。

办公室里已经坐了三四个人，云厘顿时有些紧张，放轻了步子走回自己的位子，幸而也没有引起任何人的注意。

邓初琦在附近送材料，约她去海天商都一楼的咖啡厅见个面。云厘收拾好东西，给何佳梦发了条信息说自己不在公司吃午饭。

邓初琦："所以，你这一上午就玩了会儿游戏？"

云厘不满道："这不是工作嘛。"

邓初琦说："还是交钱才能玩的游戏。"

邓初琦喝了口咖啡："那夏夏小舅有表现得照顾你吗？不过我看他那冷冰冰的样子，也不像是会关照人。"

"自力更生。"云厘斜了她一眼。

也不想自己说的话被邓初琦解读为傅识则"毫无作为"，云厘组织了下语言，说："夏夏小舅对我也挺好的，前两天他来我们学校的时候陪傅正初去看足球比赛，也顺便带上了我。"云厘没有提其他细节。

"你们还一块儿去看足球比赛了，你还懂足球？"邓初琦自己想起了什么，轻拍了下桌子，"我想起来了，你以前不是参加过那个机器人足球赛嘛，你应该挺清楚赛制。"

云厘摇头："那个足球赛只要进球就行，进个篮球也算赢。"

邓初琦说的机器人足球赛发生在云厘高二的时候，她们两个都在西伏最好的高中，学校不乏提升学生综合素养的活动。

那还是云厘第一次知道科技节的存在。

云厘压线进入这所高中，被周围同学的优秀压得喘不过气来。每月公示月考排名的阶段更是身心折磨，好几次，云厘拿着那张十厘米长的成绩条——班主任并不知情，这张边缘坑坑洼洼的小字条，会开启充满火药的夜晚——不想回家。

云厘总是愣愣地攥着那种字条，在离家两个路口的地方。五米的距离，反复地将同一块石头从一侧踢到另一侧。

直到夜深到不得不回去。

科技节的通知发布时，正好是月考结束。不出意料，云永昌并不同意她参加这个"毫无意义"的活动。

事实上，在云永昌的眼中，学习成绩是一切。上一所好大学，是普通人改变自己命运的唯一方式。他同样将此寄托在两个孩子身上。

"你自己看，又考成什么样子了，就这个成绩你还想着去参加那些乱七八糟的东西？"云永昌把字条撕碎后扔到垃圾桶里。

明明是轻飘飘的纸张，被撕碎的瞬间，却沉得让云厘喘不上气。

那天，卡在报名截止前，云厘又想起一年多前看的那个火遍一时的视频。

像魔怔了似的，云厘报名了其中的机器人足球赛。每一支队伍需要在教练的指导下完成机器人的搭建。

学校邀请了西伏科技大学的高才生来指导他们，每支队伍的队长便是西科大的学生，有将近六十支队伍参赛。

云厘所在的队伍花了三个星期搭这六个机器人，正式比赛是 5V5，需要留一个候补的机器人。

前期他们的队长在西科大远程写代码，最后一段时间会来学校和他们一起组装机器人。

离比赛只剩几天了。队长让他们找个摩擦力大一点的地面，熟悉机器人的操作。

那天是周末，操场的塑胶跑道还浸润在清晨的湿气中。

云厘找了个角落，将机器人放到地上，机器人长得并不好看，暗灰色的方正躯干，两只黄色的眼睛圆溜溜的，脑袋还是白色的。

丑是丑了点，能动就行。

云厘操纵手柄上的摇杆，机器人却很迟钝，往往需要她朝一个方向推个几秒，才会缓慢移动。

云厘花了一整天的时间，也没有让机器人推着石头动起来，直到午时的烈日也偷偷露面，她去小卖部买了个面包，坐回操场上。

盯着这个蠢蠢的机器人，云厘闷闷地啃着面包。她只觉得难过，用手指弹了弹机器人的脑袋，抱怨道："你怎么这么笨。"

后来，她郁闷地盯着机器人，让它从半米远的地方靠近石头，她本人也蹲着，小心翼翼地跟在机器人后面。

北向的热风如潮流般扑到脸上，低头时，云厘的余光瞥见旁边出现的一双帆布鞋。

云厘抬起头，是个瘦高的男生，看着有些眼熟，眸色和发色都偏褐色，五官却很柔和好看，云厘一时有点看呆了。

"不好意思打扰你了。"男生笑着说，"就是我和我朋友——今天路过这里，他有点害羞，没过来。"

他指了指观众席那边，远远地，汪洋般的蓝色座椅中，一个男生孤零零地坐在那儿。

男生也看着他们，云厘只能分辨出对方肤色很白，却看不清长相。

云厘站起身。

"我们在这儿待了一天了，看见你一直在玩这个机器人。"

云厘在陌生人面前有些害羞，但听到他这么说，本能性地反应："我不是玩，我在训练它！"

男生愣了下，突然笑了声。

云厘有些尴尬，问他："为什么笑？"

男生没回答她，而是蹲下去端详她的机器人："这机器人还挺可爱的，是你自己搭的？"

云厘没吭声，警惕地盯着他，生怕他一个不小心弄坏了自己的宝贝。

往前俯身的时候，男生的口袋里滑出一张通行证，装在透明卡套内，云厘认出来是学校特地发放给西科大的学生的。

他是另外一支队伍的队长。

云厘一时不知怎么应对。

男生见云厘一直盯着自己的通行证，以为她好奇，捡起随手给她看了一眼。

证件照处是一张奥特曼的图片。

"……"

图片挡住了他的名字，只能看到一个"渊"字。

彼时云厘还没怎么接触过这个年龄段的男人，只觉得对方温柔而又叛逆，她瑟缩地退了一步，盯着他。

男生将小石头捡起，起身扔到草地里，一条弧线划过，石头便不见了踪影。他又从口袋里掏出一个小小的足球，上面用涂鸦画了个笑脸，放在她的机器人面前，问她："你看，这样是不是挺适合？"

云厘一副狐疑的模样。

男生后退了一步，和她说："再试试。"

云厘操作了下摇杆，那蠢了一上午的机器人往前移动两步，到推足球的时候，突然又卡住不动了。

男生表情也有点尴尬，问："要不我来试试？"

心里纠结了好久，云厘还是将手柄递给了对方。

温和的午后，男生耐心地告诉她怎样操作才容易控制机器人以及球的方向。等能用机器人移动小足球后，云厘露出他们见面后的第一个笑容。

"我要走了，我朋友还在等我。"男生柔和的五官晕在光线中，云厘捡起那个小足球，再望过去，男生已经跑远，隐隐约约，后背上印着个"U"开头的单词。

云厘瞪大眼睛。

"等——"

到嘴边的呼唤停住，云厘站在原处看着他们。

不知道什么时候，观众席上，那个一直默默坐着的人也到了操场门口，两人差不多身高，穿着同样的外套，后背上的字母已经完全看不清了。

云厘始终没看清另外一个人的脸。

那么草草的一次见面，被云厘遗忘在光阴中。后来她全身心都放在了自己的机器人上。在比赛中，虽然名次不高，但云厘获得了她的第一座小奖杯。

那个小足球被她放在奖杯旁，摆在房间的书架上。

云厘回忆不起机器人被她搁哪儿去了。印象中，比赛结束当天，队长让他们把自个儿的机器人带回家留作纪念，当时云野还抱着个手柄玩了好几天，爱不释手。

一时心血来潮，云厘想重新捣鼓下那个机器人。下班后，云厘在租的房子里干巴巴地等到十点，一到点便立刻给云野拨了个视频通话。

云野：对方拒绝了您的通话请求。

云厘：你为什么挂我电话？

云厘：？？？

另一边的云野此时背着书包急匆匆地往校门口走，因为太清楚不理云厘的后果，他在路上还不忘回了一句：我还在学校。

刷校园卡出门的时候，手机振动一下，微信界面一个巨大的红色圆圈：消息已发出，但被对方拒收了。

云野："……"

深呼吸一口气，被拉了黑名单，云野只能在另一个聊天软件上回拨了视频通话。画面很暗，云厘只见那张和自己一半像的脸撑到了镜头前，满是埋怨："我还在学校。"

云厘幽怨："原来接我电话都要分场合。"

云野："……"

云野："周围有人。"

云厘睨他一眼，云野急了："我同学会以为你是我女朋友。"

云厘："……"

确定周围没人后，云野整个人才放松下来："说吧，什么事情？"

云厘切入正题："你记得我高中时候参加的那个机器人足球赛不，后来我不是把机器人带回家了。你回去帮我找找，让妈找个时间帮我寄过来。"

云野："哦。"

云野又问："你什么时候回家？"

对于云野的日常催归，云厘选择漠视。

云野是走读生，回家只十分钟不到的路程，到家后他直奔云厘房间，将镜头翻转。

云厘看见自己熟悉的房间，云野将抽屉一个个翻来翻去，大多是些陈年旧物，信件纸张已经旧得发黄。直到在底下的抽屉找到了那个机器人。

这么多年过去了，除了看起来松松垮垮，机器人倒是没什么变化。

"应该是这个吧？"

"嗯。"

"那我收掉了。"云野刚打算拉上抽屉，云厘眼尖，注意到里面有一个烫金的信封。

"那个蓝色信封也一起寄来，还有奖杯旁边那个小足球。挂了。"

"等会儿！！"估计也是没想到云厘利用完人后就不留余情，云野没控制住音量，他立马将摄像头转回自己。

云厘警惕："我不和爸说话。"

云野露出无语的表情，不安地用食指挠挠自己的额头："不是，你把我从微信黑名单放出来。"

一大清早到公司，云厘拿起杯子，打算到休息室接杯水。

光线透过百叶窗投射到室内，并不明亮。空气闷闷的，云厘开了灯，才留意到空调正在低速运转。

她脚步一顿，望向沙发，不出意外，那里蜷着一团黑影。她立马转身将灯关掉。

犹豫了一会儿，她悄声走到沙发边，和上次见到的场面相似，傅识则缩着身体，枕在手臂上合着眼。

毯子滑落在地上。看起来是在 EAW 过的夜。

傅识则蹙着眉，似乎在做噩梦，偶尔指尖会颤一颤。

盯着那张侧脸，云厘心跳漏了几拍。她慢慢地蹲下身体，捡起那条毯子，小心地给他盖上，生怕被他察觉到。

桌面上，他的手机忽然一振，打破了宁静。云厘还俯着身子，此刻一僵，还未直起，便看见眼前的人睁开眼睛。

他眸中还带着点睡意。

云厘身板一紧，刚想解释自己为什么在这儿。

傅识则却又合上眼睛，将毯子往上拉了拉，挡住半张脸。

她屏住呼吸，男人的睫毛密而黑。她直起身子，刚想离开休息室，又停下脚步，盯着他看了好一阵。

意识到自己在做什么之后，云厘红着脸，慢吞吞地走出休息室。

刚出门，便在门口遇到要去另一城市送材料的何佳梦。

"我先去休息室装点水。"何佳梦看了眼手表，迅速说道。云厘顿了下，脱口而出："有人在睡觉……"

"啊……"何佳梦有些无奈，看到她的脸，不禁笑道，"闲云老师，你的脸怎么红成这样？难道睡觉的那个是个大帅哥吗？"

云厘一窘："就是休息室有点闷……"

何佳梦眨眨眼，笑眯眯道："那我知道了。"

云厘有口难辩，局促道："你路上小心点，我先回办公室了。"

"欸，闲云老师，等一下。"何佳梦将云厘拉到角落，小声吐槽，"上次那个杜格菲居然来咱们公司了，她爸妈好像是老板爸妈的小学同学，没想到这都能攀上关系。"

"哦……"云厘配合地应了声。

没太将这件事情放在心上，直到回了工位后，云厘发觉自己的位子上多了不少东西。

不仅椅子上挂了件女士牛皮外套，桌面上凌乱地放着水杯和口红，桌底下还放了双拖鞋。

其他人还未上班，办公室里已经没有空的桌子了。

云厘还思忖着怎么办，门突然打开，杜格菲走了进来，见到云厘她也有些意外，但还是自来熟地挥手打了声招呼。

上次和杜格菲也算是结下了梁子。现在在同一个部门，云厘也不想将关系搞僵，不自然地"嗯"了声表示回应。

杜格菲径直坐到了她的位子上。

"这是我的位子。"云厘提醒她。

坐在椅子上的人没动，拿出镜子照了照自己的睫毛，一边说："昨天我来上班，他们说咱俩实习时间不一样，谁上班谁坐咯。"

云厘还打算忍气吞声："那时间撞了呢？"

"秦哥说你人好，不会和我抢位子呢。"

"……"

秦哥应该指的是同部门的正式员工秦海丰，云厘在第一天实习的时候见过。杜格菲自觉已经解决了这个问题，又说："我没动你的东西，你也不要动我的。"

云厘意识到，不想把关系搞僵，似乎是她一个人自作多情。

她的脸上已经没表情了："那你还挺讲规矩。"

"是呀。"杜格菲朝她眨眨眼，"对了，我记得那天你面试的是技术部，怎么和我一样来了人力？"

她露出夸张的疑惑："还是说你被刷了？"

云厘："……"

杜格菲接着说："你也别太难过，反正都是打工，没这能力不吃这口饭。"

云厘不想搭理。

秦海丰此时来了，见到她们俩，笑眯眯道："早啊，对了云厘，菲菲也来这边实习，你们俩应该只有周五是一块儿来的，休息室也有位子，你们看看怎么分。"

"秦哥，厘厘人比较好，说把座位给我。"杜格菲的声音软了许多，看向云厘，"对吧？"

没想到云厘完全不吃这套，直接道："并没有。"

"这是我的位子，你让一下。"云厘毫无情绪，"语宁姐让我坐这儿的，我的领导好像是语宁姐吧？"

平日里，云厘并不会这么和别人争执。但想起上次分别前，杜格菲对傅识则不屑的嘲讽，她心中生出极强的不悦。

"调整座位的话，还请让我的领导通知我。"

言下之意，除了方语宁，其他人的话她都不听。

两人原先是认为云厘老实巴交好欺负。

杜格菲扁扁嘴，望向秦海丰。他沉着脸，似乎没想到云厘会直接让他下不了台。

有些人骨子里便是欺软怕硬，秦海丰和云厘对视了一会儿，讪讪道："菲菲啊，没想到新实习生这么不讲道理，我给你找个新座位。"

杜格菲不满地望向云厘，似乎她才是那个罪人。

云厘站在她旁边，顺着秦海丰的话，不客气地回撑道："把你的东西收拾了再走，新实习生。"

等他们关上门，云厘紧张的神经终于放松下来。她也没想到，在有秦海丰在场的情况下，她还能和上次一样，稳定输出。

好像只要事情和傅识则有关，她便能克服自己的怯弱，勇敢地迈出那一步。

傅识则进到徐青宋办公室的时候，后者正双手抱着后脑，优哉游哉地倚着工学椅。

走到他边上，傅识则拿了两张纸巾，擦拭着脸上的水珠。

"昨晚没回去？"

"嗯。"傅识则应了声，默不作声地坐在沙发上。

瞥见他的神情，徐青宋笑道："怎么了？一副做噩梦的模样？"

"……"

傅识则回想起梦里的画面。

女生俯身靠近他，离他很近，五官虽然不清晰，却能判断出来，是云厘。

怎么会梦见她？

他沉默了会儿，模样困倦："不算是噩梦。"

"梦见什么了？"徐青宋托着下巴，轻敲桌面，"说来听听。"

见傅识则垂着眸，神色都不变一下，完全没有说的欲望，徐青宋调侃道："梦到女人了？"

傅识则手指一顿。

徐青宋瞅见，语气中略带点不可思议："做春梦了？"

"……"

傅识则此刻百口莫辩，他顿了一会儿，也没有争辩的欲望。他懒懒地抬抬眼，徐青宋识趣地不再逗他，只是笑。

这笑里也带着深意。

"对了，我今早路过办公室，秦海丰带着杜格菲在抢云厍的位子。"徐青宋头疼地抚抚额，"我也真是失败，连位子都没留够。让小何重新布置了。"

闻言，傅识则等着他的下文。

"只不过没想到的是，云厍还挺……"徐青宋思忖了会儿，拖着调子说道，"凶的，两个人完全没占到她便宜啊。"

傅识则想象了下那个画面，莫名地，他心情不错地"嗯"了声。

上午算是得罪了秦海丰，他今天一直没给云厍好脸色看，理所当然地对她呼来喝去，让她四处干活。

好不容易有喘息的机会，云厍到休息室，打算倒杯热水。

门打开来，傅识则走了进来。

云厍想起今早的偷看，不知不觉心跳加速，全身上下的每一处皮肤都试图出卖她，渗着薄汗。

傅识则看了云厍一眼，走到吧台附近，舀了勺咖啡豆，便摁了键，白衬衫搭西裤将修长的腿拉得笔直。

云厍听到咖啡豆碾碎的声音。

咖啡机开始萃取后，傅识则微调了下杯子的位置，便倚着桌子，低头看着出水口。

云厍盯着傅识则的背影，直到出水声停了，他拿着杯子要往外走，她才开口："那个，咖啡挺香的。"

傅识则停住脚步，侧头看她："你也要？"

云厍蒙了一下，不知怎的，点了点头。

似乎是觉得自己的行为太唐突，她又问道："可以吗？"

"嗯。"

傅识则将杯子放回吧台，拿了个一次性纸杯。

"要加糖吗？"

云厘很少喝咖啡，她走到他身边，问道："你喜欢加糖吗？"

傅识则："不喜欢。"

云厘踟蹰一会儿，小声道："那我也不喜欢。"

"……"

察觉到他的视线，云厘连忙解释："是真的不喜欢。"

傅识则"嗯"了声，将咖啡递给云厘，温热透过手掌传递到她胸口，她掩住心里的喜悦："谢谢。"

她喝了一口，液体刚入口的瞬间，极浓的苦味便让云厘皱紧了眉头。

他喜欢喝这么苦的东西吗？

傅识则也慢悠悠地拿起咖啡喝了口，若有若无地瞥了云厘两眼。见她抿着双唇，眉头紧锁，还打肿脸充胖子地继续喝了几口。

实在受不了了，云厘说道："我加点糖。"

傅识则重复了下她刚才的话："真的不喜欢糖。"

"……"

话虽这么说，他还是从边上递了两包砂糖给她。云厘硬着头皮道："我就体验下不同的风味。"

搅拌棒在杯子里划了一圈又一圈。云厘抱着杯子，听到关门声。

想到方才傅识则安静地给她做咖啡的模样，她不禁扬起唇角。

说是两个人一起拿饭，傅识则却没有通知她。

云厘去了个洗手间回来，发现盒饭已经放到了休息室的桌上，桌子旁边已经坐满了人，云厘进去没几秒就退了出来。

秦海丰在饭点让她送材料给方语宁，等她回到休息室时，袋子里只剩最后一份盒饭了，已经凉透。

就这么招惹了秦海丰，云厘心情不佳，坐在桌子前发了好久呆，直到有人推开休息室的门。

两人的视线都落到最后一份盒饭上。

傅识则率先开口："吃了？"

云厘犹豫一会儿，说："吃过了，你呢？"

傅识则安静片刻，也说："吃过了。"

"……"

两人又沉默了数十秒，云厝有点怀疑："那你进来，是有什么事情吗？"

"……做一杯咖啡。"

和他说的一样，他走到吧台给自己做了杯咖啡，接着便开门离开。

原先云厝以为傅识则没有吃午饭，想把这份盒饭留给对方。可能她心中也隐隐有感觉，傅识则是不可能在知道她没吃饭的前提下拿走这份盒饭的。

肚子都饿得咕咕叫了，也不知道自己逞什么强。望着桌上的盒饭，云厝咽了咽口水。

往门口瞟几眼，云厝将盒饭放进吧台上的微波炉，房间里响起微波炉工作时炉腔发出的嗡嗡声，不一会儿，叮的一声，微波炉的灯光熄灭。

盒饭拿出来后，表面还冒着热气，有些烫手。云厝打开一看，是西式简餐，两块长排骨、一个荷包蛋和一份沙拉青菜。

云厝做贼般抱起盒饭，先往休息室外看了一眼，确定没人之后才出去。

担心傅识则折返，云厝不敢留在休息室吃。她并不想在已经和傅识则说自己"吃过了"的情况下，又被对方发现自己打开了盒饭继续吃。

云厝坐下后把盒饭放到腿上，打开盖子，将菜夹到单独配的米饭盒上，味道居然还不错。

吃到一半，云厝看见从拐弯处走过来的傅识则，手里拿着个纸袋装的面包，慢慢地吃着。

视线对上的一刹。

云厝没反应过来，这，刚才傅识则不是说他吃过了？

傅识则并不避讳，直接走到她旁边，隔了半米坐下。

旁边传来窸窣的塑料袋摩擦的声音，她尴尬地吃着盒饭，过了一会儿，才底气不足地说道："我今天比较饿，多吃一份……"

互相被抓包了。云厝还强撑着，模样带点笨拙，傅识则不自觉地微勾唇角，连自己都未意识到。

他随手放了杯热饮在她边上。

云厘讶异地回过头，傅识则正在喝咖啡，仰头时，日光满溢在他眼窝中，他语气如常："送的。"

晚上回家后，云厘瘫倒在床上，没来得及和邓初琦吐槽今天的事情，便沉沉睡去。

也许是因为工作不太顺利，再加上换季，次日醒来，云厘迎来了自己在南芜的第一场重感冒。

周末两天，云厘都用被子把自己卷起来，昏天暗地地睡觉。

偶尔会想起那天午后，暖洋洋的日光中，傅识则吐出的那两个字。也许是因为后来的加工和美化，逐渐变成了他柔和地说出"送给你"三个字。

邓初琦和她打电话时听到她讲话时的鼻音和跳跃的逻辑，还没来得及收拾家里的残羹冷炙，便冲去超市买了一堆菜，大包小包地来七里香都照顾她。

裹着被子去开门的时候，云厘只露出一张闭着眼的脸，迷迷糊糊的。

"你跟邓初琦长得好像。"

"……"

开完门后，人就像一条毛毛虫般缩到了沙发上。

邓初琦将东西放到冰箱里，收拾了会儿屋子。

清理电脑桌上的垃圾时，打印机出口放着张照片，邓初琦震惊地拿着冲到云厘跟前："我去，你们连合照都有了？"

云厘合着眼，将合照接过塞到了沙发的夹缝里，连呼吸的频率都未变。

"……"

两天过去，云厘的烧退了点，人却依旧嗜睡。

周日晚上临走前，邓初琦还特意给她熬了一大锅粥放在冰箱里，叮嘱她用微波炉叮一会儿就能吃。

"你就不能照顾好自己？"邓初琦心里有些难受，用额头贴了贴云厘的，已经没有最开始烫了。

云厘嘴里喃喃，她凑过去，只听清几个字：

"我要当妈妈……"

"……"

邓初琦表情怪异："给你找了那么多机会，你不配合，这会儿烧成这样却想着给傅识则生孩子？"

给她掖了掖被子，邓初琦才离开。

周一清晨，闹钟响了十余分钟，云厘才昏昏沉沉地醒过来。房间里光线暗淡，云厘忍着头痛开了灯。

用体温计量了量，体温已经降到了 37.5 摄氏度。

邓初琦走了之后她便没吃过东西，此时肚子已经咕咕作响。

盛了碗白粥热了热，云厘坐到桌前，喝了两口热乎的东西，四肢才恢复了点力气。

今天还要上班。云厘和方语宁商量过，一周去两天半，比正常的实习生少半天。

研究生培养方案只有二十余个学分的要求，这学期修了一半，云厘特地将课程集中在周二到周四，晚课排到了晚上九点，因此这三个月她固定周一、周三上午和周五去 EAW 上班，周二到周四几乎全天满课。

"你今天不用去实习吧？学校里的课也直接翘了吧。"邓初琦给她发了语音。

在 EAW 只实习了两天的云厘内心挣扎了会儿，还是不太愿意请假。

烧已经退下来了，云厘不想让邓初琦担心，撒了个谎："嗯嗯，都听领导的。"

浑浑噩噩地在公司待了半天，午睡时有些受凉，云厘明显感觉到感冒又加重了。

将近下班点，秦海丰拿着几份文件，让她处理一下，今晚交给他。

听何佳梦说过部门一般不加班，云厘回忆了下，才想起秦海丰还在没完没了地针对她。

此时云厘脑袋乱成糨糊。想说些什么，喉咙撕裂般地疼，她只好点点头坐下。

都是一些鸡毛蒜皮的工作，看起来也并不着急，让她核对过去两周的采购单、入库单是否一致。云厘乖乖地抱着杯热水一个个核对，也没注意时间过了多久。

云厘想起小时候发着烧写作业，似乎有些滑稽，长大了以后还得发着烧加班。

秦海丰也一直没回去，坐在位子前专心致志地盯着屏幕。

云厘想：至少他还愿意一块儿加班……

后来秦海丰去洗手间了，好一段时间没回来，云厘去休息室接水，却看见他的屏幕上五光十色，开着个斗地主的界面。

"……"

云厘一般不会动别人的东西，但这次，她用鼠标，点击了个人主页里的登录时间，是今天下午五点半，现在已经八点了。

办公室里寂静得荒芜。

云厘坐在位子上，鼻子已经彻底堵住了，眼睛却有些发酸。

秦海丰回来后，哼着歌坐回位子上，又装模作样地盯着屏幕。

云厘低着头，不自觉地捏紧了文件夹，她不愿意这么被人欺负。鼓了半天勇气，她刚想起身，看见门被人无声无息地打开。

她瞥见那个熟悉的身影。

傅识则站在秦海丰身后，像堵背景墙一般毫无声音。

此刻秦海丰刚出了王炸，心里正激动着，身后冷不丁冒出个清冷的声音："好玩吗？"

秦海丰被这声音吓了一大跳，以为是徐青宋来查岗，慌忙地点了右上角的 ×。游戏没有如他所愿地关闭，屏幕正中央弹出个窗口：

您还有游戏正在进行，此刻退出可能……

这一下秦海丰觉得关也来不及了，只好讪讪地笑着，转过头。看清楚来人后，他的笑容逐渐僵滞。

傅识则垂眼看他："不继续吗？"

秦海丰脸色紧绷，压低声音："你别多管闲事。"

傅识则像是没听到一样，流畅地给手机解了锁，也不管秦海丰什么表情，对着他的脸和身后还显示着斗地主的屏幕拍了张照。

还故意似的没关声音，办公室内清脆的"咔嚓"一声。

傅识则打开微信，将手机屏幕转向秦海丰："发群里？"

秦海丰沉着脸，一言不发。

纤长的手指在屏幕上划了划，傅识则又问："发哪些群？"

这就像一个人被现场取证，判处了极刑，执行者还歪着脑袋问他，你想要怎么死？也可能是，你想要死几次？

秦海丰表情一滞，老老实实地坐回椅子上，打开办公文档。

傅识则瞟了云厘一眼，不轻不重地道："走吧。"

云厘好一会儿才反应过来他在和自己说话，声音沙哑道："工作还没完成。"

"你休息了几个小时了。"傅识则没直接回应她的话，而是和秦海丰说道，"不是轮班吗？"

被捏住了把柄，秦海丰语气僵硬地道："是的，小云你先走吧。"

傅识则言简意赅："收拾东西。"

闻言，云厘将文件整理好递给秦海丰，背起包便跟在傅识则身旁。他拉开门，等她走出门，才缓慢跟上。

云厘含糊地道："我想先去下休息室。"

傅识则问："你感冒了？"

云厘没意识到自己鼻音已经重到听不出原本的声音："有一点点，我多喝热水就好了。"

云厘沙着声音问他："你怎么知道？"

"夏从声打的电话。"

"噢，那夏夏……"

"你的朋友邓初琦，说你重感冒，在家睡觉，一直没回信息，"傅识则意味深长地看她一眼，"可能休克了。"

"……"

云厘拿出手机一看，几个小时没回信息。估计一开始邓初琦以为她睡觉，加班到一半，见还是没有回音就慌了。

云厘："你没有和她说……我来公司了吧……"

傅识则："不用我说。"

云厘："……"

傅识则直接给她看了他和傅正初的聊天记录：

> 小舅！！老姐给我打电话说厘厘姐发烧了一直没回信息！
>
> 我已经在厘厘姐家门口了，敲了好久都没人应。
>
> 小舅，厘厘姐不会有事吧？大哭……
>
> 厘厘姐现在不知道怎么样了，我找不到这边物业。
>
> 我请了开锁公司了，马上就来！

最后的信息大概在两分钟前：

> 厘厘姐不在家，她怎么发烧了都不在家待着。
>
> 小舅，我这算不算非法入室？哭……
>
> 我还掀开了厘厘姐的被子，她会不会觉得我是变态？
>
> 你不要告诉厘厘姐！

傅识则回了一个字：好。

…………

云厘没想到加个班，自己的门锁直接被撬开了。

看信息的空当，傅正初又发了信息：小舅，厘厘姐会不会晕在路上了，我们要不要报警啊？

生怕发酵成全城警察出动，云厘说："你和他说！"

眼前的女生因为发烧，双颊异常粉红，着急起来说话结结巴巴，傅识则垂眼，问："说什么？"

"就、就说我们在一块儿了……"

傅识则："……"

这话的内容也是古怪。

云厘担心傅识则不同意替她打掩护，让邓初琦知道自己在公司必然会生气，便主动朝他伸手。

云厘有些紧张："你、你手机给我。"

傅识则看着她，没说什么，把手机递了过去。

手机默认九宫格输入法，发烧再加上用不习惯，云厘打字都不利索。

花了一两分钟，她才把手机还回去。

傅识则看了一眼：

> 在我这儿，我会把她带回家。
> 懂了，小舅。
> …………

傅识则主动开了口："我去拿车钥匙，送你回去。"

EAW 科技城就在七里香都对面，云厘感冒至今还没到外面走走，便摇了摇头，和他说道："我想去走一走。"

第一份实习就被老同事针对，云厘心里不舒服，想着去外面透透气也会好点。

傅识则没坚持，去工位拿了外套，跟在云厘后头。

一路上，灯火熠熠，南风簌簌，广场上人群熙攘。今天广场上恰好有儿童集市，摆了三列摊子，复古的暖色灯泡缠在摊架上。

云厘盯着集市密集的灯光，说："我想进去看看。"

傅识则点点头。

里面摊位贩卖的物品种类不少，其中有一个卖的是灯光玩具。

云厘路过的时候，停下来看了看。冷清了一晚上的老板见到有客人，连忙起身招呼：

"帅哥、美女看看需要什么？"

云厘摇了摇头，这些灯光只适合小孩子玩。

不知道是不是读出云厘的嫌弃，老板唤了声"等会儿"，神秘兮兮地从摊子底下拿出个红布裹着的袋子，打开给他们看。

里面装着一盒盒粉红色的"仙女烟花棒"。

"十五元一盒。"老板察言观色，见云厘表情有轻微的变化，立马和傅识则说，"帅哥给美女买一盒？我们这小摊的仙女烟花棒就是拿来配仙女的。"

还拍了一通马屁，云厘尴尬地摆摆手，让他不要再说下去。

老板灰溜溜地想把袋子放回去，云厘则止住他："老板，还是要一盒。"

云厘快速地付了钱。

相当于是帮忙，傅识则才会送她回去，云厘不好意思再麻烦他，干巴巴道："你想玩吗？这个还蛮好玩的，虽然我身体不太舒服，但可以陪你玩一会儿……"

"……"

傅识则自己先迈开步子，云厘跟上。穿出集市后，他停在了广场的喷泉旁，找了块干净的地坐下。

云厘："可以在这儿玩吗？"

傅识则："嗯。"

拆开盒子，里面整齐地放着六根烟花棒，结构很简单，一根十几厘米的铁丝，上面裹了浅灰色的材料。

云厘拿了一根出来。

她也不记得上一次玩烟花是什么时候了。

小时候的烟花大多是响声特别大的地炮，后来城市管控严格，小摊小贩也不允许公开售卖烟花，所以刚才的小摊老板才将烟花棒藏起来。

"我小时候，有一年中秋节花了大半年的存款去买了很多烟花，带着我弟弟去玩。"云厘旋转着手里的烟花棒，不好意思地笑笑。

"后来都被城管叔叔收了，我弟还一直哭。"

城管当时说他们身上携带着极其危险的玩具。

那时候云野才六岁，抱着城管的腿大哭说这都是姐姐存下的钱，如果他们收走了，她会很伤心。

云厘当时以为两人犯下了弥天大错，颤巍巍地把云野拽回去，还好当时城管态度都很好，笑嘻嘻地祝他们中秋快乐。

回想起来，云厘感叹："不知道他们当时怎么处理的……那么多烟花也不太安全。"

傅识则原先拿了支烟，顿了会儿又收了回去，只淡淡道："他们自个儿拿去玩了。"

云厘："……"

云厘："可以借一下你的打火机吗？"

傅识则"嗯"了声，招呼云厘过去。

和印象中不同，此刻傅识则坐在喷泉旁的石砖上，白衬衫皱巴巴的，外面罩着一层黑色风衣。看起来，总归有点不良青年的感觉。再加上他那张脸，看人时冷冰冰的。

云厘走到离他半步远。

傅识则："靠近点。"

这话让云厘想起之前饭桌上傅识则凑近她耳朵说话的事情，不禁有些脸红，慢吞吞地往傅识则那儿挪步。

"……"

见云厘误解了自己的意思，傅识则又说了句："烟花棒。"

云厘反应过来，窘迫地将手靠过去。

傅识则从口袋里拿出打火机，拇指摩挲两下点火，靠近烟花棒，摇曳的火光在风中颤抖。

前几次没点着，傅识则便直接接过烟花棒。火光平稳地移动过去，几根光丝向外溅射，然后是密密麻麻像毛球绒毛一样的光丝。

橘黄的光照亮了他的一部分轮廓。

云厘怔怔地看着傅识则。

他轻轻发了声鼻音，将这团光丝朝她的方向递了递，示意她用手接着。

光丝倒映在他的眼中，还有她的影子。

用手接过，光丝像在她的手中跳跃，时刻都在变化。

"还挺好看。"云厘傻乎乎地挥动着烟花棒，余影在夜空中留下痕迹。

画了几个形状，云厘刚打算给傅识则展示一个半空画像，光点便突然消失了。

估计也没想到一根烟花棒燃不了多久，她有些尴尬地摸摸鼻子，说："我本来马上要成为一个大画家的。"

"再试试。"傅识则从盒子里又拿了一根，点燃后递给她。

手在空中瞎画着图案，云厘的注意力却集中在傅识则心不在焉的表情上。也不知道是不是他觉得无聊，云厘不禁找些话题："你以前玩过这个吗？"

傅识则像是刚收回神："嗯，和我发小。"

云厘："是徐总吗？"

傅识则："不是。"

两个人又恢复了沉寂，傅识则起了身，往不远处走了几步，半靠着树干。

他也没做别的事，等云厘手里的烟花棒熄灭了就再点一根递给她，其余时刻就像个影子般毫无声息。

云厘："我唯一的发小就是我弟了……"想起自己和云野无常的相处模式，她又觉得有些好笑。

傅识则没有讲话。

云厘回过头时，发觉他站在树底下，阴影挡住了半边脸。

意识到他情绪并不高涨，云厘也自觉地没有说话。

送她到楼下后，傅识则朝她点点头，便转身离去。

盯着他的背影看了很久。

如果说上一秒，云厘还觉得置身于温暖的泉水，下一秒就像是又回到了冰山雪地。

云厘仔细想想今天的对话，也没有找到什么线索。

回去后，云厘的烧还是反反复复，这次她也不敢逞强了，请了几天的病假。邓初琦打算去看望她，怕她一个人无聊，便叫上夏从声几人到云厘家煮火锅。

两人下班后就从公司直接过来，距离更近的傅识则和傅正初去商场采购食材，到七里香都的时候已经六点了。

傅正初提着一大堆东西哼哧哼哧冲进门，见到云厘后，从袋子里拿出盒巧克力："厘厘姐，上次撬门是意外，你不要放在心上。"

邓初琦不禁调侃道："看来大学不好读啊，几天不见，居然干起违法的勾当了。"

傅正初厚着脸皮说："没有没有，小舅教我的。"

傅识则："……"

"还好是傅正初撬的，我连门锁都不用换。"云厘心情也很好，扬了扬唇角，"不过还是谢谢你，这么大费周章地帮忙。"

傅正初接受不来其他人严肃的道谢，难得害羞地笑了笑。

"不过厘厘姐，你这次感冒怎么这么重，没问题吗？"

夏从声附和道："对啊厘厘，不过都说傻子不会感冒，我看我弟已经快十年没感冒过了，像小舅舅就经常生病，半个月前也重感冒一次，对吧？"

话题转移到傅识则身上，他不是很在意地点点头。

他的身体看起来确实不太好，望过去双眼倦意满满，总会让人觉得长期缺乏睡眠。

首次造访，几个人都给云厘带了礼物，傅识则带的是两瓶精致的起泡酒，瓶颈处扎着个深红色的小领结。

傅正初啧啧两声："老一辈的人就是不一样，喜欢喝酒……"他顿了一下，"感觉有一点放荡。"

"……"

看似攻击的话并没有影响到傅识则，和上次告别的时候相比，他今天心情似乎好了很多。

提心吊胆了两三天，云厘总算放下心了。

邓初琦清点了下，涮肉、蔬菜、丸子、豆制品和火锅底料都买齐了，清洗下菜品就可以了。

厨房空间有限，邓初琦和夏从声在里头洗东西。另外三个人坐在客厅择菜。两个大男人没做过饭，买菜的时候没想太多，挑了工程量最大的空心菜和四季豆。

分了工后，傅识则将两篮青菜放到桌上，看向云厘："会择吗？"

云厘点点头。

傅识则将篮子往她的方向推了推："教一下。"

"噢……"

认识至今，云厘总觉得凭借傅识则的智商，不可能有不会的东西。

这会儿被他盯着，云厘示范起来都不是那么理直气壮："把头择掉，然后分成合适长度的几段。"

傅识则重复了云厘的动作，问她："对吗？"

见云厘点头，他便窝进了沙发，将菜篮子放在腿上，一根根慢慢地择着。

家里开了暖气，过了会儿，他似乎觉得有些热，直起身子脱掉了外套，转身找地方放。

见状，云厘站起身："我帮你找个地方放。"

傅识则"嗯"了声，继续低着头择菜。

客厅没有多余的位置，云厘将外套拿到房间，找了个衣架支起来。

是上次那件风衣外套，云厘稍微靠近了点，衣服上淡淡的烟草味和柑橘味，应该是洗衣液的味道。

刚准备挂到门口，云厘转念一想，将自己的外套和傅识则的叠在一起。就好像，从一开始，它们就是在一起的。

锅底也煮开了，几人围在桌旁。

傅正初用开瓶器把起泡酒打开，给邓初琦和自己各倒了一杯。傅识则和夏从声要开车，云厘感冒，都不能喝。

傅正初："小舅，你看你这礼物送的。"

云厘笑笑："也算帮我招待你们了。"

"厘厘，我刚刚看你厨房，感觉你这儿什么炊具都有。"夏从声边吃边说，"热油锅、煎蛋锅，甚至做厚蛋烧的锅都有。"

云厘说："美食博主不得什么都有，不过有些也是以前买的，我让我妈给我寄过来的。"

傅正初问道："那你怎么会想要去做美食 up 主？厘厘姐长得好看，感觉应该做美妆 up 主。"

云厘想了一会儿："其实我比较笨，所以每次做东西都会一遍一遍做到自己觉得完美为止。"而后有些不好意思地说，"后来我弟就说我做得这么好看，干脆录视频发到网上。"

她看向傅识则："你们想学择菜的话，我也出了一个视频。"

"……"

考虑到云厘是个病号，饭后几人没让云厘收拾。邓初琦和夏从声把桌面收拾了一下，把碗放到水池处让舅甥俩去洗。

傅识则走到厨房，傅正初也走了过去，一只手搭在傅识则的肩膀上："小舅，她们让我们两个一起洗碗欸。"

"这样显得，显得，"傅正初顿了一下，晕乎乎地说道，"显得我们很恩爱的样子。"

傅识则："……"

在客厅的三人："……"

邓初琦叹道："夏夏，你弟好像喝醉了。"她拿起起泡酒的空瓶看，说道，"这酒居然有 14 度，我都没喝出来。"

夏从声："……"

担心傅正初伤到自己，云厘走到厨房去，想把他喊出来："傅正初，你来客厅坐一会儿吧。"

傅正初想都不想就拒绝道："不行，我要和小舅一起洗碗。"

云厘无奈道："小舅不洗了，你也跟他一起出去。"

傅正初坚持留在厨房："小舅也不洗碗了，最后只留下我一个人，小舅也靠不住。"

"……"

夏从声忍不住了："小舅你帮我一起把他拉出去。"

"你们怎么强迫我呢！"傅正初虽有些醉，但动作并不强硬，半推半就地被拉出了厨房。

邓初琦说："你们看着他吧，我去洗碗就好。"

云厘连忙道："不用了，放在那儿就好了。"

邓初琦撇嘴道："说啥呢，还能让你动手不成？"

两人还在说话，没注意到傅正初又跑进了厨房，和傅识则开始唠叨："小舅，我之前谈的女朋友，有两个见了你以后，和我分手了。"

傅识则："……"

喝了一晚上酒，终于到了劲爆的点上，邓初琦本身也喝了点酒，这会儿顾不上云厘，直接凑到厨房门口："你小舅抢了你女朋友？"

"也不是，她们说，"傅正初有点惆怅，"怕自己不够坚定，以后忍不住。"

"……"

"没有自知之明，小舅不会喜欢她们的。"

"……"

注意到云厘的目光，傅正初继续说："你们不信我吗？可以问小舅。小舅，你说，你是不是喜欢，"傅正初的思维有些混乱，"男人？"

傅识则似乎已经习惯了，语调淡淡："自己找个地儿躺。"

傅正初继续说："你先告诉我，你喜欢女人还是男人？"

傅识则洗着碗，充耳不闻。

酒劲上头了，傅识则没打算纵容他，直到几人离开，傅正初都在边儿上来回数小学时候学校暗恋傅识则的女生个数，接着开始数傅识则的奖状数量。

临走前，云厘将傅识则的外套拿出来，他随便套了一下。

"厘厘姐，我说，你好看。"衣服还没穿上，傅识则直接架住往云厘方向扑的傅正初，将他往外拽。

将傅正初拉到门外，他还尝试通过门缝和云厘讲话，傅识则挡住他，缝隙中只露出他半张侧脸，头发被傅正初抓得凌乱。

傅识则眼睑低垂，轻声道："早日康复。"便拉上了门。

几人离去后，屋子里便安静了许多。云厘刷牙的时候拿出手机，打开和傅识则的聊天窗，键入：你们到家了吗？

想了想，她又将句子删掉。

还是算了。

"你在……偷看我吗？"

傅识则别开目光，难得撒了个谎："没有。"

第五章

你是第一个

翌日，杨芳寄的包裹到了。快递封得严严实实的，云厘用美术刀划了一段时间，才成功将它打开。机器人和信封都用旧报纸裹了很多层。

将近两个月没回家了。

想起母亲杨芳，给她打包的时候估计也生怕碰坏了什么让她不开心，云厘觉得不应该因为拗气离家这么久。

花了好一段时间，云厘做了一期改造修复这个机器人的视频。这个视频发出去，不知为何上了推荐，播放量当天就破了百万。

修理机器人并没有什么多难的操作，只换了个零件就好了。但她还是因此特别骄傲，在房间里尝试着让它爬了一段。时间太久了，云厘已经不太会操纵。

跑到楼下的草地，刚摆好摄像机，开始控制手柄，机器人颤颤巍巍地移动，犹如一只笨重的河马，东倒倒西倒倒。

不到三秒。

一个白色的影子飞奔过来，眨眼间，直接将机器人前的足球叼走了。

机器人也顺势倒在了地上。

视频的最后就是云厘追狗夺球的全过程，镜头前的机器人还在张牙舞爪，似乎是在尝试爬起来。

球抢回来了，人也狼狈得很。

云厘这个视频，虽然自己标记成是科技和手工类视频，但对外，大家一致认为这是个搞笑视频。

邓初琦周末来找她，看到这个视频的第一反应就是："厘厘，这个机器人有点像你欸。"

物随主人，这话可能也不无道理。机器人看久了，云厘对它也产生了些别样的情感。

"欸，你看到夏从声朋友圈了吗？他们今天好像有家庭聚会。"邓初琦在阳台大声道，"他们家真的超级……"

云厘等着下一句。

"超多人。"

"……"

云厘打开朋友圈一看，夏从声的动态发了没多久，是张大合照。

照片里有二十余人，背景是素色的磨砂墙，所有人都穿着礼服。傅识则站在中间，打着领带，落肩恰到好处，凝视着镜头，坐在他前方的两位中年男女与他五官有几分相似。

夏从声的朋友圈配了文：今年舅姥姥说生日要洋气点。

见这站位，今晚应该是傅识则母亲的生日。

云厘："这吃饭看起来好严肃。"

邓初琦："夏夏和我提起过，说傅识则的父母都是西科大的教授，说两个老人很喜欢玩，看起来比傅识则更像二十岁的。"

"……"

见云厘还盯着照片，她笑嘻嘻道："书香门第，结了婚公公婆婆都讲道理，认真考虑一下。"

"别胡说。"云厘瞅她一眼，犹豫了好久，才把照片放大。

"你看旁边这个女生，离夏夏小舅是不是有点近？"

照片中，傅识则左侧站着徐青宋，右侧站了个长发的女生，眉目清秀，可以看见她的手臂贴着傅识则的。

仔细看了会儿，邓初琦认出照片上的人："夏夏以前发过好几次，她们一块儿练琴的，也是傅识则外甥女。你不要想太多，夏夏说过她小舅干净得很，一般都和男孩子玩。"

"和男孩子玩？"云厘重复了一遍，觉得这也不是个好的征兆。

"这林晚音我也见过啊，就高高瘦瘦的，说起话来像没吃饭一样。"能听出来邓初琦对女生的评价并不高，她并不想继续这个话题。

这个名字直接触动了云厘的敏感地带。

她一直记得这个名字，也记得那一百多条未读信息。

云厘忍不住说："上次夏夏小舅的手机，我不小心看到了。她给他发了一百多条信息。"

邓初琦没懂："谁给谁？"

"就是这个林晚音给夏夏小舅，不过都是未读状态……"

"那你更加放心了，你看，夏夏小舅连看她信息的兴趣都没有。"

"……"

邓初琦挑眉，受不了云厘磨磨蹭蹭的，直接地说："厘厘，上周末我来照顾你，你和我说，想给傅识则生孩子。"

"……"她震惊得涨红了脸，"怎么可能？！"

"你不喜欢夏夏小舅吗？如果不喜欢的话，说不定夏夏小舅就和林晚音生孩子了。"

话音一落，云厘差点站起身："那怎么行？那是乱伦！"

邓初琦无语："那别说林晚音发了一百多条信息，之前说不定还发了上万条，你打开手机数数，你发了几条？"

"那我发了，他也可能不回我。"云厘讷讷道，声音越来越小，"那我之前和他要联系方式，他没给我嘛……"

"那是以前，不代表以后。"邓初琦开导她，"而且，我没猜错吧厘厘，你是不是从要联系方式的时候开始，就一直喜欢他？"

云厘没有说话，低着头，把玩手里的小足球。

"你有再和他表露过吗？"

云厘摇了摇头。

"你觉得他知道吗？"

云厘还是摇了摇头："他好像把我看成和傅正初一样的小辈，对我挺正常的。"

想起那未回复的一百多条短信，云厘闷闷道："如果知道了，可能就再也不会理我了。"

邓初琦清楚云厘的性格，有些不忍："你有主动一点吗？"

云厘立刻说："我有啊。"

"你怎么主动的，自己说说看。"

"我和他说话了……"

"然后呢？"

"就是，说话了……"

"……"

估计觉得云厘这性格没有希望，邓初琦开始劝退："算了，要不咱们还是早点放弃，其实夏夏小舅也没什么好的，除了脸看得过去，家境好点。

"而且，他脾气也不算好吧？天天冷着一张脸，你对着他也不敢说话，整得两个人跟演哑剧似的。"

刚说完，她就看见云厘盯着她，不太开心的样子："他只是不爱说话，你不能像刚才那样说他，他是一个很好的人。"

邓初琦愣住了，想了半天，不知道傅识则清心寡欲、冷若冰霜的脸怎么和这个词对应上的。

"厘厘，你有没有可能，"可能怕伤害到云厘的感情，邓初琦用词谨慎了点，"只是被他的脸吸引了？这脸看着看着就腻了，两人在一起还是脾气最重要。"

云厘摇摇头，说："如果是傅识则的脸，我能看一辈子。"

邓初琦："如果这张脸，以后都只能被别的女人看了，你能接受吗？"

云厘想起那天晚上傅识则坐在一旁默然地看她玩烟花。想到类似的场景发生在他和别的女人之间，云厘只觉得呼吸直接被掐断了。

她看向邓初琦，思索了下，问："那你觉得，我应该追他吗？"

邓初琦肯定地点点头。

"那你觉得，我成功的概率高吗？"

邓初琦点点头，说："应该能有百分之零点一。"

"……"

云厘只有被追的经历。本科的时候有男生向她表示过好感，给她买小礼物、约她出去玩，她都拒绝了。

云厘没有发展的念头，也不喜欢跟不熟的人待在一起，几段被追经历都给她留下了不好的回忆。

邓初琦是个花花肠子，男人爱她她就谈，男人不爱她她就换，也没办法给云厘什么建议。

两人上网查了很多资料，大多数的建议是撩完就跑——不要太直接，多创造点机会，等对方喜欢上自己了，再戳破这层纸。

云厘也能想象到，如果她现在和傅识则告白了，他的反应，大概就是直接拒绝，以后都减少接触。

即将九点，邓初琦也到点离开，走之前，她问云厘要不要给夏从声打个电话，他们可能还在傅识则家里。

云厘的第一反应是拒绝，但在邓初琦的眼神下，只好点点头。

打电话前，云厘整理了自己的发型。这一次与以往都不同，相当于是下定决心追傅识则的第一个尝试，视频电话声响起的时候，云厘胸口起起伏伏，脑海中已经掠过未来无数失败的可能性。

在她挂掉视频电话前，傅正初接了。

能看出来，傅正初所在的背景和照片里的风格类似，估计还没回去。

"琦琦姐，我姐手机在我这儿，我不知道她人哪儿去了。"傅正初起身朝四周看了看，又回到镜头前。

"你们还在吃饭吗？那边看起来很热闹嘛。"邓初琦敷衍地说了两句。

傅正初开始和她们讲今天的饭局，没两分钟，邓初琦打断他，问："有谁？"

"小舅和青宋哥都在，噢，你们要不要和他们打声招呼。"说完后傅正初起身，没看镜头，看起来是在往楼上走。

邓初琦推了推手机，将大部分画面留给云厘。

傅正初上了二楼，穿过一条走廊，然后镜头翻转向房间。

从视频里面可以看见，傅识则坐在床头，领带已经解了，纽扣也没系全。

徐青宋站在边上，两人都望向镜头，傅识则吸了口烟，画面里晃出灰色烟雾。

他轻微皱眉，和傅正初说："关了录像。"

"我在和厘厘姐她们视频呢。小舅，你打声招呼。"

从进房门起，傅正初一直是将屏幕对准自己的，因此傅识则只看见他举着手机进来了，以为他在录像。这会儿直接掐掉了烟，神色有一丝不自然。

镜头靠近后，那张毫无表情的脸瞬间被放大。

他不发一言让傅正初有些尴尬，傅正初把镜头转回去："厘厘姐、琦琦姐，你们不要在意，小舅就是不太礼貌……"

傅识则慢条斯理地道："没见着人，我怎么打招呼。"

"我忘记了。"傅正初说完后，云厘就看到画面开始一百八十度旋转，接着傅识则那张脸又出现了镜头前。云厘注意到原本松开的扣子系好了。

等了一会儿，见他没说话，云厘主动说："好久不见。"

出口的一瞬间，云厘又后悔了。明明几天前才见过。

傅识则没多停留，"嗯"了声，便把手机还给了傅正初。

云厘差点被这毫不留恋的冷漠破防。

几秒后，云厘听到徐青宋说："听说桑延开了家酒吧，好像是叫加班吧，要不要去看看？"

傅正初："这有点晚了，我明天还有课。"

徐青宋笑道："没说带你。"

"不行，我也要去。"傅正初看回镜头，和云厘说，"厘厘姐，我们要出去玩了，回头我让我姐打回去。"

眼见电话要挂掉，云厘脱口而出："你们要去'加班'吗？"

她顿了会儿，说："我们待会儿要过去，听说那里生意很好，要不要帮你们占个桌子？刚好今天是周日，人应该会很多。"

一开始傅正初也想约她们，只是觉得这个点太晚了，听了云厘的话便说好十点在"加班"见。

云厘并不知道这个加班酒吧，挂了电话之后上网查了查，在上安广场对面，离这儿 30 分钟车程。

店开在南芜市出了名的酒吧街上，酒吧的装潢更像是理发店，黑底的牌匾，上面亮着纯白的店名。

两人预订了大卡座，另外几个人过了一刻钟便到了，傅正初自然地坐在了云厘边上。

几人着装还未更换，只是把领带摘了，傅正初松松自己的领口，接过酒单，让云厘和邓初琦先看。

云厘很少到酒吧，对酒单上花里胡哨的名字没什么概念，随便点了一杯。望向傅识则，他坐在云厘斜前方，背靠着座椅，现在的状态似乎很放松。

邓初琦："你们今天是家庭聚餐吗？是小舅的母亲过生日？"

夏从声笑了下："对，我舅姥姥比较喜欢办这些家庭聚会，而且关系好的亲戚里面有很多都是同辈的同学，以前关系就很好。"

舅姥姥这个称呼，总会让人有种对方年纪很大的感觉。

似乎注意到这点，夏从声稍微解释了下："舅姥姥舅姥爷他们是西科大的教授，事业心比较重，孩子要得晚，所以小舅舅比我还小。"

恰好酒上来了，几人拿起酒杯干杯，云厘随大流喝了之后被烧得不行，热泪瞬间冲上眼眶。这酒也太辣了。

难怪她的只距离杯底三厘米，是纯酒吗？

调整了会儿状态，将眼泪憋回去，云厘在心中吐了口气，庆幸自己刚才的糗样没被人注意到。

陆陆续续又上了几杯酒，都是傅正初点的。

云厘想到他的酒量，没忍住："傅正初，你少喝一点。"

"厘厘姐，既然出来玩了，咱就要尽兴。"傅正初将几杯酒往云厘的方向推了推，"要不要试试？"

云厘无奈地摇了摇头。

第一杯酒喝完后，徐青宋起了身，说是要和这家酒吧的老板打个招呼。傅识则没跟去，自个儿到吧台处坐着。

邓初琦戳了戳云厘的腰。

云厘心领神会，借口说自己的酒不太好喝，去吧台重新调一杯。

云厘过去后发现傅识则在吧台前低头玩骰子，他玩的方式也很奇怪，摇了三颗后看一眼，然后摇四颗、五颗，加到一定颗数后会重新摇。

正打算过去，旁边忽然蹿出个身形袅袅的女子，倚在吧台上，托着脸颊直勾勾地盯着傅识则。

"帅哥，能不能请我喝杯酒？"

好不容易鼓足勇气，却被别人当面捷足先登，云厘蒙在原处。

傅识则还在摇骰子，未发一言。

女人又重复了一遍："可以吗？"见他如此冷淡，她伸手打算去碰傅识则的领子。

云厘以为她要去碰傅识则的脸，本能地脱口而出："阿姨你等一下。"

"……"

被中途打断，女人蹙眉望向云厘，语气不善："小丫头，搭讪也讲究先来后到，懂吗？

"而且，谁是阿姨了？"

女人转身，怒气值即将冲顶的时候，云厘抿抿唇，说："他是我朋友。"

云厘指了指卡座，说："我们那边很多人，而且都是学生，阿姨，你不要逼我朋友给你买酒，我会打电话给辅导员。"

"……"

女人似乎有些无语，端起酒杯走开了。

这一打岔打破了云厘原本的计划，正当她纠结要不要回卡座的时候，傅识则垂眼看向他旁边的空位，声音不大："坐这儿。"

吧台边缘配的是高脚凳，云厘坐上去的时候还花费了点力气。低头看，怎么她就得踩着脚架，傅识则轻易地便能将鞋子搭在地板上。

云厘藏不住心思："为什么让我坐在这里？"

傅识则没抬头："你是第一个。"

云厘努力回忆着刚才的对话，想到了一种可怕的可能性："你是说，我是第一个搭讪你的人吗？"

傅识则的语气仿佛此事与他无关，反问："不是吗？"

"……"

这话说得既没有肯定也没有否定，云厘刚把自己带入"追求者"的身份没多久，听着傅识则的每一句话都觉得别有用意。

邓初琦看了太多人，因为毫不掩饰自己的喜欢、费尽心思传达心意，反而被一口回绝。

云厘害怕自己是其中的一员。

她拿出手机，假装在玩："我不是。"

她边刷 E 站边声明自己的动机："我只是过来重新点杯酒，拿到酒我就回去。"

"而且，"云厘进一步挣扎，"你不让我坐这儿，我就不会坐这儿，你这是想让我坐这儿。"

刚好酒上了，傅识则一口喝完了，随意道："那就帮我挡挡。"

云厘："等下会有很多人找你搭讪吗？"

傅识则想了想说："不少。"

听到这话，云厘看了看他右边的空位："你可以让傅正初过来坐你右边。毕竟过来搭讪你的，也不一定都是女的。"

"……"

之前云厘听说过，有些人到酒吧就是来寻求刺激的。云厘仔细看看，傅识则的面部与脖颈的皮肤很薄，在酒吧的紫粉色调中，皮肤呈现近乎禁欲系的苍白，薄唇又显得明艳。

估计是不少人的勾搭目标。

而且他这状态，看起来是经常到酒吧的。

"之前听琦琦说，有些人来酒吧，找对象。"云厘用了隐晦点的词，但根据她欲语还休的语气，傅识则大概也能猜到什么意思，等着她说完。

云厘问："你们也是吗？"

她这应该没有很直接吧，云厘小心地观察傅识则的神色，他垂眼玩了玩骰子，问她："听了邓初琦的话，所以过来了？"

云厘讷讷的，没反应过来。

傅识则继续问她："你想找对象？"

"……"

"我没有。"又被傅识则牵着鼻子走，云厘恼道，"你不能用问题来回答问题。"

傅识则平静地问："为什么？"

云厘认真解释："因为你一问我，我就得专心地想怎么回答你的问题，对话进行不下去。"

傅识则"嗯"了声，也不知道听进去了没。

"那你还没回答我的问题。"云厘一副责怪的模样。

傅识则："……"

"我不是。"

听到这回答，云厘心里舒服了很多。

两人靠得近了，云厘才闻到他身上浓浓的酒味。进门至今，傅识则也只喝了一小杯威士忌，估计来之前已经喝了不少。

见他还在摇骰子，云厘问他："你这个是在玩什么？"

傅识则："从两颗开始，摇了后相乘。"

"……"

云厘不太理解学霸的娱乐，只是坐在一边盯着他玩。

好一会儿，调酒师将酒单拿给云厘，完全不想再重蹈方才呛的那一下，她在这些不太熟悉的名字里来回看。

还没什么头绪的时候，傅识则直接将酒单接过，递回给调酒师："给她做一杯软饮。"

估计没想到傅识则看出了她不想喝酒，云厘思考了好一会儿，才说了声"谢谢"。软饮很快做好，是杯混合果汁。按照云厘一开始的说法，这个点她就该回卡座了。

云厘拿起酒杯，回头一看，卡座那边不知道什么时候坐了两个陌生人，桌上点了桶啤酒，几个人玩骰子玩得正嗨，输了的要喝半杯啤酒。

"……"

她又坐回傅识则的身旁。

酒陆陆续续上来，无底洞一般，傅识则摇几次骰子就会喝一杯，也没注意旁边的她。

云厘觉得这迹象不太好，而且她也注意到，一开始傅识则摇的骰子最多能有十几颗，这会儿只能摇六七颗了。

"你要不要，少喝一点？"

"不碍事。"也不知道是不是喝了酒，傅识则话比平时多，坦诚道，"心情不佳。"

云厘吞吞口水，将杯子和他的碰碰。

"我陪你喝会儿。"

傅识则瞥她一眼，也拿起自己的杯子，和她轻碰了下。

"你心情不好的话，要不找个东西玩一会儿？"怕心思暴露得明显，云厘又说，"我叫上其他人，你等一下。"

出人意料地，傅识则"嗯"了声。

另外几人很快下了楼，挑了屏幕最大的三个手机下载了双人游戏，邓初琦自觉地说要和夏从声一组，另外四人的分组却成了难题。

云厘仔细地想，她和徐青宋不熟，大概率会被分到和傅正初一组。

趁其他人下载游戏的时候，她坐到傅识则身边，压低了声音："琦琦说要和夏夏一组，等会儿我能不能不和傅正初一组？"

不能让他看出自己是想和他一组。

云厘只能在心里和傅正初道歉，强行撒了个谎："傅正初好像喜欢我……"

傅识则："……"

这个理由是云厘仔细斟酌过的，只要给了这个理由，就能解释她为什么不喝傅正初给的饮料，不愿意和傅正初待在卡座而是和傅识则坐一块儿，以及这会儿不想和傅正初一组。

但这话在傅识则听来有些诡异，也有些离谱。他很了解傅正初，从未往这个方面想过，而且傅正初从小就喜欢一个叫作桑稚的女生，谈了几段恋爱还是没走出来。

回想起好几次傅正初夸赞云厘漂亮，以及上回喝醉酒临走前扑向云厘，这些行为确实容易让人误会。

傅识则没兴趣和云厘聊傅正初的这些八卦，只想着回头提醒下傅正初注意自己的行为。

软件下好了，几个人换到了长桌上。软件里有十几个双人小游戏，需要两个人面对面操作同一个屏幕，游戏大多很简单，比如比双方谁算术快。

几人落座，傅正初刚想坐到云厘对面，却被走到长桌边的傅识则推了推。

傅识则："挪一挪。"

傅正初不理解，但刚才玩骰子的时候酒喝多了，现在只能被动地接受信息往旁边一挪。

傅识则坐到了云厘对面，眸子不见平时的锐利冷然，像裹了层水汽般，他敲敲手机屏幕，声音沙哑："开。"

"……"

云厘顺从地打开游戏软件，游戏会将屏幕一分为二，两个人各操作一半。第一个双人游戏是算术。

从游戏刚开始便处于被傅识则暴虐的状态，一旁的傅正初和徐青宋两人有来有回，云厘已经听到好几次傅正初的"我去"。

云厘开始后悔将自己和傅识则凑成了一组。

会不会刚开始追，就被认为是傻子？

她的成绩算不上特别好，但也是不差的水平，而且这不就是算术吗？算术还能拉开这么大差距吗？

玩了没多久，傅识则将手靠在长桌上，撑着脸，另一只手在屏幕上点。

752+288=？

云厘刚输入答案，屏幕的另一边已经宣布获胜，这都玩了几十局了，一局没赢。

她心态有点崩："你就不能让让我。"

傅识则愣了一下，原先一副漫不经心的模样，这会儿专心起来，每一局都等云厘获胜了才操作。

连赢了几局，云厘却感受到了羞辱：朝对面的人慢吞吞地道："傅识则，你给我留点儿尊严。"

"……"

几乎将里面的小游戏都玩过一轮后，已经过了一个多小时，傅正初问云厘刚才是不是有个女人勾搭傅识则。

她如实交代。

傅正初已经喝多了，撇撇嘴："不自量力，小舅的钱，只能给小辈花。"意识到这不包括另外两人，他又说，"给厘厘姐花也可以。"

邓初琦觉得搞笑，问："怎么不说也能给我花，你是在歧视我吗？"

傅正初看一眼邓初琦，又看一眼云厘，认真道："厘厘姐这么好看，如果留长头发的……"话没说完，一颗花生砸到他头上。

还没分辨清楚方向，却看见傅识则一只手按住傅正初的脑袋抓了抓，淡淡道："收敛点。"

说完，他让其他人自己玩，起身出了门。

酒桌上，傅正初已经喝醉了，靠着椅子睡觉。夏从声和邓初琦酒量好，两人在聊公司的事情。

在原处等了好久傅识则都没回来，云厘起身借口去洗手间，找了个后门溜了出去。

初秋，微凉的风穿过大街小巷，南芜覆满淡淡的桂花香。

路边人影绰绰，云厘紧了紧外套，四处张望，没见着傅识则的身影。她环着胸往前走，这个点儿沿途的酒吧灯火通明。

走到桥边上了，绕了几圈，没找到人，桥对面连路灯都没一盏。

犹豫了会儿，云厘还是转身折返。

"云厘厘。"

没走几步，忽地听到傅识则的声音，云厘没反应过来，转过身，才在树底下看见一点儿红光。

傅识则从暗处走出来。

云厘看向旁边垃圾桶上的细沙盒，虽然不清晰，但已经有成团的烟头。

不知道他是什么时候发现她的，云厘疑惑："你一直在这儿吗？"

"嗯。"

云厘不可置信："我怎么没看到你？"

傅识则没穿外套，身上只有一件单薄的衬衫，但也像不觉得冷似的。他掐灭烟头，应道："你在找我？"

"是在找你。"云厘没否认，嗯了声，"你喝多了，我来接你回去。"

傅识则："自个儿过来的？"

云厘点点头，又补充了句："其他人喝得有点多，行动不太方便。"

傅识则："这会儿在抽烟。"

他还没抽够。

听出了他话里的用意，云厘没动："那等你抽完了，我们再回去？"

见傅识则没搭理，她往四周搜寻，瞄准了个地儿："那你抽吧，我去远点的地方等你。"

走过去后，云厘玩了会儿手机，邓初琦告诉她：我去，这酒吧老板也太帅了，你人去哪儿了？见了他，包你忘了夏夏小舅。

云厘：我很专一的，只有旧爱没有新欢。

借酒消愁，借烟消愁，今夜傅识则都尝试了个遍。云厘此刻也发愁，从酒吧出来前也没从夏从声那儿得知什么信息，他们俩也未熟稔到可以直言的程度。

说到熟稔——他是不是又喊了她云厘厘？

云厘发了好一会儿呆，是因为其他人都喊她厘厘吗？那他为什么要加多一个"云"字？

傅识则走回阴影内，拿出一根烟，刚掏出打火机，余光见到云厘站在桥边，裹紧了浅褐色的小外套。

他回头看她来的方向，他自己来的时候没大注意，两边都是早期砌的回迁房，低功率的灯爬满蚊虫残骸，黑暗中趴着几个烂醉如泥的身影。

她那绵羊似的性格，一个人走在这暗道里，总觉得难以想象。

把烟收回去，他走到云厘身旁："回去吧。"

也不清楚傅识则怎么就回心转意直接回去了，云厘酝酿了会儿，说："好像喝糖水可以醒酒，我刚才查到附近有一个糖水店。"

以前云永昌喝多了酒后都要吃点甜的，说是酒喝多了胃不舒服。云厘临时用手机搜了下，发现四百米外就有间老店。

傅识则没领情："不用，没喝多少。"

没被他的拒绝击退，云厘："其实是因为我自己喝了点酒，晚上回去点不到外卖了，你可不可以陪我一起去？"

她转向暗处："也不远的，走几分钟就到了。"

顺着她的方向望去，两侧道路漆黑。

傅识则："地图给我看一眼。"

云厘放大了地图，递给他，他也只扫了一眼，便把手机还了回去。

一路上只有他们两人，云厘和傅识则隔了些距离，原以为他喝了不少，但看过去步子很平稳。

云厘没来过这个地方，一路坑坑洼洼，四处均是隐蔽的小角落，定睛一看，是一对对拥抱着亲吻的男女。

恰好有几个不稳的身影游荡到隐蔽处，几人口齿不清，解了半天金属扣没成功。

忽然，傅识则停下来，转身看她："挨着我走。"

"哦……"云厘小跑到他身边。

糖水店开在"加班"对面的小巷内，铺面不大，摆着六七张小圆桌。整个店只有老板一人在开放式的后厨工作。

提供的餐品写在了小黑板上。

"你看看想吃什么。"

傅识则已经找了个位子坐下，光线清楚的情况下，云厘才发觉他双眸染了层水雾。他没看菜单，就说："可乐。"

"……"

说是糖水，似乎也没错。

云厘点了串糯米糍团子和一杯绿豆冰，坐到他身边。

东西很快上了，放在小盘子里。云厘刚拿起糯米糍，顿了会儿，放到傅识则面前。

"你要不要试试这个，我分你一半。"

傅识则没拒绝，用筷子滑了一个到自己的碗里。

"这个饮料……"

云厘喝着绿豆冰，稀得和白开水无差，又加了黑糖提甜味，古怪的口感让她一时之间想不到用什么词形容。

另一边，傅识则等了好一会儿，她没继续，才慢慢地问："也要分我一半？"

"……"

内心挣扎了会儿，云厘直接将喝过的绿豆沙撂到他面前，将吸管朝向他。

第一次直接撩人，云厘面色不改，心中却万马奔腾。

他发现了怎么办？

他没发现怎么办？

两种想法来来回回切换，她仔细观察着傅识则的神色，他似乎没察觉到，将绿豆冰推回云厘那边："算了。"

"再点一些吗？"见傅识则目光投过来，云厘解释道，"我晚上没来得及吃饭，也有点饿了。"

她瞥见糖水铺外炒粉干的小摊子，起身说道："哦……你等一下。"

拎着炒粉干回来，云厘抬头，却看见两只小流浪狗摇晃着尾巴坐在店门旁，傅识则坐在路边的墩子上，手里拿着碗鱼蛋，用签子戳着。

每次戳了个新的，小狗便趴到他腿上，傅识则会先晃两下逗弄它们，再交出鱼丸。

很难得地，在他身上会有这么温馨的感觉。

见她回来，傅识则把碗搁地上，折返回店里："吃完再走吧。"

云厘："琦琦刚才和我说，她和夏夏先回去了。我带回去吃就好了。"

傅识则看向她，说："我想吃点儿。"

两人重新坐下后，云厘才发觉傅识则说这话没有别的动机，他拨了些粉干到自己碗里，掰了双新筷子，拌了些她顺带买的卤味。操作了这一通后，他将盛满的碗推到云厘面前。

她心怦怦加速，问道："给我的吗？"

傅识则看起来也是半清醒半迷糊，用鼻音"嗯"了声。

和他的视线对上时，云厘心口悸动了下。她匆匆低下头，将打包盒推到他面前，像是礼尚往来。

云厘："那这些给你。"

他的动作平稳，眼眶带点湿润，眼神看着不对劲。

云厘没法对着这眼神吃东西，只好将椅子往他的方向凑了凑，和他的位置呈九十度，这样两人就无须面对面。

他又掰了双新筷子。

"……"

云厘意识到这种不对劲并不是她的错觉："呃，你好像喝得有点多，要不要早点回去休息？"

傅识则盯着粉干："……在外头多待一会儿。"

云厘："嗯？"

傅识则抬眸："我想多待一会儿。"语毕，他还征求意见似的问她，"不可以？"

"……"

"那如果你要问我的意见，"云厘硬着头皮，胆子大了点，筷子拨了拨自己的粉干，轻声道，"那我也想多待一会儿。"

傅识则若有所思地望向她，云厘心一颤，他却只是垂头失笑，是无声的笑，让人分辨不出情绪。

直到这顿饭结束，他都没再说什么，安静地吃着粉干。

云厘坐在边上，偶尔会和他说一些学校里的事情，他既不热烈，也不排斥，但看起来心不在焉、无精打采的模样。

徐青宋来接的时候，两人已经吃完了东西。家里派了车，他让司机送云厘和傅正初回去。

傅识则自己上了车，徐青宋坐边上，给他递了张湿巾。

"还醒着不？"

"嗯。"

"去哪儿？北山枫林？"

"不了，去江南苑。"

徐青宋先是沉默了会儿，转瞬调侃道："你怎么让小姑娘照顾你这老酒鬼？"

傅识则摁了摁额头："是吗？"脑袋涨得疼，他摇下车窗，冷风窜入，驾驶声轰隆隆，让他清醒了一半。

到家后，傅识则摸黑开了灯，偌大的屋子悄然无息，只摆放了些基本的家具，看不出有人生活的痕迹。他从冰箱里拿了瓶冰水，按在自己额上，试图让紧绷的神经放松点。

瞥了眼手机，父母打了一两个电话。傅识则没理，扔到一旁，用冷水冲了把脸，让积攒了一晚的酒意散了些。

从包里拿出个黑色包装的盒子，他拆开，把里面的无人机拿出来，放在茶几上。

良久。

空荡荡的屋子里，响起他轻轻的声音："生日快乐。"

压抑的夜晚，他随意地褪去衣服，躺到床上。枕头冰凉，贴在隐隐发疼的头上，他的脑海中忽然冒出临别前云厘说的那句话。

"如果你有什么事情，想有人听，又不想让人知道。

"……你可以对着我的左耳说。"

傅识则用被子盖住半张脸，在黑暗中轻轻地"嗯"了声。

翌日周一，云厘早早到了 EAW。

公司还没什么人，云厘打卡后先翻了翻群聊记录，确认没有要做的事情后，她拿起路上买的面包牛奶，去休息室吃早餐。

休息室里没人，长桌上零零散散摞着一沓传单，她随便拿起一张看了眼，上面写着 EAW 科技城今晚的万圣节活动，会有广场集市。

云厘兴致缺缺，放了回去，找了张懒人沙发坐下。

刷了会儿手机，脑海中却浮现起昨晚做的梦，一帧帧慢速播放，好几个场景都让她心跳加速，最后却停在了糖水铺里，他不发一言地坐在那儿。

像个颓丧脆弱的瓷娃娃。

隔了不久，休息室的门开了，云厘抬眼，见到傅识则拿着杯子走进来。他换了身衣服，已脱离昨晚的醉态，双目清明，锐利冷然。

云厘没想到他这么早就来了："早上好。"

傅识则礼貌颔首，转身走向咖啡机。

"……"

"……"

虽然云厘对傅识则的回应也没有太大期待，但是，两人这种仿若陌生人的状态也不在她的预期范围内。

傅识则从上方的橱柜里取出咖啡豆，掂量了一下，微皱了下眉头。

打开一看，果然里面没剩几颗豆子了。把所剩无几的咖啡豆倒到豆槽里，他把包装袋折成一小团，丢进垃圾桶。

云厘见他一系列动作，小声问道："怎么了？"

傅识则："没咖啡豆了。"

云厘将头凑过去看，看上去确实没多少了："这还能冲吗？"

"差不多够一杯。"

见云厘在这儿站着不动，傅识则看着她："你要？"

显得她像个恶霸，看见没剩几颗豆子了，特地来把仅存的最后一杯夺走。

云厘摇摇头："不是。"

忽然想起方才在传单上看到的集市里有家知名的咖啡烘焙坊，云厘将传单递给他："今晚海天商都里面有万圣节活动，会摆很多小摊，其中就有卖咖啡豆的。"

"嗯。"

云厘："……"

云厘更直接了点："我也想买一些咖啡豆，但我不太会挑。

"你能陪我一起去吗？"

傅识则注视着萃取出来的咖啡液，问："今晚几点？"

云厘愣了一下："八点。"

"嗯。"

压不下弯起的唇角，云厘怕被傅识则察觉，赶紧道："我先去工作。"

午休结束后，云厘在走道上碰见了何佳梦。

"闲云老师，今晚万圣节活动你要参加吗？要不我们一块儿去？"

云厘实话实说："我想今晚去买点咖啡豆，刚才在休息室看到傅识则没豆子了，就约他一起去。"

何佳梦偷笑："真的是去买豆子吗？"

"真的。"云厘努力让自己有底气些，"要不你也一起来吧？"

"不了不了，我已经预见到自己头上大大的电灯泡了。"

"……"

刚走没两步，何佳梦又叫住了她："对了，闲云老师。"

云厘："怎么了？"

"营销部的人让我来问你，可以在 E 站上帮忙发条宣传动态吗？广告费和上一次一样。"

"有什么要求吗？"

何佳梦想了想，说道："就是尽量录一些体验馆里面的设备，让人觉得好玩就行了。"

不确定能不能拍，云厘没立刻答应下来："我考虑一下吧。"

下午，方语宁说体验馆缺人手，吩咐云厘去那边帮忙装饰一下。云厘便抱了一大箱装饰材料去体验馆。

出了消防通道，云厘走到体验馆入口处，发现这里已经有不少人了。

"厘厘姐！"云厘四处看。

傅正初从入口走来，说道："听说今晚有活动，我就先过来看看。本来是想来蹭个下午茶的，结果被拖到这儿当苦力了。"

云厘回道："你真惨。"

傅正初嘟囔着："对，然后我就把小舅给带上了，结果小舅就坐在那儿看我干活。"

云厘朝他所指的方向看去，傅识则坐在馆内的休息椅上，单手靠着椅子的扶手，托腮看向这边。

"厘厘姐。"见云厘没回话，傅正初又喊了喊她。

云厘回过神来："你也长大了，该帮帮长辈的忙了。"

傅正初："我回去干活了。"

"欸，等等！"云厘连忙喊住他。

傅正初停住："咋了？"

云厘捂着自己半边脸："傅正初，对不起。"

傅正初更蒙了："到底咋了？"

"就是——昨天我们喝酒的时候，"云厘只想挖个洞把自己埋进去，硬着头皮道，"我和你小舅说，你好像喜欢我……"

傅正初："……"

云厘将前因后果和傅正初解释了一遍，心里也清楚自己这一做法不对，反复道了几次歉后，傅正初的关注点却不在云厘一开始说的事情上，而是倒吸了口气："厘厘姐，你喜欢小舅吗？"

云厘："……"

"难怪你刚刚也帮小舅说话。"

云厘："……"

云厘："你能帮我保密不？"

傅正初："嗯。"

两人不约而同陷入静默。

傅正初忽然正经起来："厘厘姐，小舅身体不是很好，肠胃也不是很好。

"不过小舅真的很好，我也不说这么多了，厘厘姐加油！"

云厘心下一暖："谢谢你。"

装饰体验馆的工作主要是体力活，就是把彩带、灯带以及一些节日装饰品都贴到较高的墙面上。云厘观察了一下四周，搬了一架梯子过来，准备上手。

刚爬上梯子，傅正初就把傅识则带了过来："厘厘姐，你快下来。我把小舅喊来了。"

云厘："……"

云厘爬下梯子，温吞道："喊来干什么啊……"

傅正初："总不能让小舅一个大男人在边上坐着，厘厘姐你一个姑娘在这儿爬上爬下。我先去别的地儿干活了。"

意识到傅正初是在助攻，尽管傅识则来得名正言顺，云厘还是有些不好意思。她指了指旁边的椅子，冒出了句："要不你坐这儿？"

傅识则瞥了她一眼："坐在这儿看你？"

云厘想象了一下画面，觉得简直喘不过气："不是这个意思。"

"给我。"傅识则接过她手中的彩带。

云厘："啊？"

傅识则顿了顿，惜字如金："帮忙。"

在一边无所事事也不太好，云厘便拿着彩带和挂件站在傅识则梯子旁边，傅识则每挂上一个，她就给他递一个。

云厘觉得这样——也挺好？

沉浸在给傅识则递东西的小快乐里，箱子逐渐见了底。

"你可以在这儿等一下吗？"云厘抬头看向傅识则。

"嗯。"

云厘抱着箱子小跑离开，到另一个区域去换了一个满一点的箱子来。

回到梯子旁，傅识则正面无表情地看向她。云厘顿时心虚，一言不发地给傅识则递了一个挂件。

下班后，云厘先回家重新化了个妆，换了条白色连衣裙。

在科技城门口见到了傅识则，他穿着件黑色长风衣，手揣在口袋里，低头靠着科技城边缘的红砖墙，远处广场点满星光。

见到云厘，他抬眼，在她脸上停留一瞬，又移开。

这一注视却让云厘的呼吸都慢了半拍。

"我晚上想拍些素材出个万圣节的特辑，我也很久没更新了。"

傅识则此刻清醒，云厘深呼吸一口气，略微紧张道："你觉得好看吗？"

似乎完全没预料到她会问这个问题，傅识则没吭声。

今天化妆使出浑身解数的云厘不可置信："不好看吗？"

过了一会儿，云厘自言自语："应该比平时好看一点？"

傅识则："……"

和上次的儿童集市类似，大大小小的摊位摆满了整个广场，树上和墙上都挂满了万圣节的主题装饰。

离咖啡豆摊还有些距离，云厘便闻见浓郁的豆香味。附近围了不少人，桌面整齐划一地摆放着数十个赭红陶罐，后方堆着几大摞牛皮袋装的咖啡豆。

摊主问了问傅识则想要的风味，便舀了几颗豆子到傅识则手里，他闻了闻。

云厘："怎么样？"

傅识则："挺好的。"

云厘："我可以闻一下吗？"

傅识则点点头。

见他没把豆子给自己，云厘犹豫了下，便凑到他的手前，烘焙的豆香外还有点巧克力的味道。

"怎么这么香？"云厘感慨，抬头，却发觉傅识则盯着她，看不出神色。

仔细想了想，云厘脸又热起来："我说的是豆子……"

"……"

云厘对喝咖啡没什么经验，让老板给她推荐了一款："我挑了一个我喜欢的味道，你要不也试试。"

傅识则接了些豆子闻了闻："挺好。"

云厘："那我送你一包吧。"

傅识则："不用。"

被拒绝也是意料之内，云厘想了想，继续说："我想送你一包。"

"……"

云厘收敛了些："你之前帮我付过很多次钱，我有种欠了钱的感觉。"

"如果是这个原因的话，"傅识则盯着摊主装豆，视线没在她这边，"那就欠着。"

云厘抬眼看了看其他摊位，角落有个略显简陋的糖人摊位，小时候在学校附近偶尔可以见到的小摊。

云厘："我可以买那个吗？"

傅识则："嗯。"

云厘："那你等我一下，我去买了。"

云厘说完后便跑了过去。

大爷支着一口小铜锅，用铜勺舀了些糖，滴落在钢板上勾勒出图案。

等待糖人定型的过程中，云厘想起刚才闻豆子的时候，傅识则的掌心就离她两厘米，用手背碰碰自己滚烫的脸颊。

她已经不记得上一次有这样的感受是什么时候。

心脏怦怦跳，脑海中挥之不去另一个人的身影，连闻到的味道、听到的声音、看见的东西，都有他的感觉。

他应该对她……也不反感。

这样的想法给云厘壮了胆，一般她不是主动的人，她总是被动地去和别人接触，被逼着去和别人对话。

人间的月亮，总是遥遥在外。

可现在，月亮来到了她的面前。

云厘扬起唇角。是呀，她多么幸运，月亮就在她的面前。

糖人定型后，粘上了竹签便交到云厘手中。南瓜形状的，咧开个大嘴巴。

还挺可爱的。

她将其中一个递给傅识则。

"给我的？"

傅识则盯着手里的糖人，表面泛着棕褐色的光泽，难以想象，用两三分钟便可以制作出如此精美的形状。

不过，这玩意儿怎么吃？

他看向云厍，整个南瓜状的糖人大过了她小巧的脸，刚小跑回来，凝脂般的脸颊染上绯红。她先欣赏了会儿手上的糖人，慢慢移向自己的唇边。

随后，舔了一下。

"……"

他总不能也舔一下吧？

云厍继续舔了舔唇，一小口咬住的时候，留意到傅识则的目光，有点意外："你在……偷看我吗？"

傅识则别开目光，难得撒了个谎："没有。"

夜间寒气重，他却忽然觉得浑身有些燥热。

霓虹灯饰都更刺眼了些，等他回过神，手里的南瓜形糖人已经被他咬碎了。

"……"

"欸，云厍？"

两人还在各种摊位游荡的时候，云厍的肩膀突然被人拍了一下，她本能地缩了一下。抬眼，却看见了一个她本以为这辈子不会再有交集的人。

屈明欣走上前来，亲昵地和她打招呼："我们都多少年没见了？没想到在这里能遇见你。

"你怎么不说话？你还记得我吗？我是高中时——"

云厍打断了她："记得。"

"这是你男朋友吗？长得还挺好看的。"屈明欣没察觉出云厍的疏远，自顾自地说着话。

云厘："不是，这是我同事。"

"你已经工作了呀？我听其他同学说过你没保上研，在准备考研——"屈明欣仍是一副大大咧咧的样子，"我大学毕业后来南芜工作了，我朋友在南理工读研，今天来找她玩。"

"……"

云厘见对方十分热忱，自己也禁不住有些迷茫，只好呆呆地回应："我也在这边读研。"

"走了。"

一旁站着的傅识则倏地开口，语罢，便径直往前走。

云厘反应过来，忙跟屈明欣说："我们先走了。"

屈明欣笑道："好咧！那咱改天一起约着吃顿饭吧！都这么久没见了。"然后摆了摆手，转身回去找朋友。

云厘跟上傅识则，又想起了屈明欣。为什么还一副很熟的样子？

不是你自己说的吗？

讨厌我这样的人。

高一的时候，云厘的性格还比较开朗。开学没多久便和宿舍的人熟络起来，其中数和邓初琦关系最好。

邓初琦性格开朗，两人经常一块儿唱双簧，在班级里的人缘都不错。

高二文理分科后，云厘去了理科班，新班级里几乎没有认识的人。她就是这时候认识的屈明欣。

屈明欣对所有人都很热情，包括云厘在内。她会在路上见到云厘时和她打招呼，两只笑眼眯成缝。

她很擅长活络班级气氛，是学校的优秀主持人，总是站在最显眼的地方。班里同学都喜欢屈明欣的活跃，云厘也不例外。

云厘一开始还挺喜欢这个新班级，虽然关系好的同学都不在这儿，但是她也很愿意和其他人培养新感情，羞赧地去结识新的同学。

但很奇怪，无论怎么努力，班里的同学都会和她保持一定距离。

午休有两个小时。他们一般会回宿舍睡午觉，但也有部分人会回教室写作业或者聊天玩游戏。

云厘这天中午也不太困，她知道平时屈明欣和班里几个同学午休都待在教室里，便一起来凑个热闹。

还没进教室，教室里就传来了聊天的声音。

“周末打三国杀要不叫上云厘？她课间操的时候说自己会玩。”云厘听声音听得出是课间操站在自己后面的那个女生。

另一个女声说：“她也会玩啊？我看她文文静静的，很可爱，我以为她不会。”

屈明欣略迟疑地说：“我不想叫她欸，我不怎么喜欢她。”

刚刚那个女生回道：“为什么？她不是挺可爱的吗？”

屈明欣说道：“她看起来就是装乖的样子啊。她之前的室友跟我说她在上一个班跟男生关系都很要好，感觉很绿茶。”

“不是吧……”

“我挺讨厌这种绿茶的，你们喊她的话就别叫我了。”

云厘突然有种看不懂别人的感觉。

她知道这世界上的人有很多种，有满身文身却笑容满面的烧烤大叔，也有长相漂亮却冷血无情的刽子手。

但她以为这些都离自己很远，她理解中的表里不一就只有云野每次离家出走后，都偷偷问她爸妈有没有在找他，抑或是邓初琦每次早上借作业抄，在报信员通知老师来了后一脸正经地拿着书早读……

刚刚在小卖部买饮料的时候，屈明欣看见她手里的橙汁，还笑着说要买跟她一样的。

云厘很想冲进班里去，告诉她们自己不是屈明欣说的那样。

她向往热闹的氛围，喜欢大家在一起时融洽的氛围。

但她发现她的脚动不了，不管怎么用力，她都迈不开步伐。

如果可以再勇敢一点就好了。

还是回宿舍吧。

云厘其实也不明白当初为什么那样轻易地就被打击到了，她也不是没见过在背后偷偷说别人坏话的人。

她突然觉得，可能是因为自己原本还挺喜欢她的。

也许是受不了这样的反差。

正出神想着高中的事情，云厘也没注意到迎面走来两个南瓜头的人形玩偶，玩偶服圆胖的肚子撞到她身上。

等她回过神，比她大一倍的玩偶张开双手要抱她。

？？？

云厘僵在原地，不知作何反应。

冰凉的手抓住她的手腕，将她往后拉，云厘只感觉到有一阵风带过，自己便到了傅识则的身后。

一阵失神，云厘顺着手上的温度望过去，他的手还扣着她的手腕。

傅识则自己也没回过神，刚才只是看见云厘要被这个玩偶吞噬，下意识便把她拉到自己的身后。

玩偶也像是呆住了一般，在原地停了两秒，才继续刚才的动作，抱了抱他。

"……"

顺带从尾巴处摘了个兔子气球递给他。

"……"

见他没接，玩偶又坚持地往他的方向推了推。

傅识则只好僵硬地接过。

气球充满了气，两只兔子耳朵鼓起来，拿着这个东西，傅识则浑身不舒服，转过身，放到云厘面前。

"给你。"

云厘的思路还停留在傅识则拉她手腕这件事情上，蒙蒙地接过气球。

在她的印象中，这似乎是他们第一次有肢体接触。

他好像没什么反应？

是不在意这个事情，还是……

不介意拉她的手？

云厘抬头看着飘浮在半空中的气球，兔子滑稽地拉大笑容，就如他头像的那弯月亮般。回忆里的不悦也一消而散。

明明都二十三岁的人了，牵着这个气球显得幼稚，云厘却不想松开。

绕了一圈后回到了豆摊附近，此时有剪纸影戏的万圣夜的特别演出，帷布挂得不高，前面已经水泄不通挤了一堆人。

两人也去凑了个热闹，云厘身高一米六几，在这黑压压的人群中看不见任何东西，傅识则站在她身后。

云厘只能借助傅识则转述："里面在演什么？"

傅识则："四个南瓜人。"

云厘："在做什么？"

傅识则："遛一只南瓜狗。"

云厘："……"

这听起来也没什么好看的，周遭的人却连连叫好，云厘本来已经退出来准备走了，前面的一对情侣却有了动作，男生直接将女生架到了脖子上。

见状，靠后的另外几对情侣也效仿，没有对象的人尴尬地戳在原处。在她身前的女生见到这个情况，拍了下自己身边的男性朋友："让我骑一下脖子？"

"别吧，我还没女朋友……"

"这不是刚刚好，是男人就让我骑一下！"

看到这个场景，云厘莫名地尴尬，扭头看傅识则，发觉他也在看自己。

傅识则："你很想看吗？"

云厘捉摸不透他的问话，想了想，还是自觉道："没有。不过，"心里也好奇他会怎么做，她接着问，"如果我想看呢？"

傅识则："那就在心里想着。"

云厘："……"

回去的路上，云厘想起傅正初的事情："对了，今天我和傅正初聊了一下，之前是我误会了他。"

"嗯。"

云厘的朋友不多，和傅正初刚认识的时候，她可能一整天都说不上几句话，但对方也从来没觉得她不合群，云厘由衷地感慨："他人还蛮好的。"

傅识则："你在考虑和他一起？"

傅识则的问题过于直接，在云厘的角度看来甚至有些荒诞诡异，以至于她半天没反应过来，也不知道他哪儿来的这个想法，她无语："傅正初比我小那么多，而且他谈过四五个女朋友了……"云厘的话戛然而止，片刻后，她斩钉截铁，"总之，不可能。"

…………

到家后，云厘将气球挂在床头。打开电脑看课程表，才发现下周就是这学期的考试周了。

"昨天回去太晚了，今天又匆匆忙忙，泡得怎么样了？"邓初琦关心进度，下班后立刻给云厘打了电话。

"你别用'泡'这个字，是追求。"云厘正色道，"我约他今晚去逛了万圣夜集市，刚回来，他还给了我一个气球。"

"夏夏小舅同意和你单独出去了？还送了你一个气球？"

"不算送。"云厘话里藏不住笑意，"但是，是他给我的。"

往一个方向拍了两下，气球旋转了两圈便反向转回去，正好对准了她。

翌日，云厘起了个大清早，收拾好书包后，拿上面包和巧克力牛奶便往学校走。

时值初冬，阳光斜照过来，穿过清晨的薄雾，尘埃起伏。气温不算太低，云厘穿了件针织衫，但偶尔微风袭来，也会感到寒凉。

在教室里刷了会儿题后，云厘像是回到了本科阶段，因为课程太多，到期末考的时候基本是连夜准备考试，每两天背一门。那时候还有室友可以讨论题目。

上课结束后，云厘自觉地拿出手机：傅正初，如果付费咨询你小舅功课，他会同意吗？

傅正初：小舅很有钱，应该不会。

云厘：噢，你最近有考试吗？

傅正初：有的，下周有两门考试。怎么了厘厘姐？

云厘：你复习得怎么样了？

傅正初：感觉复习得也——还好。

……

傅正初好像想到了什么，又发了几条消息过来。

傅正初：不不不，复习得不好，厘厘姐我们一起复习吧！

傅正初：我喊上小舅来辅导我们。

傅正初：一家人就要互相帮助。

云厘在心里感叹傅正初的上道，他转瞬便将时间定在周六早上，在南理工附近的咖啡馆。

到了周六这天，云厘早早地准备好，咖啡馆刚营业，她就到了。咖啡店是工业装修风，地板是灰色的水泥地，高顶天花板上布满十字交叉管道。

云厘找了一张靠角落的多人桌坐下，把电脑和教材拿出来，一边看书一边等傅识则。

傅识则比约定时间提前了五分钟到，进店后看了一圈，便朝云厘的方向走了过去，在她右边坐下。

云厘后知后觉，抬起头对他笑："你没穿衬衫，看起来像个年轻的学生。"

傅识则："……也有可能我确实是个学生。"

云厘被噎了一下，想了想，好像确实也是。

他坐下来后，云厘拿起水壶给他倒水，傅识则自然地摁住水壶的盖子，淡然道："我自己来。"

云厘没坚持，按了下服务铃。服务员扎着高马尾，看上去二十岁出头，放下菜单时，扫了他们一眼，然后目光便停留在傅识则身上。

他穿着黑色连帽卫衣，坐在窗边，阳光打在身上。

云厘随便翻了几页菜单："我要一杯摩卡和一份巧克力松饼。"然后就把菜单递给了傅识则。

傅识则没接过："一杯美式。"

云厘等了一会儿，没见他点别的东西，便提醒他："不吃早餐很伤胃。

"要不你再点一份抹茶华夫饼，我也想吃一些。"

傅识则道："嗯。"

"就需要这些，谢谢。"云厘把菜单收起，递回给女生。

餐点还需要一段时间才上，为了珍惜市状元的时间，云厘又拿出了课本。

傅识则："有往年试卷吗？"

"有电子版。"云厘又拿出电脑，操作了一会儿，打开了一个文档。

"可以。"傅识则起身，坐到云厘旁边的椅子上，"笔和纸。"

傅识则身上飘来的气息带着淡淡的薄荷柠檬的味道，突然拉近的距离让云厘头脑发热。

云厘听话地都拿了出来。

傅识则："做过吗？"

云厘摇了摇头。

傅识则："那现在开始吧，一题一题来。"

云厘独自看了一会儿题目，神色发窘。

"我现在要自己做吗？"顿了一会儿，她为难地说，"我不是不想做，我主要担心浪费你的时间。"

傅识则："……

"笔给我。"

然后傅识则在纸上一笔一画地写下过程，每写一句，都会有相应的解读。看着他的侧脸，云厘有些出神，从以前开始，他就不是一个在小圈子内被人称赞的人，几乎是任何认识他的人，都会心甘情愿把他捧上神坛。这个人现在就坐在她的身边，她总觉得不可思议。

餐品上来的时候，傅识则已经给云厘讲了两道题了。云厘一边做题，一边走神："我觉得我听了课之后脑子记住的也不是很多，你读博的时候也是每节课都去上吗？"

"除了有外出的比赛，每节课都会去听，毕竟他们都认识我。"傅识则回答道，"我不去的话，还会问我是不是他讲得不好。"

"……"

云厘突然脑补出了一个画面。

老师站在台上讲课，傅识则坐在第一排审视。老师讲完一个小节后，笑着问傅识则："傅同学，你觉得还有什么问题吗？"

傅识则点头示意："没问题。"

抑或是老师发现今天傅识则没去，黯然神伤。

下课后去问别的老师傅识则有没有去上他们的课，收到肯定的回答后，别的老师让他好好反省反省，为什么傅识则不去上他的课。

忽然，傅识则用手指敲了敲桌面，问她："在思考？"

云厘忙摇头，表示自己走神了。

"看得出来。"傅识则又拿出手机玩 2048。

"先吃点东西吧。"云厘把电脑移开，小心翼翼地把傅识则用过的 A4 纸放在 L 形文件夹里。

傅识则接过面前的抹茶华夫饼，拿起刀叉，切成可以一口一个的方块后，便推回到云厘面前。

云厘戳了一块，又把盘子推了回去："我尝尝就好。"

傅识则又起一块华夫饼，他吃得很慢，每一口都要咀嚼半分多钟，让云厘也禁不住慢了下来。

"你好。"是刚刚那个女生，大概是去化了个淡妆，模样看上去比刚刚精致了些，"你是闲云嘀嗒酱吗？"

自从上次发了机器人视频后，除了大幅度涨粉之外，云厘以前的视频点击量也高了很多。现在在商场里偶尔也会被认出来"闲云嘀嗒酱"的身份。

粉丝邀请她合照的时候，云厘还会有些手足无措，不知道该跟粉丝怎么交流。她还向其他 up 主咨询面对这种情况的应对方法。不过她还是不太习惯和粉丝合照。

"嗯，是的。"但云厘觉得疑惑的是，刚刚这个女生的目光一直停留在傅识则身上，结果居然是来找她的，"有什么事情吗？"

女生又突然扭捏起来："是这样的——"然后目光再次转移到傅识则身上，说的话有点语无伦次，"我看了你 E 站上期视频，虽然和你朋友没什么关系——但是，想问一下我可以和你朋友合影吗？"

"……"

"要不……你自己问他？"不想掺和陌生人的事情，云厘又补了一句，"我和他也不熟。"

傅识则："……"

傅识则看起来没听她们的对话，视线在别处，依然在慢腾腾地吃东西。

"先生你好，我可以加一下你的微信吗？"

傅识则很冷淡："我没有微信。"

像是算到了他不会给，女生追问："我可以和你合影吗？"

傅识则没有立刻回复，又淡淡地看了她一会儿，女生的脸瞬间红了，他才疏远地回答道："今天不太方便。"

云厘也料到了傅识则的拒绝，毕竟自己也碰过不少灰，对傅识则本人的回应，她还是有些许的自信。这种自信又渐渐演变成了与眼前女生的同病相怜。

云厘："你别太难过。"

女生看向云厘，云厘慢慢地吃着华夫饼，真诚地安慰她："之前我和他要，他也没给我。"

傅识则："……"

云厘："但我们现在在一张桌上，吃同一份华夫饼。"

傅识则："……"

雨声在她的右耳多次放大，雨帘挡

住了视线，

所有的触感中，

只有另一个人的存在。

第六章

没有恋爱的打算

在女生看来，云厘的话更像是在宣示主权，语调如棉花柔软，眉眼间却暗含不容置疑的肯定。

女生走了后，云厘抿了口摩卡咖啡。冷不丁地，傅识则问："你还记着这事儿？"

云厘回头看他，男人眉目冷冽，却不掩少年感，神态是与日常无二的平静。

莫名的压迫感袭来，云厘故作镇定："也不算记得，那我想鼓励一下她，毕竟她是我的粉丝。"

傅识则将刀叉放下："鼓励她什么？"

"我们也认识一段时间了，现在应该也算朋友了？朋友可以帮朋友物色对象。"

傅识则："不是不熟吗？"

"……"

傅识则只饮了她一下，便继续刚才的话题："物色什么样的？"

语气平淡如常，在云厘看来，却带着引诱和鼓惑的味道。

那些向来压在箱底不愿透露的心思，在一瞬间全部涌现出来。

难以压抑这种期待与紧张，她只是想要确定一下，傅识则有没有可能喜欢自己这个类型的人。

云厘咽了咽口水，盯着他，语气带了些试探："好看又安静，对着外人内向，对着你外向的，天天围着你转，你觉得可以吗？"

她甚至，没有给他更多的选择。她也不想知道其他的答案。

傅识则愣了下，往右边靠着，拿起水杯喝了一口，随后翻了翻她的课本。

"这个是考点。"

没问到自己想要的答案，云厘的注意力便回到那鬼画符般的流程图和公式上。

距离约定时间已经过了一刻钟了，傅正初还没有来，云厘打开手机，一刻钟前有他的微信。

> 傅正初：厘厘姐，我还要过去吗？
> 云厘：为什么不来？
> 傅正初：感觉怪不好意思的，我过去不是煞风景嘛。
> 云厘：你说得也对。
> 傅正初：……
> 云厘：你还是来吧，哭，不然我这用意太明显了。
> 傅正初：来了。

实际上，傅正初很早便到了咖啡屋附近，找了个角落猫着，边看书边观察两个人的动态。盯了一会儿，实在是太无趣了，才给云厘发了信息。

进门之后，傅正初坐到傅识则对面，翻开了书自己看。全程都没怎么说话。

傅识则有点奇怪，用笔戳了戳傅正初的书。

傅正初没吭声。

傅识则又戳了戳书，问："心情不好？"

傅正初摇摇头："小舅，我在复习，你别烦我。"此刻，他只想当个透明人。

傅识则难得被傅正初嫌弃，便将重心挪到云厘这边。

给云厘讲了每一类型题目核心的知识点后，时间已经过了两个小时。傅识则看了看往年卷，抽了张难度适中的，放在云厘面前。

指令只有简单的一个字："做。"

云厘做的过程中，傅识则便托着脸，垂眼盯着她的卷子。

…………

云厘感觉回到了小学三年级，数学老师站在她的旁边虎视眈眈，还不停地拍打手中的戒尺以示警诫。每有一点进展，她都得察言观色一番。

傅识则几乎不会掩藏自己的情绪，每次云厘做错选择题和是非题了，或者草稿上的公式写错了，他都会有细微的表情变化，比如皱眉或者眯眼。

半个小时后。

好不容易把二十道小题目做完，云厘已经出了一身冷汗。傅识则给她对了答案，全对，他眉头一松，看起来非常满意这个成绩。

云厘不理解，这就是学霸的快乐吗？

不仅要自己全对，他盯着的人也得全对？

云厘盯着他的脸，忍不住问："你以前是不是经常帮别人作弊？"

"嗯？"

云厘："感觉你很熟练的样子。"

傅识则一阵无语，云厘又说道："其实我觉得做这些题目特别烧脑，如果不是因为要考试，我应该都不会碰它们……"

傅识则盯着她，见云厘一脸渴望认同的希冀，便皮笑肉不笑地扯了下嘴角，敷衍道："是啊。"

"我书可能读得不太行。"云厘开始为自己的不学无术辩解，"当 up 主还是挺好的，上期视频现在已经有三百万播放量了，而且，还是手工科技类的。"

她特意强调了"手工科技"这四个字，显得这个视频或多或少也有些技术含量。

"我重新组装了一个机器人。"

傅识则："看一看。"

云厘把视频打开，放在桌面上，傅识则始终不发一言地看着屏幕，等到那个小足球出现的时候，他神色才有些变化。

想起来，云厘又顺带问了下："我要给 EAW 拍一条新的动态，到时候你能帮我操作下仪器吗？"

傅识则心不在焉地"嗯"了声。

视频还没放完，E 站一连给她推了几十条通知。云厘本来不打算操作，一不小心误点，发现是一条动态，下面一溜的评论都在艾特她。动态内容是九张视角相同的照片。

第一张：傅识则双手伏在桌上，偏头和她讲题，她侧耳听，视线落在他脸上。

第二张：傅识则拿着笔在草稿纸上写东西，她用手支着脸，视线落在他脸上。

第三张：傅识则叉了块华夫饼移到唇旁，她趴在桌上做题，视线落在他脸上。

粉丝们发现，这九张照片，无论里面两人在做什么，云厘的视线永远落在傅识则脸上。

@闲云嘀嗒酱太般配了！我好嗑呜呜呜！

@闲云嘀嗒酱女人都是骗子，心碎了，老婆被人抢了，取关。

@闲云嘀嗒酱呜呜呜呜我的老婆重婚了。

……这是谁偷拍的?

云厘处于蒙的状态，根据照片的角度看过去，是咖啡厅的洗手间方向，那里只凌乱地摆着几盆干花。

傅识则扫了一眼，云厘见状立马盖上了手机。

也不知道是不是刚才被评论启动了太多次，云厘脱口而出："老婆，我们做题吧。"

傅识则的手一僵。

傅正初努力维持自己的透明人状态，却忍不住笑出了声。

云厘看着两人，心中只有一个想法——

好尴尬。

太尴尬了。

怎么会有，这么尴尬……的事情。

不知道傅识则是没听见，还是懒得搭理，他没讲半句多余的话。这种沉默，让氛围成百上千地叠加，无孔不入地钻进她的每个细胞。

别开视线，云厘捂了捂脸，试图让温度降下来。

"我去下洗手间。"没成功降温的云厘落荒而逃。

在原处，傅正初还在压着声音偷笑，傅识则用笔敲了敲他脑袋。

傅正初也没在意，捂着肚子大笑："哈哈哈老婆！"

傅识则："……"

"问你个事。"他又用笔敲了敲傅正初。

见傅识则这样，傅正初立马安静下来。

傅识则张了张口，才难以启齿地吐出这几个字："我长得像女的？"

…………

等云厘回来的时候，两人神态自若。她镇静地坐回位置，心猿意马地奋笔疾书。

"欸，云厘。"

正当云厘和往年考题混战的时候，头顶冒出屈明欣的声音，她抬头，屈明欣穿着条蕾丝白裙，妆容精致，轻搂了搂云厘的脖子。

"我刚才在外头见到你，就在想是不是你。"

"我能坐这儿吗？这是上次万圣节那个同事吗？"屈明欣自来熟地拉开椅子坐下，朝后面招招手："李蔚然，你过来呀。"

云厘这才发现后方还有一个白白净净的女生，也拉开椅子坐下了。

一有陌生人的介入，云厘瞬间毛孔紧闭，生硬地和两人打了招呼。

"我们去别桌坐吧，我同学他们在复习考试。"

刚起身，却发现咖啡厅已经坐满了。

"就坐这儿吧，我也想认识一下你的朋友。"屈明欣反客为主，自然地将云厘拉回到位子上。

几人瞬间安静了。

云厘心里不喜欢屈明欣，但也清楚高中时代已经过去好多年了。

她作为受害者，这段记忆颇为鲜明，无法抹去。但她也不想因为对方性格还没成形时做出的行为，给其下一辈子的定义。

屈明欣和她聊了聊自己工作的事情，又问了问他们几人的情况，手机不停地振动，云厘拿出来看了一眼，发现是何佳梦的电话。她拿着手机示意了一下："我出去接个电话。"

何佳梦想和她确定一下动态宣传的主题，云厝先前已经想过，便直接给了回复。

"我想把 EAW 这期动态宣传做成一个一分钟左右的短片，主题就是'尝试'，怎么样？"

回想自己当博主的整个阶段，也有过许多尝试。从最开始在美食区，逐渐迁移到手工区和生活区，再到最近那个爆火的机器人视频。

出于就业愿景，本硕阶段她都选择了自动化的方向，到 EAW 实习之初想去的也是技术部。

但被调剂到人事部门这件事打破了她的按部就班，却也给她带来新的尝试和机遇——她也向往过，融入人群；她也想证明，内向，并不意味着她无法胜任这份工作。

云厝很喜欢这一期主题。尝试总是意味着，对于未来的期许。

她也有对于她和傅识则的未来的期许，比其余的都更加强烈。

"刚才我在窗外看到云厝和你们聊天，觉得她开朗了很多，还挺为她感到开心的。"屈明欣笑道，"我也想了解下云厝的近况，要不加个微信？"

她主动地拿出手机，傅正初闻言，给手机解了锁，刚往她们那边递，一只手指压住他的手腕。

傅识则："不必了。"

屈明欣第一次要微信被拒绝，而且对方看起来还一副生人勿近的模样。

傅正初朝她们两人抱歉地笑笑："你们有什么事直接问厝厝姐吧。"二人是云厝的朋友，他不想表现得太疏远，便问，"你们是厝厝姐的高中同学吗？"

屈明欣："嗯对啊，我们在高中时候关系很好，不过云厝她一般和男生比较玩得来，女生里好朋友就我和邓初琦。"

"我给你们点一些喝的，替厝厝姐招待你们。"傅正初没想太多，按了服务铃。

屈明欣先和傅正初随意聊了下南理工的事情，话题便转到了云厝高中阶段："云厝高中时候就挺可怜的，因为有一只耳朵听不见，所以上课的时候经常听不清老师讲话，点她回答问题，她连问题都不知道。我们老师就会说她走神，没认真听讲。"

傅识则微微动了一下，傅正初也明显没反应过来。

屈明欣继续惋惜道："所以高中的时候她经常被罚站，成绩也不太好，听说后来读大学保研没保上，估计是大学上课也听不清老师讲话。可这明明也不是她的错，她好像从小就听不见，因为这个原因也受到过很多歧视，和我们也不太联系了。

"好多人问她现在怎么样，她也没回复，不过看她和你们在一起这么开心，我们也就挺放心的。"

傅正初本来想说些什么，余光留意到傅识则的神情，他自动闭上了嘴巴。

服务员恰好拿来菜单，屈明欣刚接过，傅识则却直接拿过菜单的另一边，递回给服务员。

傅识则："你说过——你本科毕业，在工作了。"

屈明欣点点头："对，我现在在……"

傅识则很少打断人说话，难得破了例，哂道："听你揭云厘的短，从上次我就很疑惑了。

"不像受过教育的人。"

屈明欣脸上的笑有点维持不住，她辩解道："我只是希望……"

傅识则："希望我们发现她的缺点，是吗？

"没发现她的，你的倒是挺明显。"

云厘回到咖啡厅的时候，几人正处于僵持状态。

一分钟前，屈明欣已经急于重新见到云厘。她鲜少有这种被人当面责难的经历，也不能接受在这里她受不到别人的喜爱。

傅识则："她们要走了。"

云厘觉得突然，但也能猜出在她离开的期间发生了些事情："那我去送一下她们。"

到店门口，屈明欣心有不甘地挽住云厘的手臂："云厘，本来我不想说这个事情的，但你的朋友好像不太欢迎我们。"

云厘警觉道："什么意思？"

"我就和他们聊了两句，你那个朋友脾气就挺暴躁的。"

傅识则脾气挺暴躁？

这还是云厘第一次听到这种评价。

"你们聊了什么？"

"也没什么，说说到你以前被罚站，我本来只是……"

"罚站"这两个字激起云厘高中阶段最敏感的回忆，她打断了屈明欣的话："你和他们说了我左耳听不见？"

屈明欣张了张嘴，见云厘直接拉下了脸，也不再那么理直气壮："我也没想到他们不知道啊，况且，我们那么多年同学了，只是想他们能对你好一点。"

云厘只觉得不可理喻。

小时候的她并不忌惮告诉别人这件事情，她一直不知道自己有这个问题，在她的角度看，还以为所有人都跟她一样。

所有人的左耳都听不见。

都只是个装饰品。

直到后来，稚嫩的孩子口里吐出"聋子""残疾""畸形"等词语的时候，她才意识到，她和别人确实是不同的。

她有意识地不再和任何人提起这件事情，但这个消息在高中时段还是不胫而走。

一开始，或者说，直至现在，她都因此有些自卑，也情绪化过，忍不住问，为什么是她。

但更困惑的是，为什么一个本不是她的错的事情，会被人来来回回地用来攻击她。

埋藏在记忆中的委屈与当下的怒火交织成团，原以为这么多年过去了，她不会像从前那样了。为什么直到现在，还要再来影响她的生活。

"我不觉得，在我朋友面前说那些过去令我难堪的事是对我好。"云厘看着她，"我以前胆子小不敢反驳你，我以为将就将就，就能熬过去了。"

"现在看来不是这样。"云厘拨开她的手，冷淡道，"请你以后都不要再联系我了。"

语毕，也不顾屈明欣的神情，直接将门带上。

在门后，云厘花了好一段时间才平复心情。总算是扬眉吐气了一番，出乎意料的是，迈出这一步，并没有她想象中那么困难。

咖啡厅内，傅正初把书盖上："小舅，你刚才是生气了吗？"

傅识则："没有。"

刚才傅正初听屈明欣讲起云厘过去的事情，只觉得她很可怜，直到傅识则说了那些话，他才反应过来。

好像确实是。

如果是他，是不会和别人说这些事情的。

"其实我一直也没发现厘厘姐有一只耳朵听不见……"傅正初绞尽脑汁去回忆和云厘的日常相处，却想起了其他事情，"小舅，你一开始就知道吗？以前我们每次出门，你都是在厘厘姐的右边。"

傅识则："……"

傅正初："包括现在，你也在右边。"

他还想进一步深究傅识则的动机，却见到云厘往这边走了，傅正初停止了对话，不会隐藏心事的他慌忙地从一旁拿了本书，装作在翻看。

没几秒，她忍不住道："傅正初，你书拿反了。"

"啊，欸。"傅正初赶紧坐直，"我肯定是睡着了！"

云厘："……"

云厘知道傅正初反常的原因，心里觉得自己应该说些什么，想来想去也组织不好语言，只好接着安静地看书。

几人在咖啡厅里随意点了些轻食后，转移到了有沙发椅的座位上。傅识则耷拉着眼，和傅正初要了顶鸭舌帽，戴上后便窝在沙发椅里睡觉。

见状，另外两人也就安静地翻着书。

就要考试了，云厘却心不在焉，想着屈明欣刚才说的话——傅识则暴躁。

知道这有夸张的成分在，但能想象，傅识则为她出面了。

这一想法冒出来后，云厘满脑子都在想象他为她动怒的模样，但想了几种可能性，都不太符合他的性格。

刚才如果在就好了。

试图在草稿纸上写些公式集中注意力，结果画了半天，却画了满纸的月亮。

往旁边看去，傅识则窝在沙发的角落，薄唇紧抿，身上轻微发抖，背又绷得很紧，似乎是在做噩梦。

他的眉头紧紧地皱着，呼吸变得很不规律，像是在努力挣扎。

似乎也不应该任由他做噩梦。

云厘伸手去摇他的肩膀，傅识则却猛地抓住她的手腕，将她的手压在他的腿侧。

"……"

云厘试图把手缩回来，那只抓住她的手却纹丝不动，他的呼吸忽然平稳了许多，眉头也舒展开，唯独扣紧了她的手腕。让人莫名想起了吮着奶嘴的婴儿。

这个动作，她也看不了书，便直接拿出手机，打开和傅识则的聊天界面，一字一字地输了几句话，又一个个删掉：

你是在装睡吗？

我们的动作有那么一些些暧昧。

你拉了我的手。

你主动的。

可以负责任吗？

…………

拉了五分钟了。

傅识则快醒的时候松开了她。将手缩回来，云厘才发现手腕上已经被他扣得发紫。

傅正初用很古怪的语气问："小舅，你睡得好吗？"

不知道他这语气怎么回事，傅识则只是抬了抬惺忪的睡眼，没搭理。

203

三人复习到晚饭前便结束了，云厘回到家瘫软在沙发上，透过指缝看着灯光，再往下，手腕上还有浅浅的勒痕。

因为拉了手，她单方面有种感情飞速进展的感觉。

怎么整天吃她豆腐，又不负责任。

云厘郁闷地打开微信给邓初琦发消息。

云厘：今天也是求而不得的一天。

邓初琦秒回：？？？你告白了吗？

云厘忍住告知被吃豆腐的冲动：没有。那样不得把人给吓跑吗？

邓初琦：那你怎么求的？

云厘：我在心里默默地求。

云厘拿着手机等了一会儿，也没见邓初琦回消息。刷回 E 站，白天那条偷拍动态已经有二十万赞了，她简单地回复了下，便切换到和傅识则的聊天窗口。

内容还停留在上次万圣夜。

她问：我现在去科技城了！

他应：嗯。

云厘：今天说给 EAW 动态宣传的那个，周一晚上你有空吗？

两门考试都在周一的白天，恰好冬学期课程有调整，便顺带着改了实习时间。

傅识则回了，依旧只有简单的一个"嗯"字。

往前翻，也都几乎是她发几条，他回一条，信息加起来也不超过二十条。来回翻看了会儿，云厘将他的备注改成了"老婆"，才觉得顺眼了许多。

她翻回到最初的信息，删了中间的两条。

云厘：当我老婆。

老婆：嗯。
…………

考试前一个夜晚，云厘通宵了，不仅连刷了几套卷子，还连夜做了份抹茶毛巾卷，小心地装到盒子里，用蓝丝带打了个蝴蝶结。

考完试回去补了个觉，出发赴约前，天却下起渐渐沥沥的雨。云厘换了件防水的风衣，将相机放到防水包里，才撑着伞到了 EAW。

员工已经下班了，云厘在门口等了会儿，几分钟后小雨转成瓢泼大雨。

低头看了眼时间，距离他们约定的点儿还有十分钟，戳在窗口，鞋子在原地画了好一会儿圈圈，云厘又打开伞，往进入公司的消防通道口走去。

大雨拍打着伞面，云厘透过雨帘看到站在消防通道门口的傅识则，和她预想的相同，他没有带伞。

一进到有遮挡的地方，她立即收了伞，用手拍拍身上的雨水，她身上已经淋湿了一大片，发尾也沾满水迹。

他眸色一暗，低头扫了眼她手里拿的东西："来接我的？"

云厘不好意思直接承认，轻轻"唔"了声："我在那边等了好一会儿，你没来。"

"伞给我吧。"傅识则没多问，接过伞打开。

单人伞的空间逼仄，勉强能容下两人，云厘把相机包背到了胸前。

雨声在她的右耳多次放大，雨帘挡住了视线，所有的触感中，只有另一个人的存在。

雨水顺着伞骨往下滴，打在傅识则的另外半边身子上，云厘有些愧疚："我的伞太小了，要不你一个人撑吧。"

傅识则没把这个不切实际的主意放心上，但还是低头问她："那你呢？"

小巧得几乎像缩在他怀里的女生爽快地将帽子一套："我这个衣服是防水的。"

傅识则："……"

她的笑容不像平时那般羞赧，爽朗而自然。两人往前走的时候，她瞄了几眼傅识则的袖子，随后，小心地抵着伞柄，往他的方向推了推。

她不想他淋雨。

傅识则留意到她的小动作，眼眸下垂，云厘察觉到他的视线，又不动声色地将手缩回去，还故作无事发生般望向别的方向。

"不用。"他淡道，雨声淹没了他吐出的两个字。云厘蒙蒙地抬起头："啊？你刚才有说话吗？"

她的脸白净，为今晚的拍摄化了妆，根根分明的睫毛颤了几下。

从未有过的情绪在他心底滋生，宽松的帽子挡住了大部分范围，反而让她瓜子般的小脸在这嘈杂纷扰的环境中突出。

世界仿若瞬间安静。

傅识则微握住伞柄，移开视线："没有。走吧。"

路程不远，到体验馆后傅识则刷卡开门打开电闸，走到储物室里翻出毛巾。

窗外雨声滴滴重合，他想起刚才的感觉，她的身影逐渐清晰，深呼吸一口气，他皱皱眉，并没有把这种特殊的情绪放在心上。

随手从柜子中拿出一条一次性毛巾递给云厘。

云厘不太好意思在他面前擦身子，侧身用毛巾轻轻贴着头发淋湿的部分。傅识则随性地擦了擦自己的发，罅隙中，瞥见云厘的侧脸，神情带点腼腆。

他的动作慢了点，将毛巾扔垃圾桶里。

云厘将相机和反光板架好，便根据一开始设定的流程逐个项目拍摄。

最后一个项目是用 VR 眼镜玩恐怖游戏，为了节目效果，云厘决定自己上阵。傅识则给她戴好眼镜后便指导她打开那款《梦醒时见鬼》。

一进入游戏便是血红灯光下的浴室，云厘全身绷紧，在里面缓慢地移动，里面有好几个房间，一个个摸索过去后，她耳边骤然响起凄惨的鬼叫声。

云厘左耳听不见，因此不像常人一样能定位声音来源。对她而言，所有的声音都来自右边。

她下意识觉得鬼在右边，惊恐地往左边退了一步，却直接撞进一个怀里，一抬头，是一张惨白的脸。

在云厘尖叫前，傅识则直接摘掉了她的 VR 眼镜。

她惊魂未定，视野回到真实世界，身后软绵绵的触感却让她回忆起刚才的画面，心有余悸地回头，却发现——她在傅识则怀里。

他单手拎着 VR 眼镜，另一只手轻抵着她的后肩，避免她摔倒。

"……"

"我不是故意的。"

她忽然反应过来，硬着头皮往前走了两步，从身后的怀抱脱离。

云厘脸上发热，自己又占了傅识则的便宜，她用手背触碰双颊，确认温度降下来了才转身。

但眸中无法掩饰的情绪还是出卖了她。

那直接，而又极为强烈的情绪。

傅识则垂眸，将手里的 VR 眼镜关掉，将伸缩绳调整成正常大小，上上下下检查。

他将这个动作重复了好几次。

才抬眼看向云厘。

"你喜欢我？"

他的目光干净。

云厘怔在原处。

第一反应是否认，但话到喉咙口，却发不出声。

有好多个夜晚，睡眠不佳的她睁眼，总能模模糊糊看见另一个人的身影。

云厘未曾躲避过这种感觉，这种带着丝丝甜、丝丝苦、丝丝涩的体验，从最初的爱慕到最后的倾心。

想要参与他的过去。

想要参与他的现在。

想要参与他的将来。

密密麻麻的情愫在心中滋生，萌芽早已破土而出，怯懦的她曾尝试压抑忘却，却反扑似的，在这人间越发生长。

原来，一个人的眼中，可以真的完完全全只有另一个人的身影。

云厘捏紧手心，和他对视："我追你，不可以吗？"

傅识则沉默了很久。也可能只有几秒。

云厘只觉得此刻度秒如年，她的手心出了很多汗，抑制不住地轻颤。

他垂眸。

就和那个拒绝的夜晚，一样的语气。

"抱歉。"

随着他的每一个清晰的吐字落下，云厘一时紧促的情绪，也随之消却了。

云厘听到雨停了。

也听清楚他说的每一个字。

——"可能是我的行为让你产生了错觉。

"——我没有恋爱的打算。"

一切来得太过突然。

突然到，她刚破壳的情感，她耽溺的独处，她短暂的勇气，她自以为的隐藏，都在毫厘间褪色成了苍白。

从羞赧、惊愕、无措、难堪、难过，到不甘，云厘才知道短短的一分钟内，一个人可以有这么多种情绪。

那平日里让她心跳加速的注视，此刻却像冲刷暗礁的深海潮水，强烈而冰冷。

云厘红着眼睛往后退了一步："我考虑一下，再决定要不要放弃。"她故作镇定，动作却处处透着狼狈。

不用他说，她便知道他一早发现了。

他发现了。他不想继续。甚至没有一点发展的念头。只是找个独处的机会告诉她。

将相机收拾好，她才看见那个毛巾卷，波纹袋子沾满水珠，折射出无声的嘲弄。

她抿抿唇，低着头将毛巾卷放桌上，控制声音的颤抖："这是给你的，我先走了。"

此刻，她连对视的勇气都没有。也许她应该再大胆一些，选择争取而非退让，选择勇敢而非怯懦。

原谅她，今日的勇气，已经在承认的一刻全部消耗殆尽了。

傅识则全程无言，站在原处，低头看着手里的 VR 眼镜，直到砰的关门声，在隐秘潮冷的夜中回荡。

…………

一夜无眠，雨声沙沙，却没有催眠的效果。傅识则掀开被子，起身拿起杯子喝了口水。

嗒、嗒。

他低头，深红的血液顺着掌心滴落。

用了十几年的玻璃杯磕了一角，他没有丢。过去一年有余，除非醉酒，他都有意识地避开磕破的地方，刚才不知缘由地走神，忘了这件事。

从小到大，东西坏了，傅识则的字典里没有"丢"这个字，而是选择修理。

在其他人看来，是令人发指的念旧。

随便拿纸巾缠了缠手掌，傅识则拉了一张椅子到阳台。一如往常地往外看，横横竖竖的结构，是他过去一年半常见的情景。

傅识则拿出一根烟点燃，一点橙红的灯火在黑暗中摇晃，微风中弥漫着灰蒙蒙的烟雾，将他包围。像是将他锁在了安全圈内。

傅识则出神地抽着烟，察觉到凉意了，才发觉他手里的烟盒已经空空如也。他偏头想了想晚上发生的事情。

打开手机，下载了个 E 站的 app，输入闲云嘀嗒酱，很快便弹出了近期最火的两条动态，一条是前段时间冲上热榜的九宫格图片，傅识则一张张滑过去，都是云厘在偷看他。

指尖停留在评论区。点赞数最高的第一条是云厘在动态发出当天晚上的回复。

闲云嘀嗒酱：老婆们不要造谣！！别污了她的清白！！

点赞数最高的第二条也是她的。

闲云嘀嗒酱：打错字了，是他！！！

无论谁看到，都会觉得是个可爱的女生。

另一条动态是她自己标榜为手工科技类的机器人修复视频，傅识则又打开，从头到尾仔仔细细地看了一遍。

女生严肃地对着镜头讲解自己修复机器人的过程，和呆子般挪动的小机器人以及满屏的"哈哈哈哈哈"弹幕格格不入。

他扬起唇角，觉得有些搞笑，又莫名苦涩。

视频拉回到第37秒的时候，画面中的一角出现了个蓝色烫金的信封。

那还是江渊放的。

追溯起来，应该是云厘高考结束的时候，那大半个月，他和江渊每天都能见到云厘骑着一辆小单车到西科大，停在学校里的南溪广场。中间有两次还载着一个小男孩。

认出云厘不难，一两年间她的长相没什么变化，和红色跑道上如出一辙。

她大概率并不知情，机器人足球赛的比赛当天，他们两个也偷偷地去看了她的比赛。

那时候，少女专心地伏在小型足球场前，专心致志地操作着手柄，完全没注意到他俩就在身后。

她获胜的时候，江渊将此事归功于傅识则让他带过去的那个训练用的小足球。

南溪广场就在学院隔壁。

六月的那大半个月，也许是出于好奇，他和江渊每天都会去瞄几眼，也蛮奇怪这个小女生刚高考结束，为什么每天跑到西科大。

总不可能为了在西科大找棵树待着吧。

两人为此还打了好几个赌。

当时云厘就坐在广场前一棵常青树下，扎着马尾，每天都抱着两本书乖巧地在树下坐一整天。他们仿若看见那个在操场上训了一整天机器人的小女生。

直到那天，Unique 在南溪广场进行无人机展示。

他原本和江渊搭在二楼露天阳台的栏杆上，两人在楼上操作无人机，却见到云厘忽地跳了起来，跑到 Unique 的帐篷那里排队领纪念品，四处张望，像是在找人。

轮到她领纪念品的时候，帐篷里的同学让她出示校园卡。

她不是西科大的学生，按照规定领不了纪念品的。她可能还在帐篷前争取了一下，发放纪念品的同学没同意，随后便转身，走了两步，然后开始擦眼泪，回到了树下。

江渊问他："好像是我们的小粉丝哦，去给她放一个？"

他推推江渊："你去。"

"你去。"

"你去。"

"你去。"

…………

后来江渊猜拳输了，便朝他摆摆手，趁云厘不注意的时候往她的车篮子里放了一份 Unique 的纪念品。

两人晚上吃饭的时候发现她还没走，纤细的身影守在自行车那儿，手里拿着那份纪念品。

江渊笑了："她不会觉得是别人的东西，不敢拿吧。"这可能性也蛮高。

当时两人都觉得小女生乖乖的，长相和神态都很稚嫩，拿着纪念品的模样满是不安。

江渊推了推他说："阿则，我放的纪念品，这会儿轮到你去了。"

"行。"他也笑着推了一把江渊，正打算下楼和她说话，却看见她如获至宝般把那份纪念品用手帕纸包起来，然后放到了书包的夹层里。

后来，他们俩都没再见到她。

很容易便能推断出来，大半个月，妃都在等"Unique"的出现。只不过没有见到想见的人。

傅识则理所当然地认为她是去找江渊的，毕竟在操场上，他一直坐在观众席上，和云厘没有碰面。

他打趣江渊："在操场上看到队服了，来找你的。"

江渊："少来，你让我去给的。"

这件事两个人并没有放在心上。

腹部绞痛，傅识则才想起自己又很久没吃东西了，具体时间他也不记得。回到房间里，想起冰箱里那个抹茶毛巾卷，他拿出来，上面的水还没干透。

能看出制作者的用心，在包装盒外月保鲜膜严严实实封了好几层，唯恐渗水。有褶印的缎带也能看出她反反复复扎了这蓝色蝴蝶结好几次。

用勺子挖了一口。入口甜甜的，苦苦的。

想起今晚她通红的眼睛。

进食并没有停止腹部的绞痛，傅识则随便翻了两颗药吞下。从抽屉里拿了包新的烟，摩挲两下打火机，却没有点燃。

他凝视着阳台遍地的烟头和酒瓶，凌乱不堪。垂眸看着自己消瘦的手腕，掌心的血渍已经干了。

算了吧。

…………

公寓内，云厘拆了包速冻饺子，扔了几个到煮开的水内，蜂巢般的白泡沫向外滚出，她出神地看了好一会儿。

她慢慢地摸到边上的手机，点开和傅识则的聊天记录，昵称还是她情动之际修改的。

从那天晚上到现在，他们再也没有说过话。

她想问他，他是什么时候发现的。

她想问他，他问了她，却又拒绝她，是不是因为不想和她再有接触。

傅正初不知道他们两个已经捅破了这层纸，还拉了个小群，问她和傅识则去不去打羽毛球。

她原本想等傅识则先回复，但对方似乎也是同样的想法。

过了一个下午，群里也没新消息。云厘盯着傅正初孤零零的两条消息，叹了口气：最近比较忙，没时间去。

没到一刻钟，傅识则也回复：感冒了。不去。

看到这条信息的时候，云厘想问他是不是真的感冒了，要不要她给他送药。

鼻尖又一酸。

他肯定会拒绝的。他是那么有教养的一个人，从发现那一刻起必然就想把她的想法扼杀在摇篮中。

她好不容易，战战兢兢，勇往直前。

她不想放弃。

不想。

她无法保持着喜欢着傅识则的心跟他当一辈子朋友。

云厘打开微信的好友列表数了数。

这个关系还可以。

这个也还行。

这个人应该也算是朋友。

她好像也没那么缺朋友。

她知道，只要傅识则再出现，无论何时何地，她都会再度喜欢上他。

她想象不到，和他除了恋人以外的关系。

…………

心情闷闷的，云厘打开了E站，看了一下粉丝留言。跟粉丝说说话好了。

没有任何预兆地，云厘打开了直播。

也许是因为现在接近晚上十一点，观看的人数涨得飞快，很快便过了万。

云厘摆好镜头，对着摄像头打了声招呼。她没看弹幕，自顾自地说："好久不见。

"大家晚上好，今天先来读几份粉丝来信。

"不行不行，今天不做普通话练习。"

"先读几个夸我的信件。"云厘扫了一眼弹幕，"嗯？怎么还挑着？——我不挑着读，十封得有九封以上都在夸我。"

"好了，主播要给自己吹彩虹屁了。"

读了两个，云厘觉得有些不好意思了，就关掉了邮箱："读完了，大家觉得怎么样？"

弹幕一片嘘声。

"怎么这么久不更新？——主播还在上学，要复习考试。"

弹幕刷得飞快，很大一部分都在问上次偷拍的照片，云厘本想忽视，却越刷越多，甚至还问云厘怎么刻意无视他们。

"咖啡厅的小哥哥是谁？——不太熟悉，你们问本人。"

"为什么一直偷看小哥哥？——怎么就叫偷看了……"她顿了下，"我是——明着看。"

"老婆要成为别人的老婆了吗？——只能别人来当主播的老婆，记住了。"

"咸鱼今天眼睛红红的，是不是心情不好？——没有红，心情很好。"

弹幕忽然间换了个方向：

感觉确实比较红。

是不是跟咖啡厅小哥哥吵架了？

"……"

"弟弟和小哥哥什么时候出场？——小哥哥是指咖啡厅的小哥哥吗？"云厘不自然地匆匆带过，"那应该是不会再出场了。"

"但是弟弟的话——"云厘拿出手机，直接拨通了云野的电话。

另一旁，晚上到家没多久的云野看见通知栏提示云厘的直播，便打开网页，恰好看到了这一幕。

"……"

电话那边响起了云野的声音，云野明知故问："干吗？"语气带着少年独有的透亮。

"直播间的家人们想听听你的声音。"

"……"

弹幕十分热情，内容突然变得十分统一，大片大片地跟云野告白：

我爱弟弟！！！

主播给你们，弟弟归我！！！

弟弟露个脸吧呜呜呜呜呜！

云厘一时语塞："所以是我的粉丝多还是弟弟的粉丝多？

"难怪我账号女粉比较多？"

弹幕又更新了一大片，云厘一字一句地读了出来。

"性别不要限制得这么死。

"我是男的，但我也喜欢弟弟。"

"……"

"让他开直播间去吧，我要下了。"

紧接着，云厘毫无留恋地关了摄像头。

和云野的通话倒还继续。

看见云厘关了直播，云野也没关掉网页，把电脑晾在一边，单脚蹬了一下地面，电脑椅原地转了个圈。一条腿轻松地搭在另一条腿上，少年靠着椅背，说："姐。"

云厘："干吗？"

"你什么时候回家？"

"……"

想起还有回家这一选择，云厘沉默了许久："周四吧。"

有了回家的念头，又适逢考试周和冬学期实习时间的调整，云厘干脆和方语宁调整了下周的上班时间，凑出了一周的假期。告知了何佳梦后，便订了周四回西伏的机票。

还未从这次情伤中重整旗鼓，云厘迫切地想回到一个充满安全感的地方。

本科的大学离家不远，这还是她第一次离家这么久。想家的情绪忽然就上来了。

云厘对着行李箱发了会儿呆，吸了吸鼻子。

次日，云厘是被云野的电话叫醒的，迷迷糊糊地接了电话，里头传来云野吵闹的声音："姐！再不起来就来不及啦！"

云厘被吓得浑身一激灵。

她赶忙从床上爬起来，趔趔撞撞地跑去洗漱。在五分钟内，手忙脚乱地完成了刷牙到穿衣的一系列流程。

拿上手机和充电器，云厘拉着箱子就出门了。

出了电梯，云厘看着一片藏青色的天空，后知后觉地想看一眼时间。

六点十六分。

很好。

云厘站在原地没动，拨通了云野的电话。嘟、嘟两声后，云野接了起来。

"你有病吧，云野。

"你这一大早的跟我说来不及了。"

电话那头的云野停顿了好一会儿，有点蒙地回了句："什么？"然后接着说，"姐，你赶紧起来收拾东西。"

"我收个——"云厘觉得一锤子打在了棉花上，叹了口气，"算了。

"回去再收拾你。"

云厘原封不动地又回到了公寓里。

她打开和傅识则的聊天界面，盯着"老婆"两个字出了神。

云厘斟酌着用词，来来回回输入句子又一字字删掉：

我回西伏了，给你带一些特产？

肯定会被拒绝。

我回西伏了，下周回来。

他可能并不想知道。

我不会放弃的。

噩梦。

想了许久，刚被拒绝，死缠滥打怕是要和林晚音一样的下场，云厘合上手机。还是找机会发一些他会回的信息吧。

云厘下飞机时，云永昌已经在机场外等候了。

父女俩自觉地不提之前的矛盾，云永昌板着脸给她拿行李，声音硬邦邦的："又穿这么少，冻着膝盖了以后要和你老爸一样得风湿的。"

平日里云厘必要和他拌两句，此刻心里却难得很怀念云永昌的声音。

坐在家里的车上，云厘才有种真实的回家了的感觉。云厘靠在窗边，看着沿途经过的建筑物。

西伏的人流较南芜少，鲜少有热闹的氛围，但建筑物较新，鳞次栉比，道路平坦宽敞。

西伏科技大学主楼的轮廓逐渐出现在了眼前。

"欸，爸爸。"云厘敏感地坐直身体，"我记得回家这段路不经过西科大的啊？"

"暑假的时候就开始修路了。"云永昌单手开车，往右侧看了一眼，"上个月就修好了。"

"早该修了。"云永昌不满道，"每次经过都绕一个大圈子，现在修好了。"

"正好方便你弟弟以后读大学回家。"

经过西科大，车子再开个十分钟，就到家了。

去 EAW 探店的时间是八月底，到现在，有三个月没有回家了。杨芳提前收拾过她的房间，已经一尘不染。

进了家门，云厘把行李都丢在一边，径直回到房间，重重地倒在了床上。

家里的狗闻见熟悉的气味，啪嗒啪嗒地跑了过来，跟着跳上了云厘的床。

云厘揉了揉狗头，唤了声："堆堆。"

堆堆是一条不那么胖的柴犬。云野中考完后，云永昌问他有没有想要的东西，他便说想要一条狗，恰好云厘也爱狗。

云永昌一直不同意，却在某一天自己带回来了一条小柴犬。

外面传来云永昌的斥责声："一回家就知道躺床上，像什么样。"

杨芳拉着他："人厘厘一回家你就开始骂，坐多久飞机了，还不能让她休息一下了。"

云厘放开狗，将手臂举起，盖住了眼睛。被松开后，堆堆默认叙旧结束，翻身跳下床。

好吵。

自从被拒后，云厘一直失眠，突然放松下来，阵阵困意袭来。

等醒来的时候，已经晚上十一点了。

云厘揉着眼睛，睡眼惺忪地走到了客厅。往沙发上看了一眼，少年正躺着玩手机，下巴枕着枕头，对她的出现没什么反应。

云厘："吃夜宵吗？"

云野头也不抬："吃。"

云厘也是有点无语，她不在家的时候，每次打电话云野都要问她什么时候回家。这会儿她到了，他又一副事不关己的模样。

走到厨房，云厘从冰箱里拿出两块手抓饼，在平底锅里倒了点油，放了一块进去。等待的过程中，她拿起手机刷微信。

何佳梦：云厘，你家在西伏哪里啊？

云厘看到消息，就直接回复了：在新光街道这边。怎么了？

何佳梦：是不是离西伏科技大学不远啊？公司安排了人下周去西伏科技大学出差，老板让我安排个助手陪同。

何佳梦：我就想起你刚好来西伏了，要不要考虑考虑？算出勤！不够三天也算三天！

云厘想了一下，下周工作日云野不在，爸妈都去工作，自己一个人待着也没意思，就应了下来。

我太爱你了！！！

我找了好几个人，他们一听说负责人，就都不愿意去。

但是你应该不讨厌的！

应该会很喜欢！！！

巨帅！！！

…………

有种被欺骗的感觉。

看到"巨帅"这两个字，云厘已经能猜到来的人是谁。

从被拒那天至今，也过了好几天。云厘垂下眼睑，出了神。锅里的油"啪"的一声炸开，她这才想起锅里还没完成的食物。

急忙给手抓饼翻了个面，翻过来后，可以看见原先煎的那面已经变成了咖啡色。

不愧是她挑的不粘锅，焦也焦得这么均匀。

云厘用铲子戳了戳，自言自语道："应该还能给云野吃。"

正好出来接水的云野："……"

"云厘。"云野幽幽道。

云厘吓了一跳，心虚起来："这不是不能浪费粮食嘛。"

云野面无表情。

她只好服软，慢吞吞地说："这估计也不能吃了，这是迫于无奈的粮食浪费，老天爷会理解我的。"

重新做了两份后，云厘端着两个盘子去云野房间，用脚踢了踢门，说："云野，开门。"

把云野那份放在他书桌上，云厘就坐在床边端着吃："我实习的公司有人过来出差。让我去打下手。"

云野侧头："什么时候？"

"下周一到周二。"云厘吃着东西，含混地说。

"过来的那个人你认识吗？知道去哪儿吗？"

"就在西科大——"

云野又喊了她几声："你怎么说到一半不说了。"

云厘支支吾吾地，勉强开口："过来的人应该也认识。"

云野看她这反应不常见，忽地开口："你对象？"

云厘摇摇头。

"你喜欢的人？"

云厘又摇摇头，推了一下云野："你别乱猜了，成年人的事你哪懂。"

何佳梦很快把相关资料发了过来，前些日子西科大新成立了一个研究中心，考虑订购一些虚拟现实产品用于研究。如果事成，也算是一笔不小的订单。

研究中心由傅识则在的控制学院成立，徐青宋便派了他过来，订的是周六下午的飞机，宣讲时间定在下周一和周二。

何佳梦给她发了几个文件，让她在去西科大之前打印一百份，宣传手册要用质量好一些的铜版纸，家附近没有合适的打印店。

周六中午，云厘换好衣服，拿上车钥匙就出门了。

云永昌承包了一个小型驾校，日常出门都是开教练车。杨芳的公司又离家比较近，平时出去上班基本都是骑电动车。这会儿云厘回来了，他们便干脆把车放家里让她开，也方便她出门。

云厘驾车到西科大对面的打印店，宣传册第二天才能取，她回到车上，想起何佳梦说的话。

傅识则是今天下午的飞机，也不知道几点到。

打开了订机票的 app，云厘查到下午时段从南芜到西伏的飞机有五六班。在车上发了会儿呆，她直接点开了去西伏机场的导航。

导航的女声响起："正在前往西伏机场，全程 30 公里，预计时长 59 分钟。"

云厘完全是脑袋一热，就驱车前往。她没有告诉傅识则这件事情，毕竟她也只是去碰碰运气。

一路上，心里忐忑不安，有好几次都差点违章。

西伏机场的到达口只有一个，不少接机的人在出口处等待。怕错过傅识则，云厘找了个正对着出口的位置站着。

但凡显示屏上出现南芜到港的航班，云厘都会打起十二分精神寻找那个身影。

好在等了两三个小时后，她看见傅识则拖着行李箱走了出来，几日不见，他似乎消瘦了些，深邃的眼窝满是疲倦，透露着疏离，与人群格格不入。

傅识则见到她，步子一顿，随后走到她面前。

云厘故作自然地讲出先前组织好的理由："佳梦姐和你说了吗，宣讲会我给你当助手。今天我过来接你。"

傅识则"嗯"了声。

"走吧。"

他拉着行李箱跟在她身旁。

这次见面并没有云厘想象中尴尬。

傅识则一如既往地淡漠，走在她身边也不发一言，直到两人到了停车场门口，他忽然说："我没有告诉何助理航班号。"

云厘："……"

撒了谎，还被对方发现，云厘面上发热。

好在傅识则也没有进一步深究的意思，放好行李后便打开副驾驶的车门。开了门他却没有上车，直接绕到了驾驶位上："你坐副驾驶，我开车。"

两人上车后，云厘注意到他手上缠着纱布。

"你的手怎么了？"

傅识则垂头看了眼中控台，打开空调，说："擦到了，不碍事。"

他直接导航到了西科大。

云厘："不去酒店吗？"

傅识则握方向盘的手一滞。

"不去。"

云厘本想再和他说说话，汽车启动后进入一段长隧道，重复的灯光和路段颇具催眠效果，等她睁眼，车已经停下来了。

车停在僻静的角落，窗外暗沉。

熄火后空调自动关闭，车里的温度降了不少，估计已经停了有一段时间。云厘转过头，傅识则靠着驾驶位玩手机，屏幕的亮度调得很低，再加上停车的区域光线很暗，在这环境中，她一下便睡了很久。

"醒了？"

她还在偷看的时候，傅识则冷不丁开口。

他的视线还停留在手机屏幕上，云厘也无暇猜测他怎么发现她醒了的，坐直了身体："到西科大了吗？"

"嗯。"

云厘看了眼手机，距离他们离开机场已经过了两个多小时了，她眨眨眼睛，以为自己看错了时间："到西科大后，我在你边上还睡了一个多小时吗？你怎么没喊我？"

傅识则瞥她一眼："路上堵车。"

语毕，他启动了车子。开出这个角落，再过两三百米便是大路，在校园内开了几分钟，车停在控制学院前。

"你直接回家吧。"

傅识则解开安全扣，从后备箱拿出行李，便径直走向控制学院大楼。

闻言，原本跟着他的云厘停下脚步，回到了车上，驾驶位上多了个卡片夹，里面第一张便是傅识则的身份证。

云厘看着这张身份证，照片里的少年对着镜头恣意地笑。她犹豫了下，摸了摸证件上的脸。

感觉自己有点变态，心底又有些满足感。

19940209。

他只比她大一个月。云厘打开手机日历，发现傅识则的出生日是那年的除夕。

他是在烟花中出生的人。

也应该有如烟花般绚烂的人生。

没再翻看其他卡片，她找了个停车位把车停好，拿上卡片夹朝着刚才傅识则消失的方向进了门。

给傅识则打了几个电话和发了微信，他都没有回。

云厘不熟悉楼内的布局，便顺着大厅和长廊走。

走了一会儿，她发现，傅识则曾在这里，留下了很深的印记。

无论是进门的海报，还是主楼大厅播放的宣传视频，都有他的影子。

云厘在一楼兜了几圈，便戳在学院的门口等他，恰好她面前贴着傅识则的海报，她盯着也能打发时间。

西伏昼夜温差大，云厘出门的时候只穿了件薄外套，学院门口凉风穿堂，她把扣子全部系好，抱着双臂在原处走动取暖。

"同学，请问你是哪个学校的？"突然被人叫住，云厘顿了一下。

闻声看去，迎面走过来一个男生，戴着眼镜，看起来文质彬彬。

云厘没正面回答问题："你怎么知道我是别的学校的？"

眼镜男轻笑一声，说道："我在这里读了八年了，从大一到博五，没有一个好看的女生是我不认识的。"语气带着满满的自信。

"……"

他强势地朝云厘的方向展示自己的二维码："同学，可以留个微信吗？日后好相见。"

云厘有点尴尬，退了一步道："不了，我有男朋友了。"见男生一副不信的表情，她指着宣传栏里模范学生的照片，说道，"这个人。"

"傅识则？"眼镜男的表情带着怀疑。

没想到对方居然认识，云厘顿时心虚："怎么了？"

她有些后悔自己一时兴起的胡言乱语。

"不太信。"眼镜男直白道。

"……"

"而且他都休学一年多了，拒绝也找个好点的理由。"

"……"

云厘一愣，没反应过来他说傅识则休学的事情。

眼镜男的视线令她不舒服，她无言，转身想直接离开，却刚好看见傅识则从楼上下来，她像看见了救星，连忙小跑过去。

眼镜男原不死心，想再喊住云厘，看见楼梯上那个漠然注视他的人，便顿住了，不可置信地嘟囔了句："我去，居然是真的。"

傅识则看起来有些恍惚，双眸不太聚焦。他在原地站了好一会儿，才将视线放到云厘身上。

和刚才离别时见到的一样，云厘穿着驼色长款外套，此刻将扣子全扣上了。微卷的头发垂下来，散落在肩膀上。下身穿着打底裤，两条笔直的腿纤细。

她的头发长长了。

云厘抬眼见到傅识则，眸子明亮，似有点点星光。脸颊被冷风吹得泛红，耳尖也冻得通红。

"你的卡片夹落在车上了，我怕你入住不了酒店，所以在这里等你。"

云厘拿起手机晃了晃，说："我给你打了几个电话了，但是你可能没注意到……"

冷冽的风从领口窜进去，傅识则看着她，语气中带点自己未察觉到的艰涩："你一直在这儿等吗？"

云厘被盯得有些不好意思，手指蹭了蹭耳尖，说道："嗯，因为我也不知道你在哪儿……但也没有等很久，你出来得也不晚。"

她从包里拿出卡片夹，说："给你。"

傅识则无声地接过卡片夹，收到口袋里。他提起行李，走到路旁。

"都这么晚了，天气还这么冷。如果你没约人的话——"云厘跟在他身后，直到他停下了，才小声道，"我们要不一起吃晚饭吧？"

"……"

傅识则侧头看她，碎发随风浮动，他穿着深色风衣，搭了件白衬衫，冷然得出众，又与蓝调的路灯融为一体，仿佛从一开始便属于夜幕。

云厘惴惴不安地等待着。

傅识则薄唇轻启，只吐出两个字："不了。"

"噢好……"被直接地拒绝，云厘在原地有点局促，"那我开车送你到酒店吧。你拿着行李也不方便。"

"谢谢。不用了。"他语气依旧疏远，拿出手机打车。

云厘盯着他垂眸的模样，墨黑的瞳仁冷淡疏离，浑身上下透露着隔绝的意味。如果说，之前她还曾错误地感受过冷漠的消融，此刻她只觉得自己的存在是彻底多余的。

被拒绝得太多了。

不意外，却多到不知所措。

傅识则看了她一眼，忽然说："站过来。后边有车。"

"噢……"

他的话打断了云厘的思绪。

云厘站到他边上，路灯光线较暗，能看见他脸上被手机屏幕的光线打亮的一角，神态寡淡。

他一直盯着屏幕上等待司机接单的倒计时。云厘在一旁多余得尴尬，也拿出手机，瞄了他的屏幕一眼，看清地址后，打了一辆到他所住酒店的车。

傅识则："……"

傅识则："你要跟着？"

云厘摆了摆手，干巴巴地解释："你不是打不到车吗，我帮你一起打……"

见他没吭声，云厘懊恼道："你别觉得我有其他企图。"

听她的话，傅识则才注意到，已经晚上八点半了。

看向云厘，她化了淡妆，身形高挑，冻得泛红的脸颊削弱了眉眼的英气，像个未毕业的本科生。想起刚才在楼道里见到她被男人搭讪，也是合情合理。

手机振了一下，傅识则低头，程序显示已经有司机接单，距离他两公里，预计五分钟后到达。

瞥了眼云厘的手机屏幕，还显示着"召唤司机中"。

注意到他的目光，云厘朝他抬了抬屏幕："可能现在车比较少，还没打到。你那边打到了吗？"

"……"

傅识则盯着手机屏幕，随意点了几下。

他抬头，把手机塞回口袋："打不到车。"

云厘低头看了眼时间："要不……还是我送你过去？我开了车，送你回去只需要十几分钟的事。"

"现在很晚了，于公于私我都希望你早点儿回去。"云厘的声音不大，怕再次被拒绝，说这话的时候她也没直视傅识则。

傅识则安静地看了她一眼，没再拒绝："嗯。"

原先做好了被拒绝的心理准备，他却松了口，云厘心情瞬间好了许多，她走在前边："车在这儿。"

云厘开车，酒店离西科大二十分钟车程，上高速后出了匝道再过三千米便到了。

想起他此行的目的，云厘问："你这次有带 VR 设备吗？"

傅识则用鼻音轻应了声。

云厘公事公办道："我给 EAW 做的郏条宣传短片，我想让我弟弟入镜，他的人气还蛮高的。明天我可以借用那个设备吗？"

她语气轻松地补充："就待会儿我放你下车的时候，你给我就行，后天我带到西科大。明天你不用过来的。"

傅识则："只带了全身追踪的设备，你不会操作。"

恰好到了酒店附近，云厘的注意力集中在两侧的停车位上，匆匆应道："那算了，周一见。"

"……"

解了车锁，她转头看傅识则。他安静地靠着座椅，路侧灯杆的阴影落在脸上。

"明天几点？"

"啊？"云厘有些没反应过来，而后连忙改口道，"十点可以吗？在新光小区，我可以过来接你，或者你到了和我说。"

傅识则偏头，没怎么思考："我自己过去。"

…………

"其实那是你的照片，我高一的时候看见的。

"如果你没有出现的话，我已经忘记你了。

"谁让你又出现了。"

第七章
被困在电梯里了

刚进家门，云厘便听到堆堆在云野房间内疯狂地抓门。她敲敲门，云野没应，门却上着锁。

云厘趴到床上，回想今天的事情。

似乎私底下约他见面，他不会同意；但如果和工作有关，他应该也不排斥和她见面。

还有那个眼镜男说的，傅识则休学了。

这个词对于云厘而言十分遥远，总觉得属于那些学业不佳或身体不佳需要居家休息的人，可傅识则也找了份 EAW 的工作。

不知道他之前发生了什么事情，才变得如此孤僻寡言。

云厘的思绪没被这件事占据太久，她理所当然地认为，只要他愿意，他可以重新获得所有的荣耀。

听到电视声，云厘到客厅倒水。云野躺在沙发上，撑着脸目不转睛地盯着电视："我在家待了一整天。"

云厘："哦。"

云野没说话。

云厘自顾自地回了房间，过了一会儿，她又走了出来，像想起了什么，难以置信地开口道："你不会是在说我没陪你吧？"

云野："……"

云野臭着脸："没有。"

"哦，那就好。"

"……"

云厘走到沙发旁坐下："今天我找同事借了 VR，明天他带过来，给你玩。"

"什么样的？"云野的表情稍微好看了点，"特地借给我的？"

云厘懒得跟他解释："反正挺好玩的。"

隔日杨芳和云永昌都不在家。云厘七点起床收拾屋子，顺便到外头买了些新鲜草莓。

周日云野一般起得比较晚，云厘敲着他的房门："云野，云野。"

咚咚咚。

没有回应。

咚咚咚。

云厘继续敲："云野，云野。"

听见里面应了一声，她才开门进去。

云野眯着眼侧躺着，被子夹在腿间，柔顺的头发因为静电都蓬了起来，一脸茫然地看着云厘："你干吗？"

云厘拿起扫把就开始扫地，回道："你起得还挺早，现在才七点多。"

"……"

云野皱眉："刚刚谁在敲我的门？"

云厘很理直气壮："我啊！"也皱了皱眉，"你问这个干吗？"

"……"

云野倒头继续睡，喊了一句："求求你。"

"下次直接进来杀了我。"

云厘弯弯唇角，扯扯云野的被子："我同事待会儿来了，你起来收拾下自己，等下记得礼貌一点。"

云野用枕头盖住头，闷闷不乐："云厘，你同事是男的还是女的？"

云厘扫地的动作一顿："问这个干吗？"

"如果是男的，求求他赶紧把你收了。"云野被吵醒，心情暴躁，"真不行女的也行。"

吃完早餐，云厘套了件厚外套，下楼去扔垃圾。把垃圾丢进垃圾桶，云厘在旁边的洗手池洗洗手，远远地瞧见亭子里坐了个人。

云厘一眼就认了出来，拖着脚步走了过去。她把手插在外套兜里："傅识则。"

傅识则抬头看向她。

"你怎么不上楼,外面这么冷。"云厘开口,"还有,你不是刚感冒过吗?"

傅识则:"还没到十点。"

"……"

"可以抽会儿烟。"

"……"

云厘:"你先跟我上去吧,没关系的。"

进门后,云厘拿了双拖鞋给傅识则换上,和他沟通了下待会儿玩游戏的场所。

听到动静,云野打开房门,堆堆摇着尾巴直冲向傅识则,在他跟前打转,傅识则原本在拿设备,见状用手拍了拍堆堆的头。

看着客厅多出来的一人一狗,云厘看了看堆堆,又看了看云野,说道:"你们反应还挺一致。"

云野:"……"

云野穿着居家的针织长袖和休闲裤,有些不好意思地说:"哥哥你好,我是云野。"

傅识则起身回应:"你好,我是傅识则。"

"姐——"云野忽地一愣,呆站在原地,手举在空中喊道,"这不是你高中贴墙上那照片中的人吗?

"你怎么追了人家这么多——"

与此同时,云厘的声音骤然放大:"云野!!!"

云野也意识到自己有些口不择言了,挠了挠头,走到沙发旁边坐下了,堆堆也从傅识则脚边转移到了云野处。

气氛一度凝重。

"你认错人了。"傅识则先开的口,"我和她只认识了三个月。"

注意到云厘不善的眼神,云野缩了缩肩膀,为了弥补自己的过错,他憋了口气,主动解释道:"不好意思,我好像认错人了,仔细一看又完全不一样。"

云厘的视线像刀片一样掠过。

"而且我姐也没有追过人。"云野信誓旦旦。

"……"

见云厘始终不悦，云野没敢多待，在沙发上坐了一会儿，又起身道："我去给你倒杯水。"

觉得云野是个废物，云厘跟着他进了厨房，想把他赶走。

云厘："给我吧，你快回房间去吧，这里没你的事。"

云野压低声音问道："这是我未来姐夫？·"

云厘怒火中烧，给了云野一掌："瞎说什么呢？快点滚。"

云野只好作罢，灰溜溜地走出厨房，回了房间。

经过客厅，他朝傅识则摆了摆手："哥哥，我先回房去学习了。"

傅识则点了点头。

云野回房后，傅识则才将红外记录仪取出架起来，将两台 VR 设备取出，刚打算问云厘 Wi-Fi 密码，弹出来的第二个就是"云野别连"。

"……"

"Wi-Fi 密码？"

云厘："密码是 Wi-Fi 名字的拼音，全小写。"

云厘见他偶尔会将手放在腹部，迟疑道："你吃早饭了吗？"

傅识则应付地"嗯"了声。

过了十来分钟，傅识则把设备安装好，坐回沙发上。留意到电视桌上有张合照，他走过去看了一眼，应该是高中阶段的云厘，笑容青涩地搂着云野。

等云厘喊他的时候，他才回过神，坐回到沙发上。

茶几上多了一份吐司和一杯咖啡，他也没客气，慢慢地吃了两口。

见他没拒绝，云厘暗自松了口气，他抬眼看她，语气随意："什么照片？"

"……"

云厘此刻只想摁着云野揍一顿。

"你别知道了。"云厘低声说了句，连忙冲到冰箱前拿出草莓，满脑子乱七八糟的。

云厘郁闷地摘掉草莓上的叶子，只当作是云野，一个个扔到垃圾桶里。洗净后装好盘放到傅识则面前。

"刚刚洗的，你吃一些。"

傅识则说不出心中的滋味，将盘子推开："不吃了。"

"……"

他的表情与平日无二，平静无澜的眸子却有些冷漠。

明明刚才还愿意吃她准备的早饭。

见状，云厘拿了一张小板凳坐他对面，低垂着眼，自己拿了一个吃。拿第二个的时候，她在盘子里瞅了瞅，找到今早她在小摊上特意挑的形状。

垫了张纸，不动声色地将这个草莓放在傅识则面前。

爱心形的。

云厘自己又从盘子里拿了一个慢慢地吃着，宛若此事没有发生。

"……"

傅识则视线落在草莓上，草莓颜色深红，散发着诱人的光泽。

室内没有开空调，他却觉得闷热得很，他往后靠，将外套的扣子解开。

空气似乎僵滞了。

云厘听见自己的心脏越跳越快，酝酿了许久，才低声喃喃道："其实那是你的照片，我高一的时候看见的。

"如果你没有出现的话，我已经忘记你了。

"谁让你又出现了。"

她说这话的时候看着别的方向，耳尖发红，似是很难为情。

傅识则原本在脱外套，闻言，动作一滞。

云厘还想说些什么，突然听到云野打开了门，她像做贼般，几乎本能性地倏然起身，不自然地说道："云野，可以玩了，这个哥哥已经装好设备了。"

她低着头去把录像打开。

也许是因为紧张，云厘语速飞快："我们俩先联机玩一会儿，等下我再单独玩一会儿。"

云野没反应过来："姐，你说慢点。"

云厘深吸一口气，放慢了语速重复一遍。

傅识则在沙发上坐了一会儿才起身，给他们俩戴上设备，按照和云厘事先说好的，开了个恐怖游戏，两个人的游戏画面会投到云厘的笔记本上。

他靠着墙，看着两个人紧绷着身体进入游戏。一开始两人间隔了一两米，没过多久云野就靠到了云厘旁边。

云野："我去，云厘，这个有点可怕。"

云厘："云野你去前面。"

云野："我不要。你是姐姐，你去前面。"

云厘："求你了云野。"

云野："求你了云厘。"

"……"

傅识则坐回到沙发上，视线中又出现了那颗爱心形状的草莓，似禁忌之物发出召唤。

他转身看了眼云厘和云野，两人还沉浸在游戏中。

心里滋生出一种令人疑惑的渴望，试图打破此刻的平衡。

他拿起草莓，慢慢地咬了一口。

两人玩完第一关的时候只过去了十分钟，傅识则先给云野摘了设备，口头上指引云厘打开第二个游戏，再录一小段，今天的任务就大功告成。

等云厘开始游戏后，傅识则朝云野招了招手，示意他过去。

"吃点草莓。"

家里的沙发是 L 形的，云野坐到傅识则旁边的沙发上，啃着他给的草莓，偷瞟了他几眼。

傅识则看似平静无澜，对外界漠不关心，墨黑的瞳仁却透着冷峻锐利。他没有借力，整个人靠着沙发，支着脸盯着云厘的方向。

欸，当自己姐夫也不错。

云野还在偷看和偷吃之间切换，傅识则忽然问他："偷看什么？"

"……"

"没有。"他一急，直接吃了几个草莓，怕被云厘打，又往她那边瞅了几眼，才小心问道，"哥哥，你是西科大的吗？"

"嗯。"

傅识则若有所思地看向他："你怎么知道？"

"哦，我姐提过。"云野找了个理由，他基本确定了傅识则就是高中时候云厘贴墙上的人，想了想又继续道，"哥哥，你刚才别听我乱说，我姐她没追过人，不然按照她的性格，那人到火星了她也会追过去。"

"……"

"去过西科大吗？"傅识则给云野递了个草莓。

"谢谢哥哥。"云野乖巧道，傅识则看起来比刚才温润了许多，云野把草莓吃掉，想了想，"我姐载我去过几次。"

"去参观？"傅识则又递了个草莓。

"不是……谢谢哥哥。"云野再次接过，"我姐说那儿有她朋友，说她去找人，我就和她在那儿看书。"

傅识则没再继续这个话题，和他继续聊了聊报考西科大和专业方向的事情。

云厘那边的游戏进入尾声，傅识则往云野的方向又推了推草莓盘，说："再吃点。"

眼见云厘要过来了，两人不再有独处的时间，云野连忙道："哥哥，我姐是一个很好的人。"

"嗯。"

"她真的很好。"

"嗯。"

"你觉得她好不好？"

"……"

云野不会藏心事，这会儿感觉自己用意太明显，吃了个草莓掩饰自己的窘迫。傅识则没说什么，两姐弟容貌有几分相似，发窘时神态近乎一样。

云厘摘下眼镜的时候，见傅识则和云野坐在沙发上聊天，他的神态看起来比平时温和平静许多，像个大哥哥，而云野的神情就像个未开化的少年般懵然。

想起傅正初喝醉酒时说的话，云厘心里只划过四个字——

不！可！能！吧！

我去。

家贼难防。

"云野，你不是说作业很多吗？"云厘一把拉住云野的手腕，将他往房间拽。

关上门后，云野见到云厘的表情，一阵发怵："我什么都没说！！我都在给你说好话！"

云厘不吱声。

云野怕了："真的，我向天发誓。"

云厘瞅他："云野，你喜欢女的吧？"

"……"

云野理解了她的含义，恼火道："云厘你有病。"

云厘回到客厅的时候，傅识则已经在收拾设备了。她看了一眼茶几，纸张上已经空空如也。云厘愣了下："你吃草莓了吗？"

傅识则将眼镜关机，支架全部收回到袋子，才缓缓应道："没有。"

云厘冲回到云野的房间，小声道："你把我草莓吃了？"

"我不能吃吗？"云野一脸蒙。

云厘："不是！我还放了一颗搁在桌上。"

云野："我也不知道是哪个，那个哥哥给我递了好多。"

"……"

云厘瞪了他一眼："我要被你气死了，剩下的你都别吃了。"

云野无语："第一次见面的陌生人都知道让你弟吃草莓，云厘你都当了十六年姐姐了怎么没点自觉。"

想起自己那个爱心草莓，云厘只觉得心痛得不行。筹划了一晚上的计划就这么泡汤了，她原本还想让傅识则带盒草莓回去，最上方就摆着这个爱心状的。

没再搭理云野，她回到客厅，傅识则已经收拾妥当，换好鞋站在门口处。没预计他这么快要离开，云厘带上房间的门，一时间没反应过来。

"你要走了吗？"

"嗯。"

云野在房间里听到云厘的问话，打开房门，只探出个脑袋："姐，你送一下哥哥吧。"他歪歪脑袋，"不然不礼貌。"

云厘拿上了车钥匙，将鞋子一提，拿了件外套便跟上傅识则。两人进电梯后，她按了地下一层，想起在客厅那儿被云野打破的旖旎，云厘顿时有些紧张，不自觉地捏着袖子。

家里的车位就在电梯附近，云厘上车后便扣紧安全带，降下车窗透气。

傅识则站在副驾驶外，迟迟没有上车。

他单手撑着车门，从云厘的角度只能隐约看见他弓起身子，苍白的下巴抵在车窗前。

云厘以为是车门没解锁，探过去给他开了门。

门一开傅识则便探身进来，踉跄地撞到座位上，云厘探出的身体还未收回，烟草气息迎面而来，触碰到他的一刹，云厘触电般往后一靠，屏着气不敢说话。

她握紧方向盘，只敢将视线放在停车场内两侧的路况上。

身侧，过了片刻，傅识则才低声道："抱歉。"

察觉到他的声音不太对劲，云厘转头，见到傅识则皱着眉，手呈抓握状揿着腹部，身体紧绷地弓起来。

"你很难受吗？"云厘还在开车，不知所措，刚出车库便靠边停下车。

傅识则背靠着座椅，额上出了密密的汗，身体已经蜷起来，手上的青筋明显，紧抓着腹部那一块。他本身面色就苍白，此刻更是毫无血色。

"是胃不舒服吗？"云厘慌乱地去拿手机，却没拿稳掉到傅识则身上，"我打120，我、我有车，我现在带你去医院。"

"不用。"傅识则握住她探过来摸手机的手，"习惯了，过一会儿就好。"

语落，他却没松开云厘的手。云厘不敢轻举妄动，屏住呼吸，等待傅识则的动作。

分秒无边际般的漫长。

慢慢地，他眉头逐渐舒展，绷紧的肌肉也跟着放松下来。他睁开双眼，眼神中满是疲倦。

云厘见状："你好点了吗？"

"嗯。"

"那我现在送你去医院可以吗？"云厘小心翼翼地问道。

"回酒店。我睡一会儿。"

傅识则没再多言。

将他送到酒店之后，云厘满腹心事地开车回家，才发现自己的手在发抖。她摁住自己发颤的手，忧心忡忡地走到厨房。

杨芳和云永昌已经到家了，正在准备午餐。

云野见她回来了，凑到她跟前："今天那个哥哥还挺帅的。"

云厘思绪都在傅识则胃疼的事情上，心不在焉地应道："嗯，然后呢？"

"长得也高，气质也好。"

云厘："你想说什么？"

"云厘，你怎么突然带了个男生回家？"云野双眸明澈，挑衅地盯着云厘。

"……"

云厘不想理他。

云野八卦地凑到她边上："我肯定没认错人，这个哥哥就是你墙上贴的那个。而且他也告诉我他是西科大的。"

"……"

"今天你洗草莓的时候，那个哥哥一直在看你，我房门开着，他没注意到我。

"你追了这么多年了，终于守得云开了？"

云厘忍不了了："你怎么这么多废话？"

没搭理云野成堆的问题，云厘将菜端到餐桌上。云永昌已经坐下，看起来心情不佳，先埋怨了下驾校的事情，随即重心转移到云野的学业上。

云厘想着刚才云野说的话，心不在焉地应着。

"你今天让云野帮你拍视频了？"

云厘没否认："嗯。"

云野赶紧用脚踢了她一下。

"你弟刚分到尖子班，"云永昌沉声道，"你自己成绩不好就算了，别来祸害你弟。"

杨芳不满道："厘厘难得回来一趟，能不能少说两句？"

云永昌："让你别去南芜读研，你来个先斩后奏，现在回来拍视频也要找弟弟帮忙，真当是靠自己养活自己了？"

云厘默默地扒了两口饭。

云野忍不住反驳："爸，我就入了个镜，别的什么也没做，也没耽误我学习。"

云永昌瞪了他一眼："你也闭嘴。"

"啪。"

云厘用力把筷子放下。

"我吃饱了，出去散步。"

她起身拎起外套就往外走。

和云厘想的一样，家里的和平时光总是非常短暂。她开始后悔在家里待一周的决定，想象接下来几天在餐桌上的僵局，她只觉得窒息得想要逃离。

漫无目的地将车驶上街头，开到市中心后，周围都是熟悉的街道和商铺，在红绿灯前发呆的时候，云厘甚至能记得大概的时长。

不知不觉红了眼睛。

云永昌总以自己认为正确的方式爱着孩子。他无非是在埋怨云厘擅自到南芜读研的事情，却要进一步将她贬低得一无是处，以为通过这种方式对她施予压力，她便会认错和退让。

云厘捏紧了方向盘，才发现自己不知不觉开到了傅识则的酒店附近。

找了个路口停下，她给傅识则发信息：你吃晚饭了吗？

云厘脑袋放空，继续编辑信息：你那儿附近有家鱼粥很出名，比较养胃，要不我们一起去吃？

不用等到回复，云厘也猜得到他的拒绝，直接开车到店打包了一份招牌。

手机振了下。

老婆：不了。

果然。

开车回到酒店附近，云厘找了个路侧的位置停车，拎着鱼粥到酒店大堂坐着，手机来回编辑了好几条信息，她都没发出去。

怕又被拒绝。

云厘盯着手上这份粥，嘀咕道："拿你怎么办呢？"

犹豫了许久，她走到前台，让前台帮忙送到傅识则的房间。前台上楼后，她坐回到大堂的公共沙发上，心里抱着他会下来见一面的侥幸。

他不在。

前台将保温袋递还给云厘，她失魂落魄地拎着回到车里，说不清是什么心情。

盯着手上那个保温袋，上面还印着花花绿绿的海鲜图案，能感受到里面传来的温度。

没有见到他。

云厘意识到，自己此行也并非因为她觉得傅识则没吃晚饭，伤了胃。她受了伤，所以想见到他，想要他在身边。

一想到回去就要面对云永昌那张脸，云厘宁可在车里过一夜。

在车里刷了好一会儿手机，云野发来一个红包，又跟了一条信息：别不开心。

云厘：我只收 200 元的红包。

云野又发了一个红包。

云野：别不开心。

云厘笑了声，打开两个红包，云野一开始发的是 52 块钱，下面还附着表情，一只小猫睁大眼睛乖巧地挠了她一下。第二次发的是 200 块钱，其他内容都和第一个红包的相同。

云野：？？？第一个还我。
云厘：哦。

十分钟后。

云野：你还没还我。
云厘：哦。
云野：……

原本糟糕的心情一下子好了许多，云厘打开相册，里面装满了她和云野的照片，翻了许久。她去摸了下，副驾驶上的那份粥已经凉了。她想到，她还有云野，从小陪伴着她长大的弟弟。

那傅识则呢？

她回想起上次看见他的微信界面，除了林晚音未读的一百多条信息以外，其他人的信息几乎都是一周以前的。

云厘意识到，傅识则可能一直都是一个人。

在车里待了快一个小时，有人轻叩车窗，云厘回过神，侧头看去。傅识则拿着罐装啤酒，轻轻敲着车窗。

云厘急忙摇下车窗："你怎么在这儿？"

傅识则晃了晃易拉罐："买东西。"

他迈步走到副驾驶，拉开车门钻了进去，随手将座位上的保温袋拎到一旁。见上面显眼地印着"鱼粥坊"三个大字，他思索了下，问："给我的？"

进门的时候，塑料袋里的几罐啤酒磕着作响。

"嗯……应该凉了，不吃了。"云厘慢慢道，"不过你中午胃疼，晚上还买了……"她垂眸瞟了眼他那塑料袋里的啤酒，"五听啤酒，应该也用不着喝粥。"

云厘平日里和傅识则说话都温暾柔软，此刻却带了点赌气状的嘲讽。

她不懂得怎么朝傅识则发脾气，也不知道自己有没有这个权利，干脆将脸别开，看着窗外。

"我现在心情不好。不想追你，你下车吧。"

傅识则刚坐下，旁边的人蓦地就要赶他下车，他怔了怔，看了云厘几眼，她甚至连头都没扭过来，像是在生闷气。

也不知道是不是被云厘恶劣的语气吓到，傅识则自觉地把手上的啤酒收回袋子里，开了车门直接扔到旁边的垃圾桶里，随后将保温袋拿过来拆开。

云厘听到保温袋的密封袋撕开的声音，然后是他揭开盖子和拆开塑料勺外包装，片刻，她没听到其他声音，便转过身来。

这时云厘已经控制好自己的情绪了，傅识则慢条斯理地喝着粥，见云厘愿意搭理他了，还平静地看了她一眼。

彻底冷静下来的云厘回想自己刚才的话，意识到自己冲动了，便支吾道："我没想凶你。"

"嗯。"

傅识则没有在意。

云厘暗自松了口气，想起方才他利落地扔掉啤酒的模样，她咬了咬唇，试探性地问道："你扔啤酒，是因为我……生气了吗？"

她留意着傅识则脸上的神情，他把勺子放碗里，没有否认："可能被吓到了吧。"

他一副事不关己的模样，没有多余的表情，就连抬眼看她的时候，双眸都干净得读不出其他含义。

似乎也不是她想象的那样，他没别的意思。

坐了会儿，云厘想起他今天中午胃疼的模样，忍不住轻声说道："我不想过多地干涉你的生活，但是你的胃不好，喝酒很伤胃的。

"如果你心情不好，可以和朋友说，如果你没有朋友，我可以勉强当你的朋友……"

傅识则："你看起来不太勉强。"

云厘干脆而直接："那我想当的不是朋友。"

"……"

也不知道为什么，被傅识则那么果断无情地拒绝后，云厘说起话来反而有些放飞自我。

她这么说话的时候，傅识则并没有生气。两个人在一块儿待久了，她也不必像刚认识时凡事小心翼翼。

云厘："你怎么坐车上来了？"

傅识则："说下明天的事儿。"

一听是工作的事，云厘收起了其余的心思："你说。"

傅识则将东西收拾干净，便坐在一旁玩2048，草率地交代了下明天的流程。

云厘盯着他的侧脸，他自若地在手机上点击滑动，玩了一会儿才客气道："我坐一会儿，不能中途退出。"

云厘："噢，不着急的，我现在没什么事情。"

傅识则没有问她为什么在他住的酒店前方，他不是傻子，更何况云厘也完全不隐藏自己的动机和目的。

坐在这儿，好像比待在酒店里舒服。

在车上玩了一个多小时2048，两人简单地聊了聊天，傅识则便下了车。

回家后，云厘给傅识则发了条微信报平安，对面没过几分钟便回了，屏幕上只有一个简单的"嗯"字，也足以令她窃喜。

翌日，云厘提前了四十分钟开车抵达西科大对面的打印店取了宣传册，将车停在了控制学院内，便提着册子走到一楼边角的咖啡厅。

云厘在前台点好餐品，挑了个靠外的位子坐下。

举办会议的教室在咖啡厅隔壁，离会议开始还有一刻钟，陆续有教师和学生到咖啡厅里，云厘翘首以盼，见到傅识则跟在人群后进了门，便朝他招了招手。

傅识则走了过来。

云厘将旁边的椅子稍微往外拉："你待会要不坐这里？"

傅识则没直接回答："我去点单。"

云厘的视线追随着傅识则，他停在点单处，在那儿站了一会儿便有四五个年长的人过去和他聊天，几人看似认识了许久。

"嗨，又见面了。"

似曾相识的声音，云厘抬头，看见了前天见过的眼镜男，他自来熟地将包挂在椅背上，拉开椅子坐下。

云厘："……这个位子有人了。"

"现在不是还没有呢嘛！"眼镜男似乎认为云厘的话是说辞，一副玩世不恭的模样，"要不你再考虑考虑加我的微信？"

云厘摇摇头："不了。"

被拒绝了，眼镜男也没放心上："虽然你说你是傅识则的女朋友，但是吧，学院的人都知道他是个 gay，你是个漂亮的女孩，不要被骗了。"

云厘："……"

"我在西科大待了八年，知道不少傅识则的事情。如果你想知道的话，我可以告诉你，我们以后可以经常见面。"

这人来者不善，云厘本来不打算过多纠缠。但他刚才的话打在了她心坎上，她几乎没有获取傅识则以往信息的机会。

眼镜男见她迟疑了，便掏出自己的手机："你扫我。"

云厘还在犹豫，傅识则拿着餐盘走了过来，站在眼镜男旁边，面无表情道："这是我的座位。"

眼镜男没再继续掰扯，反应迅速地站起来让出座位，朝傅识则客气地点点头："傅师兄你好，我是陈厉荣，是史老师和向老师的联合培养博士。"

"……"

这人，变脸也太快了。

陈厉荣表现得非常圆滑，客套地恭维了傅识则两句后，盯着这张桌子上的最后一个座位："这儿还有个位子，傅师兄你看我坐这儿……"

傅识则将那张多余的椅子往外一拉，直接推到隔壁桌旁。他漠然地坐下，拆开吐司袋，宛若旁边的人不存在。

云厘到了教室以后，傅识则给她指了指放在门口的一箱水，让她给每个座位放一瓶，以及把打印的材料每个位置放一份。

把教室布置好之后，云厘手头终于闲下来。

挣扎许久，她走到傅识则跟前："明天就结束了，你订了几号回去的票啊？"

"周三。"傅识则没打算隐瞒。

"我也订好了，订了周四的。"云厘开了瓶水，装作不经意地问道，"你订的几点的啊？"

傅识则垂眸，根据记忆里的信息说了个具体的时间："六点十五分。"

"哦。这边离机场比较远，要不到时候我送你过去？"

"……"傅识则用眼神表示了拒绝。

等傅识则上台宣讲后，云厘坐在最后一排，偷偷用订票软件搜索周三 18:15 回南芜的飞机。比较幸运的是，那个时间点恰好只有一班飞机，不用担心订的不是一个航班。

见经济舱只剩最后一张，云厘立刻下了单。

订好了机票，云厘做贼心虚地抬头，傅识则还在和前排人员介绍这几款 VR 设备的追踪精度。

她点开了相机，趁傅识则没留意这边，偷偷拍了张照。

"为实现精确追踪，这款虚拟现实产品使用了实时差分 GPS 技术……"

云厘不太理解傅识则现在介绍的内容，却还是打起了十二分精神听。介绍的全过程，他轻松自在，语言流畅，即便是到生僻的学术词汇，他也保持着一如既往的自如。

这就是他应该有的样子。

旁边的椅子响了下，云厘回过头，发现又是那个眼镜男，她吓了一跳，往旁边挪了一格。

台上，傅识则骤然卡顿了一下。

他继续："户内户外的体感定位……"

陈厉荣毫不自觉，又往云厘的方向挪了一个位子。傅识则的视线移到教室最后一排，好几秒的时间，他说不出话。

此时陈厉荣给云厘看了张照片，这张照片是从走廊对面拍的，傅识则和另外一个男生趴在栏杆上，两人手里都拎着杯奶茶，看似在聊天。

云厘还想进一步看清楚，陈厉荣又切换到了他的微信二维码。进退两难，云厘还是加了他。

"不好意思，记不太清产品明细，我取一下资料。"

傅识则状若无事地走下台，径直走到最后一排，抬眸和陈厉容视线接触时，停留在他身上好几秒。

他伸手拿走云厘桌上那本宣传册，手拨到云厘身上，她因此又往隔壁坐了一格。

宣传册碰到了陈厉荣，傅识则垂眼，等了好一会儿，语调漠然："不好意思。"

等傅识则回到台上，云厘也不知道为什么，这个陈厉荣没有再坚持坐在她旁边，而是起身换了个座位。

会议结束后，教室内留了几个教授和学生，中间一个头发半花的老教授走到傅识则面前，在他耳边说了很多话，最后拍了拍他肩膀。

他也无不耐烦，全程都安静地听着。

收拾好多余的宣传册，云厘便跟着傅识则出了门。

"刚才那位是你的导师吗？史、史向哲？"

"嗯。"

"那刚才那个戴眼镜的人，他是不是你的师弟……"

云厘不确定陈厉荣的话有几分可信，如果他是傅识则的师弟，那应该不至于太离谱。

云厘不想下次被拒绝的理由是傅识则来一句："我喜欢男的。"

听到她的问话，傅识则停下脚步，冷着张脸掏出手机打车："我走了。"

这次立刻有人接单，车就在西科大内，不一会儿便到控制学院的门口，云厘见他打开车门，甚至都没回头看一眼。

"你等会儿。"

云厘失落的小情绪没维持多久，她往傅识则手里再塞了本宣传册，红着脸后退了一步，等他上车。

傅识则心情不佳，上车后直接扣上安全带，冷着脸将宣传册扔包里。

半晌。

他又把那个宣传册拿出来，打开，里面放着一个纸折的月亮，表面抚得平整，附着一张便利贴——

"见到你，我就好像见到了月亮。"

…………

周二晚上，云厘事先收拾带回南芜的行李，她坐在地毯上，裹着毛绒睡袍，一边看着手机备忘录，一边核对着行李箱里的东西。冷不丁被风一吹，她停下动作，抬头。

窗户又开了，房门在此时传来轻叩声。

安静三秒。把手下压，门被打开一条缝。云厘看了过去，不出所料地瞧见家里唯一一个进她房间会敲门的生物。

少年眉目清澈，笑出一颗跟她同款的虎牙。一看就知道是带了目的来的。

哪知出师不利，话没出口就被兜头盖脸的风挡回去。云野俊脸有了瞬间的扭曲，冷到跳脚，青涩的尾音炸开："我去，云厘你房间怎么这么冷！"

云厘继续收拾："帮我把窗关了。"

云野十分听话，连跳带蹿地过去把窗户合上。他试了两次，没扣上，纳闷道："云厘，你窗户坏了吗？"

"好像是，"云厘说，"合不上，风一吹就开了。"

云野点点头，没太在意。坐到她床上，他欲言又止，没多久就站起来，来回走了几步，又坐下。

又站起来。

坐下。

站起来，再走两步。

像屁股长了刺。

因他的举动分心，云厘关切道："长痔疮了？"

云野孬毛："不是！"

"不是就行。"云厘思考了下，安抚般地说，"你这个年龄，成天坐在位子上学习，得这毛病也不是什么稀奇的事情。以后多出去走走，多喝点水，别吃太多热气的东西——"

云野打断她："我没长！！"

"我知道呀。"云厘笑了下，丝毫不受干扰，继续说，"你这几天就正常上厕所，如果实在不行，也别逼迫自己上厕所。"

"……"

"先观察下情况，不行咱再上医院。"

很快，云野锁上房门，整出一副秘密会谈的模样。

云厘动作稍顿，默不作声地把放在最上方的钱包塞到衣服下边，先声夺人："别想了，我没钱。"

"……"云野刚做完心理建设，被这话噎了回去，"你把我想成什么人了！"

"哦，是姐姐小人之心了，"云厘提醒，"你还欠我三百零两块五毛钱，记得不？"

"我刚给你发了252……"云野深吸口气，抱着有求于人的态度没跟她吵，甚至一直作为欠钱是大爷的那一方，他还主动掏出手机，给她发了个红包。

"喏，还你。"

云厘觉得稀罕，犹疑点开。看到屏幕上的两块五，她唇角抽了下，火就来了："你这叫还了？"

"那我没钱嘛，只能分期付款。"云野理直气壮，"接下来每个月我固定1号还你两块五，迟早能还清。"

云厘算了下："三百块你要还五十年？"

云野正想应下，又怕惹怒了她，只好勉强地说："也不一定，等我以后经济条件宽松了，一次性付清也不是不行。"

"行了，"云厘想早点儿收拾好行李，"你有什么事？"

云野又开始来回踱步。

云厘不耐烦："快点。"

云野这才吞吞吐吐开口道："我想让你帮我带个东西给人。"

"给谁？我明天就回南芜了。"

云野为难地解释道："我同学，她哥哥从南理工毕业后留南芜工作了，就全家一起搬过去了。"

云厘觉得麻烦，直接拒绝："哦，你寄快递。"

"东西是我粘好的，寄过去怕散架了。"云野语气讨好，连称呼都换了，"姐，拜托你了。"

云厘没再推托，反而问道："男的女的？"

"……"

云野小声回答："是女生。"

云厘狐疑地瞅他："你早恋？"

云野这下说不出话了，憋了好一会儿，勉强说道："没有，就是很好的朋友，但是你别跟爸妈说，不然咱爸得打死我。"

云厘思考了会儿，依旧拒绝："那我要和她见面吗？我不想去。"

"求你了云厘。"云野急了，"我熬了好几个晚上才做好的，她马上过生日了，我之前答应过要送她礼物的。"

云野愣头儿青的模样让云厘想起了追傅识则的自己，她勉强点头："行吧，你把东西给我。"

云野眉眼弯起，惊喜道："真的？"而后立刻溜回房间，又快速溜回来，给了云厘一个已经包好的小盒子，叮嘱道，"这面朝上，千万不要晃坏了。"

云厘拍了拍桌子："放这儿。"

云野不放心："你要手把手交给她。"

"……"

云厘难得觉得云野这么磨叽："好。"

送走云野，云厘好奇地端详着盒子。

盒子用粉色的磨砂纸严严实实地包裹着，看不出里面是什么，听了云野的絮絮叨叨，她也不敢尝试晃盒子。

转了个方向，云厘看见盒子背面写着隽秀的四个字——

"给尹云祎"。

第二天下午，云永昌主动提出要送云厘到机场。云厘想早点儿到，两人便提前出了门。

一路上，父女俩一直没说话，临近机场，云永昌才念叨："在南芜要自己照顾自己，不要去危险的地方。"

"知道了。"

云厘心情复杂。下车后，她低声说了一句"我走了"，便匆匆进了航站楼。

航空公司在航站楼的 F 排值机，云厘找了个位子坐下，现在离起飞还有两个小时，她等了四十多分钟，见到傅识则拉着行李箱进门，四处搜索了会儿便朝 F 排的第一个窗口走去。

云厘腾地跳起来，快走到第一个窗口的黄线外，傅识则值机后，转身便见到云厘不太自然地笑着。

云厘说出事先编好的理由："我订的航班取消了，所以我改成了今天的飞机。能等我一下吗？我也去值机。"

他似乎也不意外，拉着行李到人群外等她。

"刚才那位先生，他叫傅识则，是我朋友。我可以和他坐一块儿吗？"云厘取出自己的证件。

值机柜台的工作人员有些怀疑，但也没说太多："那位先生乘坐的是商务舱，您的是经济舱。"

"……"

云厘的唇角抽了抽，她记得公司只有经济舱可以报销啊。

心里滴着血，云厘问："那升舱呢……"

升舱五百元，在云厘的承受范围内。

一掷千金换来和傅识则多待两个小时，云厘感觉自己被抽了魂魄。心里淌着血往外走，云厘看见傅识则站在来来往往的人流中，气质引人注目，在等她。

云厘意识到，其实也挺值得的。

进到候机区，两人去买了咖啡，在登机口附近找了位子坐下。傅识则将风衣的帽子一套，腰靠着椅背，低着头。

感觉他在睡觉，云厘也没吵他。自顾自地玩起了手机。

隔了几分钟，云厘把手机屏幕熄灭。把手机放在腿上，蹑手蹑脚地调整角度，通过反光偷看傅识则。

屏幕中的人忽地看了过来。

云厘呼吸一滞，收回手机，假装无事发生。

傅识则："你看得见的话，我也能看见。"声音有些低哑。

她到底是为什么觉得傅识则不会拆台。

云厘辩解道："我刚想看看你有没有在睡觉。"

"没有。"回复得很干脆。

傅识则没打算继续睡觉，云厘打开 E 站给他放了几个视频，他不甚上心地应着。两人靠得近，云厘想起前几天给他准备的小惊喜，咬着下唇问："你有看见我给你塞的那个东西吗？"

见傅识则没什么表情，她有点不祥的预感："就是有个月亮然后我还塞了张便利贴。"

"写了什么？"傅识则垂着眼喝咖啡，看不出在想什么，见云厘迟迟不语，他又抬眼，"说说看。"

"……"

云厘焦急得想原地跺脚，她问："宣传册你扔了吗？"

傅识则："扔了。"

"算了……"云厘懊恼地刷着手机，鞋跟一下下地敲在地上。

登机后，云厘如愿以偿地坐在傅识则旁边。

飞机遇到气流连续颠簸，广播里乘务员说了好几次话，云厘的右耳由于气压原因，听不清广播里的声音。

云厘看见机舱外深灰厚重的云层，电闪雷鸣仿若直接落在飞机上，闪烁的时候惊得她闭眼。

她的第一反应是，这次坐飞机，她没有买航意险。

云厘坐立不安，再加上听不清广播里的声音，她瞅了窗外一眼，还是犹豫着杵了杵傅识则的手臂。

傅识则动了动，将眼罩往上扯了点，露出眼睛的一角。

视野中大部分被黑色占据，她不安的脸占据了另一半。傅识则往下瞟了眼，顿在她的手指上。

云厘没察觉到他的视线，问他："飞机是不是遇上什么事了？"

傅识则侧过身，开口说了几个字，云厘只能看见他的唇动了动，却听不清楚。

傅识则重复了几次，见云厘仍一脸困惑，只好直接贴着她的耳。

云厘没有听清楚话，却感受到了扑在耳上的湿润，从脖颈往上都在发热。

机舱中的灯暗了下来，座位震颤起伏，轰鸣声在耳蜗环绕。在所有感官都单一的情况下，云厘感觉那温热湿润的气息屡次扑到她右耳上。

扑通、扑通。

心跳加速到它能承受的极致，云厘忍不住别开脸，小声道："我还是听不见你讲话。"

傅识则："……"

她失措地背过身，几乎是冷静了许久才回过身，摸摸自己的右耳，似乎没那么烫了。

坐正身子，云厘转头，傅识则已经摘掉眼罩。他贴着机舱，百无聊赖地看向窗外，眸子倒映骤现的雷电，并不受影响。

云厘："你一点都不怕吗？"

傅识则摇摇头。

云厘："我有点怕，你可以和我说说话不？说了我就不怕了。"

傅识则打开了和她的微信聊天界面，输了句：你听不见。发送后递给她看。

手机开了飞行模式，没有信号，界面上一个感叹号提示信息没有发送成功。

云厘："那我们就用手机聊天。"

一个人讲话有些奇怪，云厘接过傅识则的手机，在同一个界面输入：飞机晃得好厉害，总感觉要掉下去了。

她往上看，傅识则给自己的备注是"云厘厘"。

三个字串在一起，像卖萌一样。

云厘：我叫云厘，你是不是一直记错我名字了？

傅识则接过手机：嗯。

却没有修改备注的意思。

云厘：那留着这个名字吧，也挺好听的。

傅识则：嗯。

云厘：待会儿可以一块儿回去吗？我想拼个车，有点晚了打车贵贵的。

接过手机后，傅识则没有立刻回答。

云厘盯着他，隔了几秒，他又拿起手机敲了几下，递回给她。

傅识则：徐青宋来接，捎你回去。

难得他没有拒绝，云厘心里一阵激动，即便在努力掩饰自己的情绪，她还是不自觉地弯起唇角。

也许是无聊，两人来来回回递着手机，他眸中的睡意退去，将眼罩往上拉，垂着眸在屏幕上键入字符。

黑色的眼罩压着他微蓬的发，露出光洁的额头，云厘能清楚地看见他近乎完美的五官比例。

也许是光线的原因，瞥向她时，墨黑的眸子并不似往日锋利，而像乌云散尽后的雨后黄昏，宁谧柔和。

飞机落地时，徐青宋已经在停车场了，他穿着天蓝色衬衫，见到他们，闲散地笑了笑，依旧是那副翩翩公子的模样，慢悠悠地给云厘开了车门。

刚上车，徐青宋便说道："这一趟感觉怎么样？"

见傅识则没说话，他语气上扬："怎么？"

傅识则话里已有睡意："还可以。"

见他困得厉害，徐青宋也没再多问，先送云厘回了七里香都。

车门关上，云厘看着坐在里面的那个人，形影单薄。近距离接触的几天戛然而止，云厘拉着行李箱，默默地转过身，心底泛起淡淡的失落。

耳畔虫鸣风嚣，云厘用鞋尖踢着地上的石头，想起这几天的相处，鬼使神差地拿出手机，给傅识则发了条信息：

这几天在西伏开心吗？

想起傅识则靠在副驾上昏昏欲睡的模样，估计要回去了才会看到短信，云厘便将手机揣进兜里，回公寓洗了个澡。

擦头发时，她打开微信，才留意到傅识则秒回了她的信息。头发还未干，但云厘看着那个回复，还是激动得直接倒在床上。

他回了一个字——嗯。

好像，傅识则也没有那么排斥她的存在，或是厌倦她的出现。

人力部门几乎揽了全公司的琐碎杂事，回南芜后，云厘在工作上和傅识则碰面的机会不多。

在西伏时期的相处给了云厘一剂强心剂。每天的茶歇时间，傅识则会定时收到云厘发来的信息。

云厘厘：今晚一起吃饭吗？

傅识则手指顿了顿，慢慢输入道：不了。

回复后，他却没有如往常般直接关掉聊天界面，而是等了一会儿，看着对方来回输入信息许久，最后只发了个中规中矩的表情过来，是只执行命令的警官猫——意思是"收到"。

他看了几秒，逐渐觉得这只猫的五官和云厘的有些相像。

偶尔也可能是——

云厘厘：我给你带了一份小蛋糕，现在拿过去给你。

傅识则习惯性地拒绝：不了。

继续工作的时候，却有些心不在焉，他扫了几眼手机屏幕，云厘没有回复信息，恰好有人敲门，以为是徐青宋，他过去打开，却撞上那双眸子。

云厘根本不给他拒绝的机会，将兜子的拎手直接挂在他手指上，转身就跑。

傅识则盯着她逃跑的背影沉默了会儿，没再挣扎，直接将门带上，将抹茶蛋糕搁在桌角。

徐青宋来这儿晃悠的时候，瞥见蛋糕，自然地伸手去拿："哪儿来的，我吃点成不？"

傅识则动作一顿，没吭声。徐青宋当他默许，将蛋糕从袋子中拿出。

听到袋子被打开的窸窣声，傅识则望向徐青宋，蛋糕盒子精美，能看出云厘花费的心思。徐青宋笑了声："怎么买了个这形状的？"

闻言，傅识则的视线投过去，是爱心形状的，他敲了敲键盘，随口道："给我爸的。"

徐青宋将蛋糕放回盒子里，语气带着遗憾和谴责："怎么等我拆了才说？"

傅识则："……"

又或者是——

云厘：一起去小筑买杯咖啡吗？

傅识则：不了。

对于她的邀约，他给了一样的答案，似乎是为了测试他是否是自动回复，云厘换了个问法：我们晚饭分开吃吗？

傅识则本能地想输入：不了，回过神，他眉眼一松，犹豫了会儿，还是输入道：嗯。

敲傅识则办公室门次数多了，傅识则觉得应门费劲。

终于在某次云厘过去送咖啡的时候，傅识则拉开门让她进去，破天荒地说道："以后直接进来，不用敲门。"

…………

周六早晨，邓初琦发来了消息：我今天能去你家玩吗？

邓初琦：夏夏回家了。

云厘直接回复：好啊，你直接过来就行。

将近饭点，云厘掐好了时间，邓初琦一到就做好了两碗馄饨面。

"厘厘真好，不如直接嫁给我吧。"邓初琦进门先洗了个手，便直接来餐桌前坐下。

云厘故作冷漠："心有所属，请另寻佳人。"

"狠心的女人。"邓初琦噘了噘嘴。

两人聊了好一会儿，都集中在云厘追傅识则的事情上，瞒不下去，云厘干脆坦白了之前被拒绝的事情。

像被架在绞刑台上，云厘描述了那天的全过程。

邓初琦表情先是呆了好几秒，才大喊了一声"我去"，她满脸震惊："厘厘，相当于你在他面前承认喜欢他了？"

云厘点点头。

邓初琦："他拒绝你了？"

云厘又点点头。

"我去，他居然拒绝了你？"邓初琦义愤填膺，见云厘露出不满，便控制了下自己的情绪，继续说，"我以前都想不到你还能这么大胆。"

云厘不觉得她在夸自己："确实胆大包天。"

邓初琦沉默地吃了几口面，又有些为难地开口："厘厘，其实夏夏跟我说了些她小舅的事情。"

云厘有些蒙："怎么了吗？"

"就是……他好像在大学里发生了一些不好的事情，然后就从学校里退学了。"

云厘说："他是休学不是退学，我知道这件事，但不知道原因。"

"听夏夏的意思，傅识则以前的性格不是这样的，但从那之后就堕落下去了，现在的工作还是他爸妈安排的虚职。"

云厘点点头，有些不好意思地笑道："这种又闲又有钱的工作还挺让人羡慕的。"

邓初琦嫌弃地"啧"了一声，见云厘不受影响，又诚恳地劝说道："不知道他这个状态还要持续多久，厘厘，咱们第一次恋爱还是不要吃这么大苦头。"

云厘反驳道："这不是还没恋爱。"

知道邓初琦是在为她着想，云厘也真心实意地解释道："没关系的，从很多细节上我能感觉到，他是一个很好的人。"

见云厘雷打不动，邓初琦觉得好笑："当初我劝你主动，你不理我，这会儿我劝你放弃，你也不理我。"

云厘吐槽道："这说明你不懂察言观色。"

邓初琦知道云厘固执，也没再多劝，和她聊了会儿后，突然提到换工作的事情："我打算辞职了。"

邓初琦满脸不爽："公司领导有点脑残，有老婆孩子了还在办公室里撩我，把我恶心得不行，我那天直接去掀了那老色鬼的桌子，我爸让我回西伏找个工作，我想着申请个国外的硕士吧。"

云厘也没想到是这么严重的事情，捏了捏她的掌心安抚道："你还好吧？"

邓初琦摇摇头，继续和她吐槽了下工作上的事情，云厘蹙紧眉头安静地听着，瞅见她这么认真的模样，邓初琦没忍住笑道："傅识则真拒绝你了啊？"

云厘："难不成还是假的？"

邓初琦："你看起来好像并不伤心？"

云厘："……"

云厘察觉到，这段时间，她并没有被傅识则的拒绝打败，甚至说有点"死皮赖脸"地将邀请他变成日常习惯。

她想起在 EAW 实习的时候，午饭时她拿着盒饭小心地问傅识则能否坐在他旁边。

他会随意地点点头，而他身边总是有个空位。

或许是一种隐隐的直觉——在相知相识的过程中，他会逐渐对她产生好感，而她也会变成，一直在他身边的那个人。

…………

在回家前，云厘拜托了同寝室的唐琳领冬学期的教材。唐琳和云厘都鲜少住校，两人只在微信上沟通过几回，基本都是交水电费和帮忙拿快递的事情。

替她取了教材后，唐琳直接放到了自己的实验室，让云厘抽空自己去取。

前两周上课，云厘没有带书，基本处于完全听不懂的状态。

周五下班后写作业到十点半，对着一堆完全看不懂的公式，云厘强烈地意识到不能再这么糊弄下去，便通知了唐琳自己要去取书。

入冬前，南芜连下了一周的雨。

夜晚的空气潮湿，越发刺骨寒冷。云厘背了个空书包，穿了件厚毛呢外套，出门后冷风一吹，又觉双颊冰凉，便上楼去加了条羊绒围巾。

从七里香都到南理工的这条路上灯火齐明，暖色的灯光穿破弥漫的水雾，带来一片明亮。

十一点多了，实验楼附近经过的人屈指可数。就连一楼大厅也见不到保安，空荡的大厅里只剩下冷白的灯光。

电梯静静地停在一楼，云厘走了进去，按了三楼。趁着这空当，云厘拿出手机打算瞅一眼。

哐啷——

云厘："……"

她上课的时候听其他同学说过，学院 E 座的这部电梯，时不时会发生故障。云厘来得少，也没把这些事情放在心上。

无端又需要与人接触，云厘叹了口气，按了电梯内的 24 小时警铃。

而后焦虑地在手机上搜索"被困电梯该怎么办"，她还在相关搜索里看到了不少电梯事故。

警铃并没有回应，可能是值班的人去了洗手间，她等了一会儿，点开与傅识则的对话框，转发了方才看见的新闻：B 市一男子被困电梯，等待救援时电梯突然冲顶，当场死亡。

云厘：C 市一住户被困电梯，救援过程中误落电梯井内坠亡。

两条无头无尾的信息发出去后，傅识则只回了三个字：什么事？

云厘：我被困在电梯里了，哭。

傅识则：按警铃。

云厘：我刚刚按了，没有人来。

傅识则：电梯有个牌子，上面有紧急联系电话。

云厘抬头找了找，拨了出去。

没有人接。

云厘又拨了几次，得到了同样的结果。

云厘：没有人接。

她纠结着要不要报警，傅识则直接问道：你在哪儿？

云厘没多想，把位置发给他：南理工控制学院 E 座一楼的电梯。

等了几分钟，没等到傅识则的回复，她这才开始后知后觉地担忧起来，不知道什么时候能等到人。

云厘又去按了一次警铃，继续拨打紧急联系电话。

徒劳挣扎了几次，云厘输入 110 打算报警，通知栏却提示傅识则新发来的消息：我现在过去。

知道傅识则会过来以后，云厘迟疑了下，将数字一一删除。

她收起手机，靠在电梯角落里静静等待。

此刻的感觉不像是被困在电梯里，更像是和别人约好了一块儿吃饭。只不过，她是早到的那个。

又过了一刻钟，电梯里的对讲机终于响了："有人吗？"

云厘连忙答应："有，我被关在电梯里了。"

"你不要紧张，尽量不要动，我们已经派维修人员过去了。"

云厘："好的。"

电梯门再次打开时，维修人员和值班的警卫都在门外。值班的警卫不停地和云厘道歉，解释说自己去上厕所了，没听见电梯的报警铃，希望云厘不要和领导举报。

云厘没这么打算过，但被困半个钟头才有人来，这也确实是对方的失职，说道："没关系，下次不要这样就好了。"

经过警卫大叔，云厘看见傅识则站在后面，像是匆忙赶过来的，头发被风吹得凌乱，风衣拉链未拉上，虚靠着身后的墙。

云厘有些心虚地走了过去。

她其实没想过傅识则会过来，刚刚意识到被困在电梯里时，她也并不觉得会发生危险。在理解了电梯的构造和运行原理后，她觉得出事故的概率比出车祸还小。

她给傅识则发消息，仅仅是想分享给他她的新鲜事。

云厘难为情地开口："不好意思……这么晚了还麻烦你过来。"

傅识则看了她一眼："我自己过来的。"

不是你拜托的，我自己决定过来的。

"……"

生怕被人抢了功劳似的。

云厘："不管怎么说，还是谢谢你今晚过来。"突然想起来这里的目的，她又说道，"我要去三楼拿书，你可以陪我一起去吗？"

傅识则没说话，直接往楼梯走。云厘赶紧走到前面带路。

楼梯间和楼道的灯都熄了，刚刚电梯停在二楼，再走一层楼就到了。

到了唐琳的实验室，云厘根据她说的从一旁的消防栓上拿上他们藏好的门卡，刷开后找到右侧第二个柜子，把放在最上层的几本新书拿了出来，并拍了张照片发给唐琳：我拿走了。

唐琳回了个：ok。

云厘才把书都放进书包里。

傅识则在门口等，云厘从实验室出来时，把实验室的灯也关了。整层楼又陷入一片黑暗。

沉默在黑暗中被放大，电流的声音消失以后，只能听见两人脚步的窸窣声。

意识到两人在单独相处后，云厘的呼吸又不规律起来。

像是一时兴起，又像是渴望已久。

她很想很想，更加靠近身边这个热源。这种靠近的欲望，更甚于冬日早晨起床后对被窝的眷恋。

云厘走在傅识则身侧，一点一点靠近。

一点一点。

勇气不断地燃起又熄灭。

直到触及傅识则的袖角。

感受到身旁人身形一滞，云厘慌忙解释道："这里太黑了，我看不清路，而且一会儿还要下楼梯。"

傅识则"嗯"了声，没戳破她的借口。

云厘不主动远离，捏着那一小块儿布料。

黑暗中，仅听见两人的脚步声。云厘垂头，不自觉地弯了弯唇角。

一楼大厅的灯还开着，看见前方有光，云厘往旁边移了一步，欲盖弥彰地和傅识则保持一定的距离。

云厘："你的车停在学校门口吗？"

傅识则："嗯。"

云厘："那我送你到车上。"

到了室外，云厘再看向傅识则，他来得着急，风衣的扣子没扣，凉风使劲往里灌，修长的脖颈没有任何遮挡。

"你等一下。"云厘喊住他。

傅识则停下脚步。

云厘摘下自己的围巾："这个给你。"见傅识则没反应，她走近一步，踮起脚，伸手将围巾围在傅识则的颈上。

傅识则没动身体，皱眉道："不用。"

"你是因为我才出来受冷的，你不接受我会良心不安的。而且我穿的比你多多了。"云厘一脸认真，"你再拒绝，我把我的外套脱了。"

顿了顿，接着道："也给你披上。"

傅识则没说话，把外套的扣子随意地扣上了两颗。

两人走在校园道路上，忽然觉得这个场景很奇妙，云厘小心翼翼地试探道："你怎么过来了？"

傅识则侧过头，看了她一眼："你给我发了求救消息。"

云厘反应过来，是在说她发的那几条电梯事故的新闻，她不太好意思道："那不是求救，我被困住了，来找你寻求安慰，不是让你特地来一趟的意思。况且最后警卫也过来了。"

傅识则："……"

傅识则："我去主楼找来的。"

这话的意思是，如果他不来，保安也不会来。那她还得在里面被关着，所以确实是傅识则来帮了她一把。

再说下去有些恩将仇报的意味，云厘看向他："那为了表示我的感谢，我请你吃个夜宵。"

傅识则看了她一眼："不了，外面冷。"

云厘接着问："那去个有空调的店？"

"太闷。"

云厘不死心："那要不买了打包带回去？"

傅识则："难收拾。"

云厘继续争取："那要不我去给你收拾？"

傅识则看了她一眼，没有说话。

走到车附近，傅识则拉开副驾驶的门，问她："回寝室还是七里香都？"

云厘坐上副驾："七里香都。"

等傅识则上车后，云厘凑过去，抿着唇笑道："你要送我回去啊？"

傅识则："……"

傅识则："怎么？"

"没什么。"云厘靠回椅背。

云厘："真好。"

…………

送云厘到七里香都后，开回北山枫林的路上，手机响了两声，傅识则在等红绿灯的时候解锁看了眼，是云厘的消息：

你到家了？

他不自觉地回了：没到。

汽车在路上缓慢行驶，傅识则回想起刚才的画面，她红着脸，给他系上围巾，手指似乎还擦到他的脸一下。

差点闯了红灯。

傅识则心神不宁地将车停在路侧，围脖柔软地挂在他的脖间，他伸手摸了摸，毛绒绒的触感，还能闻到一丝浅淡的花果香。

他翻开钱包，从卡夹里取出云厘在西伏时给他的纸月亮。

——见到你，我就好像见到了月亮。

用指腹抚了抚，胸腔瞬间涌出温热后，余热未持续多久，只剩难以填补的空落。

他打开 E 站，还未待他输字，搜索栏的历史记录便提示了闲云嘀嗒酱。

摇下车窗，傅识则点了支烟，翻到云厘最早的动态，是她 2012 年发的，那时候她刚上大学，稚气未脱的笑容带着一丝紧张，说起话来慢吞吞的，偶尔还低头看台词。

枯树的最后几片落叶飘落，初冬的风飕飕作响。

家里打了好几个电话，傅识则都草草应付，干脆说自己回了江南苑。三个小时过去，播到最后一个视频的时候，他按了暂停，目光停留在视频中的脸上。

直到屏幕熄灭。

傅识则灭了烟，无奈地笑了声。

"你真是疯了。"

…………

临近 EAW 动态宣传的交稿时间，周末两天，云厘便打算窝在公寓剪视频。云野周六一大早便打来电话，压着声音说话："云厘，你送了礼物吗？"

云厘想起这件事情，停下手里的工作："我想先问你个事，你们是双向奔赴吗？"

"就，就只是好朋友。"云野底气不足。

"哦，那看来是郎有意妾无情。"云厘接着说，"她名字里也有个'云'字，如果你入赘了，就可以在你名字前加一个她的姓。"

云野："……"

云野没心思和她争吵，主动示弱，说起话来语气乖巧："姐，能明天送不？我把她手机号和地址再发你一次。"

"嗯。"云厘理解云野的心思萌动，但避免事后东窗事发云永昌暴怒，她还是撇清了关系，"云野，我是不支持早恋的，影响学习。"

云野不满："我可以和你一样，追到大学里再谈恋爱。"

云厘觉得心上被扎了一针："你说你的别扯到我，反正你别影响学习。"

云野安静了会儿："尹云祎成绩很好，她应该能考上西科大。"

云厘没把他说的话放心上，八卦道："照片。"料定云野会拒绝，她威胁，"不给看不送礼物。"

云野："你怎么说话不守信用？"

云厘毫不在乎的口吻："我一直都这样啊，你第一天认识我吗？"

云野："……"

没辙，云野给云厘发了张照片，照片是从走廊侧面拍的，女孩身材高挑，扎着高马尾，鹅蛋脸，正回头对着后方的人笑。云厘没想到云野喜欢这个类型的，多瞟了几眼："这视角看着像偷拍。"

云野："……"

云厘："没想到我弟也是个变态。"

云野语气不善："说得你好像没偷拍过。"

云厘笑了声，并不否认："所以我说的是'也'呀。"

云厘不想去陌生人的家里，也不太愿意和陌生人打电话，便拟了条短信发给尹云袆，对面秒回。

尹云袆告诉云厘她明天会在天启广场附近上补习班，她发了几条短信，坚持要让她哥哥开车把她送到云厘附近，避免云厘特地过去一趟。

天启广场是南芜最大的商业中心，离海天商都半个小时车程。

两人约定了周六下午六点在海天商都一楼的咖啡厅见面。云厘化了个淡妆，带上云野的礼物出了门。

在咖啡厅外，云厘轻易便认出坐在露天餐桌的尹云袆，她一身浅绿碎花连衣裙，杏眼红唇，长发及腰，低头在本子上写东西。

一旁站着个身材修长的男人，五官偏西方化，发色和瞳色都偏浅，穿着黑色休闲外套。他刚拉开椅子坐下，笑着和尹云袆说了些什么，忽然抬头，注意到云厘的目光。

男人又站了起来，主动走到云厘面前。

尹云袆留意到他的动作，也起身跟着男人。

男人笑了笑："你是云野的姐姐吗？"

云厘点点头。

"你好，我是云袆的哥哥，我叫尹昱呈。"尹昱呈给云厘拉开椅子，尹云祎跟在他旁边，害羞地喊了声："姐姐好。"

云厘有一段时间没认识陌生人，她露出个腼腆的笑容，简单地自我介绍了下，便把云野的礼物放到桌上。

云厘："这是云野让我带过来的。"

尹昱呈："还麻烦你特地跑一趟了。"

"没事，就在我公司边上。"

尹云祎盯着盒子看了好一会儿，笑容率真："云野说班里同学花了好长时间才做好的礼物，怕碰坏了，就找了姐姐您帮忙带过来，谢谢您。"

云厘怀疑自己听错了："哦……班里同学一块儿做的？"

尹云祎没多想，点点头。

"怎么了吗？"尹昱呈敏锐地问道。

云厘藏住脸上的尴尬，摇了摇头。

她真是高估了云野，居然送个礼物都不敢承认是自己准备的。

尹昱呈没强留云厘吃晚饭，但只是几步路的事情，却坚持要送她回去。

云厘不擅长拒绝，便点点头。

"哥哥给你带车上？"尹昱呈拿起那个礼物盒，摸了摸尹云祎的头，"你在这儿和姐姐等一下。"

语毕，他朝云厘温和地笑了笑。

车停在了商场的停车场，尹昱呈开到了她们所处位置的边上，云厘上车后，不过几分钟就开到了楼下。

下车前，尹昱呈问她："听云祎说过，你是南理工的？"

云厘点点头。

"我也是南理工的，前年毕业的。"

云野先前提起过，云厘也没有太惊讶。

尹昱呈下了车，走到副驾驶边上给云厘开了车门。

"谢谢你带礼物过来，早点休息。"尹昱呈温声道。

云厘在原地站着，副驾驶的车窗缓缓摇下，尹昱呈朝她点点头，目光停留在她身上好几秒，才驶离小区。

总算解决了这件事。

心中一块大石头放下，从昨天开始，云厘便焦虑这次会面会不会毁了云野的初次怀春，好在一切顺利。

晚风中飘浮着烟草味，云厘警觉性地回头，树影稀疏，遮蔽处若隐若现稀薄的火光，一个瘦高的身影倚在那儿。

那个身影动了动，云厘听到鞋子踩到树枝上的响声，路灯照亮了他的五官。

云厘不敢相信自己的眼睛："你怎么在我家楼下？"

傅识则没正面回答，平静道："给你打了电话。"

云厘看了眼手机，傅识则确实在半个多小时前给她打了两个电话，她没有接到。

屏幕上显示的陌生号码，是他的主动来电，云厘觉得稀奇。

她弯弯眉眼："刚才有事情，没有接到。你一直在这里等着吗？"

傅识则没回答，往下，云厘看见他的脖间系着她的羊绒围巾，遮住一部分下巴，手里提着个镂空花纹手提袋，里面装着几盒小巧的蛋糕。

云厘心下一动，抬眼望向傅识则："那个围巾……"

"还你。"

猝不及防地，傅识则将脖子上的围巾扯下来，放在云厘的面前。顺着围巾，她看见他深不见底的眸子，云厘默默地接过，与之迎面而来的是上面浅浅的烟草味。

云厘感觉出了他的不悦。

原以为他可能也有想法了，那些小蛋糕是给她的，见到他漠然的脸，云厘短暂的幻想破灭。

他迫切地还给她，似乎是不想有瓜葛。

她有些紧张："你可以戴着……"

"不了。"傅识则说，"谢谢你的围巾。"

说完后，他迈步离开。

云厘站在原处发了会儿呆，心里沉甸甸的，拉开门的时候，砰的一声，似乎是什么东西扔到了铁制的垃圾桶。

"云厘。"

"云厘。" "云厘厘。"

第八章
那就再见吧

回到公寓后，云厘花了好一会儿才让自己缓过来。

不安的情绪在心中蔓延，云厘试图让自己分心，洗了个地瓜扔到烤箱里，橘黄色的灯光亮起的时候，她盯着地瓜紫红色表面的凹痕出神。

他主动找她，却不是因为喜欢她。他把围巾给她，不知是不是她的错觉，动作带有一丝不耐烦。

再联想到他刚才冷漠的态度，云厘的心情跌落到谷底。

她不得不去想，他可能一直以来都觉得她是个麻烦。刚才来找她，可能是想要再次拒绝她。

烤箱门没有关紧，嘀嘀的警报声将云厘拉回现实。

云厘急切地想让自己从这种消极的情绪中解脱出来，她打开电脑，继续剪辑动态宣传的视频。之前没注意，在 EAW 录的视频记录了傅识则拒绝她的全过程，她重复看了好几遍。

屋子里静谧至极。

云厘关掉这段视频，心中的抑郁让她不打算使用中间的任何素材。

干到凌晨三点钟，云厘才剪辑好给 EAW 动态宣传的短片，接下来几天只需要修一修细枝末节的东西，给何佳梦确定后就能定稿了。

过了睡觉的点，云厘也没什么睡意。朝窗外看，因为寒流，树干上结了层薄霜，她坐回到位子上，翻出了以前手工制作的材料。

对着网络上的教程，她通宵拼凑了一个纸板无人机，用颜料简单地上了色，视频随意地裁剪了下，只在开头和结尾配上了文案。

"……这个手工无人机，我打算送给一个很重要的人。"

便将这个手工类视频上传到了 E 站。

上次和傅识则的见面，几乎可以算是这段时间内最不顺利的一次。

接下来的几天，云厘有意识地没再找他。

无人机制作的视频发布了几天，反响平平，陈厉荣却将这个视频转发给她，对此云厘也不讶异，她现在已经算 E 站小有名气的 up 主，大部分认识的人都知道这件事情。

自从两人加了好友后，陈厉荣就像销声匿迹了般，没有和云厘说过话，也没发过朋友圈。

> 云厘：？
> 陈厉荣：这个东西你是打算送给 fsz 吗？

随后还发了两个"奸笑"的表情。

> 云厘觉得这人讲起话来挺猥琐的，便不打算回复。过了一两个小时，陈厉荣又来了信息：你不能送他这个，fsz 休学就是因为这个。
> 云厘：什么意思?
> 陈厉荣：当面说。后面又发了两个"奸笑"的表情。

同时陈厉荣还给她发了很多傅识则的照片，几乎都是偷拍的背影，里面无一例外都有另一个男生。

> 陈厉荣：他真的是 gay，小妹妹你不要被骗了。我可以当面告诉你他发生的事情。
> 云厘：请你不要造谣。
> 云厘：不用了。

云厘觉得陈厉荣说起话来让人鸡皮疙瘩起一身，她反驳回去后，对方也没有再回复。

好几天的时间没有见到傅识则，在云厘不再主动后，他们两个的接触果然变为了零。

云厘有点沮丧。

傅正初在他之前新建的小群里又发送了打球邀请，这次不等云厘回答，傅识则直接回复了：不去了。

连原因都没有给一个。

傅正初：？？？

傅正初：小舅，你这么不合群，我就把你踢出去。

一小时后，等云厘再看，群里只剩她和傅正初两个人了。

云厘也没想到傅正初这么有魄力。

到公司后，云厘屡次去休息室倒水，都没见到期盼许久的身影。在座位上踌躇许久，云厘还是到休息室做了杯咖啡。

之前傅识则说过她不用敲门。

云厘没有这个胆量，还是叩响了门，没有人应。她推门进去，房间里没开灯，空气里飘浮着一股潮味，估计有几天没人了。将咖啡拿回休息室，云厘喝了一口，入口苦涩，她连加了几包糖。

她突然想到，他不会在躲她吧。

微信上何佳梦约她看宣传短片的成品，云厘提前将视频拷贝到移动硬盘，在何佳梦的座位上播放了一遍。

这一分多钟的短片由七个场景组成，均是使用 VR 设备尝试不同的行为，云厘给每个场景赋予了意义，构成整个片段的主题。

何佳梦看的过程中连连称道，云厘却有些心不在焉。

“这个主题也太好了吧，我也要尝试着向老板发起进攻，世界上没有什么不可能的事情！”何佳梦比了个胜利的手势，“更何况连傅识则都铁树开花了。”

云厘按播放键的手顿了一下，抬头看向何佳梦：“铁树开花？”

“昨天老板给我看了好几家店，问我女生一般喜欢什么地方，我还以为他心有所属，我当时心都碎了。”何佳梦笑道，“后来我问了老板好久，他才说是傅识则问他约会的地方，在那之前我一直觉得他性冷淡啊。不过连他都开窍了，老板怎么还不开窍……"

云厘没听进去何佳梦的后半段，她的拇指在食指上滑了滑，忍着颤意，小心地问道："他那么冷，会喜欢什么样的女生啊？"

"欸，我也不知道欸，老板就说是个认识了很多年的女生。"

何佳梦还说了很多东西，云厘却感觉瞬间失聪了，连右耳都听不见了。

她蒙在原地。

不……可能吧？

"闲云老师，闲云老师？"

失焦的视野中重新浮现何佳梦的五官，她的声音仿佛来自另一个空间："就发这一版视频吧。"

"哦，好。"云厘行尸走肉一般回到了座位上，感觉浑身的力气都被抽空了，只剩下耳边反复循环着刚才何佳梦说的话。

鼻尖一酸，视线逐渐变得模糊。

理智告诉她，她应该先去求证这件事，她不能这么不明不白地丧气。

云厘打开两个人的聊天界面，落入视线的依旧是那几句：不了。她一直向上滑，直到到达顶端，几乎都是她的单向邀请，而他的回应冷到了屏幕之外。

她抱着最后一丝希望，一字一字地输入：听说你约了一个女生？点击发送前，手指却僵在那儿。

她想要什么答案。

确认了，然后呢？

能不能给自己留一点尊严？

是啊，原来这么长时间的追求。

早就耗尽了她的勇气。

在今天之前，她还可以幻想，总有一天傅识则会心动。甚至到刚刚为止，她仍然抱有希望，以为自己看见了曙光。

幻想击溃的瞬间，面对现实时，才发现——

从头到尾，都是她的一厢情愿：

你是个很好的人，谢谢你一直以来对我的照顾。

可能我没有资格说这些话，但我希望你能对自己好一点，你是我见过最好的人，也值得最好的东西。

听说你遇到了喜欢的人。

谢谢你的出现。

我不会再打扰你了。

云厘红着眼睛打下这些句子，又逐句删掉。

最后说这些又有什么意义呢？

一切都变得荒唐可笑。

他可能根本不想看到。他不想她去打扰他的生活。

云厘趴在桌上，眼泪砸落在手机屏幕上，已经看不清他的头像了，也看不清她给他备注的名字，她忍住呜咽声，点开了右上角的三个点。

接着，点击了删除。

这是她做过的最勇敢的尝试。

她明明是一个和陌生人说话都不利索的人，她不敢给生人打电话，在车上不敢与朋友对话只是因为司机的存在。这样的她，为了他做了那么多不可能的事情。

可做再多，她也只是一个过客。

她没有办法和他继续当朋友。她更不想，在知道他心有所属的情况下，还恬不知耻地去破坏别人的感情。

那就再见吧。

我最喜欢的人。

缓了许久，云厘抬起头。

在给这个和傅识则一起录的视频编辑文案的时候，云厘意识到——

这个以"尝试"为主题的视频，承载了她这段时间的角逐与不切实际的幻想，在它发布的时候，她最勇敢的尝试也结束了。

下班到家，屋里的摆设和出门时没有分别，但又像什么都变了。云厘把包扔在沙发上，前几天拼好的纸板无人机还放在茶几上。

估计也送不出去了。

纸板做的东西比较脆弱，没办法放到箱子里，放在桌上又太占位置，云厘拿在手里掂量了许久，还是没舍得丢。

她找了个高一些的架子，腾了个位置放上去。也好，眼不见为净。

顶着哭肿的眼睛坐在电脑前，云厘刷着今天发布的 EAW 宣传短片的评论，大多说着要预约 EAW 体验馆。

动态宣传片的目的实现了，云厘的心情却糟糕得不行。

刷着粉丝们充满爱意的评论，大都喊着"老婆好棒棒""老婆科技达人"一类。

云厘一扫而过一个空白头像，名字是几个字母，只写了"好看"两个字，评论瞬间被新涌上的淹没。

连着三天，云厘郁郁寡欢，入睡也变得困难。

按部就班地上课，云厘依旧会经常拿起手机，只不过往日常翻的微信界面，现在已经点不出来了。

傅正初还尝试着邀请她打王者，打算帮她喊上傅识则一块儿三排。傅正初如此热忱地帮忙，云厘却没有勇气告诉他自己已经落败的事情，只找了个借口婉拒。

在楼下的那次见面后，她至今还未见过傅识则。

两个人就像两条平行线不再有交集，直到现在，即使是她单方面的放弃，傅识则那边可能依旧毫不知情。

她好像没有存在感。

周二早上，云厘赖在床上不起床。

她总觉得，再次去 EAW 是一件需要克服诸多障碍的事情。原先来实习的其中一个原因已经没有了，如果再在 EAW 见到傅识则，云厘想象不到自己会有什么反应。

挣扎了好一会儿，云厘拖着一对黑眼圈起身刷牙。她已经进行了三天的心理建设——没必要因为恋爱上的失败，就放弃自己的第一份实习。

到了公司，云厘照旧拿着面包牛奶到休息室吃早餐。刚坐下没多久，就听见身后的沙发传来一阵动静。

云厘有些僵住，抬起头，看见傅识则迈着步子走近，有几天没见了？六天？七天？八天？

云厘记不清楚。

傅识则似乎也缺觉，看起来不太有精神。他停在咖啡机前，豆子碾碎声充斥了整个空间，随后，云厘听到他问。

"喝咖啡吗？"

确认四周无人，傅识则只能是在问自己。

云厘低头："不了。"

这个场景她幻想过很多次，此时被问起，她只觉得不知所措。云厘拿起没喝完的牛奶，匆匆起身离开。

此刻，云厘的表现就像傅识则是洪水猛兽，他偏过头，表情有些困惑。

傅识则想起几天前的事情。

那天晚上将云厘送回七里香都后，凌晨三点他才从路边开回江南苑。

睡前，傅识则将手机铃声调至最大，避免云厘早上找不到他，等他醒过来已经是周六中午了。

草草解冻了两块三明治，他坐在阳台上，将云厘每个视频下的评论又看了一遍。

薄暮初降，傅识则意识到，一整天的时间，云厘都没找他。

从冰箱里拿了瓶冰水，他看了眼时间，五点半，一整瓶冰水灌了一半，冰凉勾回一丝理智，却没有抚平心中的躁动。

想见到她。

拿上外套出门前，傅识则瞥见放在沙发上的围巾，伸手拿过，对着镜子，认真地围了两圈。开车到海天商都，买了些小蛋糕。

到她楼下的时候，傅识则打了两个电话，云厘没接。

他没什么事儿，就在原处等。

在暗处，傅识则看见云厘下了车，她化了淡妆，一袭碧绿的裙子，裙摆还在晃动。

送她回来的是尹昱呈。

两人是各自学校的风云人物，或多或少有过交集。

尹昱呈特地下了车到副驾驶给云厘开门。回到车上后，车后座有另一个人的身影，尹昱呈只摇下了副驾驶的车窗，灼灼的目光看了云厘好几秒。

都是男人，这点行为背后的心思无须多言。

傅识则陷入一瞬间的迷茫。

他低头看着指间的烟，掌心的伤已经结疤了，匡想过去一年半自己就没几个清醒的日子，瞬间恢复了理智。

——他的到来，可能是对她的糟蹋。

只是有人比他不理智。

过了一天手机通知栏提示闲云嘀嗒酱的更新，内容是制作纸板无人机，视频的最后，她说——送给一个重要的人。

不知为什么，他松了口气。

他自我放弃了，却还有人没有放弃他。而他也意识到，他并不希望她放弃。

本打算从早到晚待在 EAW 的，家里老人生病，傅识则去陪了几天床，徐青宋来探望的时候，两人在走廊聊了会儿天。

和徐青宋了解了些吃饭的地方，走之前，傅识则问他："我桌上有东西吗？"

徐青宋："走之前瞅了眼，就几本书和电脑。"

傅识则陷入沉默。

…………

回到现实中，云厘的举止中带着抗拒，已经走到了门口。傅识则低下头，重复性地用食指轻敲着杯柄。

"那个无人机，不是给我的吗？"

云厘顿在原处，没回头："不是。"

见傅识则没再说话，她直接带上了门。

回到座位后，云厘将牛奶放在桌上，盯着上面的文字出神。刚才只想从休息室逃离，现在她后知后觉地发现，胸口闷得像堵了块大石头。

她合上眼。

可能因为她是从头到尾追求然后放弃的那个，云厘颇有种上演一出独角戏的感觉。听起来傅识则看了她的视频，而且还认为她要把无人机送给他，和云厘想象的一样——

傅识则完全没发现她删了他微信。

云厘蓦然间心生憋屈，这整个过程就是表白不顺、追人不顺，连放弃追求也是一厢情愿。

云厘想发微信告诉傅识则，她已经放弃追求了，祝他幸福。

可是她已经删了傅识则了。

午间，云厘意外接到了尹昱呈的电话。

电话里对方的声音低沉又温和："你好，我是尹云祎的哥哥尹昱呈。"

云厘在记忆中搜索了一会儿，才想起这个是云野的同学的哥哥。

"因为云祎住校，寄到家里的信都是我去拿的。我发现以前的班级给她寄了明信片，大概一周两张，有三个月了。"

云厘不太理解："云祎还挺受欢迎的。"

尹昱呈轻笑一声："是的呢。虽然落款都是高二（15）班，但我比较了下字迹，发现都是一样的。"

云厘："哦……"

尹昱呈："唔，和当时礼物盒上的字是一样的。"

云厘："……"

尹昱呈："家里有点担心云祎在这个阶段谈恋爱，我在海天商都附近，方便出来聊一下吗？"

和尹昱呈约好时间后，云厘给云野发了信息：云野，我对你一万个服气！！！

这个点云野在学校，估计也无暇看手机。

云厘不得不怀疑之前每次电话里云野催她回去，就是为了让她给尹云祎带礼物。

　　还是在上次那家咖啡馆，云厘到的时候尹昱呈已经在等了。见到云厘，他伸手将菜单递给她。

　　云厘："不用了，我待会儿还要上班。"

　　尹昱呈盖上菜单，说："你在附近哪家公司实习？"

　　云厘："EAW，就是那个 VR 体验馆。"

　　尹昱呈托着下巴想了想，还打算追问的时候，云厘主动发话："你之前的意思是我弟和你妹妹早恋了吗？"

　　估计没想到云厘这么紧张，他笑着从公文包中取出一沓明信片，基本是简单的牛皮卡纸，其中掺着几张西伏实验中学的纪念明信片。

　　"我们家管云祎管得比较严，平时只给她用手环，可能是这个原因，你弟弟才会寄明信片。"尹昱呈说这话的语气像是在看戏，似乎就是在等下一步会发生什么。

　　"可能不是你想象的那样……"云厘话没说完，一见到明信片后面的字，就陷入了沉默。

　　这一沓明信片，看起来有二十张，进入云厘眼中的都是熟悉的笔迹，但和平时潦草乱涂不同，每一张明信片上的字都工工整整。

　　云厘把明信片还了回去："你们是怎么想的？"

　　她只简单地扫了一眼，尹昱呈有些意外："你不看看内容吗？"

　　云厘："算了，看起来是我弟写的，不太敢偷看他的信件。"

　　听到她的话尹昱呈笑了声："不太敢？"

　　云厘蒙蒙的，不知道自己的话有什么问题。

　　尹昱呈盯着眼前显得青涩的女生，没有为难："我只是来和你确认一下，是不是你弟弟的字迹，心中有个数。"

　　云厘看着面前的明信片，心情复杂地问道："这些信件，云祎同意你带出来吗？"

　　"云祎还比较单纯，应该只认为这是原本的班级寄来的。"

　　云厘听懂了他的话，是云野单相思，现在对方担心影响尹云祎的学习。

这还是云厘第一次给云野处理这种事情，她语气带了些歉意："那我回去和云野谈谈。"

尹昱呈想了会儿，又说："我们也没想好，如果不影响学习的话，我们其实不打算插手的。如果你那边有什么消息，给我打电话就好了。"

尹昱呈再次留云厘吃饭，云厘拒绝了，考虑再三，她忍不住问："那个，我可以问你一件事吗？"

尹昱呈："你说。"

云厘："云祎会给云野回信吗？"

尹昱呈沉吟了会儿："应该没有，就我所知，她没有零用钱买。"

云厘："哦……"

想起云野每天毛毛躁躁，不是做题就是打游戏，一副还未开化的少年模样。居然坚持了三个月，寄着没有回应的信。

云厘不由自主地代入自己，对云野产生了极强的同情。

尹昱呈穿上外套，跟上了她，客气道："我送你到公司门口吧，刚好我也可以了解下云野的姐姐工作的地方。"

云厘刚想拒绝，尹昱呈声音上扬，半开玩笑道："以后说不定是一家人。"

云厘："……"

一路上两人没有交流，尹昱呈低头看身边的女生，她似乎不太善于和陌生人交际，他能明显感觉到她的不自在。

到 EAW 门口后，尹昱呈没进去，笑着和她说："这件事儿，你不用太紧张。有什么消息我们再沟通吧。"

云厘点点头，转身刷卡，玻璃门上倒映着尹昱呈的身影，他还没离开。她当作没看见，低头直接走回休息室。

现在十二点四十五分，她的盒饭还在那儿。休息室没人，盒饭放在桌上的保温袋里，还剩两盒，汤汁漏到了袋子里。

房门还未合上便被后面的人抵住，傅识则推开门，站在她身边，云厘的视野中能瞥见他的鞋尖和裤脚。

云厘只想取了盒饭立即离开，身旁的人动了动，将她刚伸出去的手轻轻拨开:"别弄脏手。"

傅识则拿纸巾擦净饭盒边缘的汤汁,将两盒一起取出放到微波炉里加热。

空调开到了三十摄氏度,房间内燥热气闷,他开了半扇窗,冷风对冲后,云厘才感觉到呼吸稍微顺畅一些。

熟悉的身影在眼前走动,她的双腿却像粘在原地无法移动。

叮的一声。

傅识则打开微波炉,垫了两张纸,将两份盒饭并排放在相邻的位置上,逐个拆开,再将筷子也一一拆开。

他拉开椅子,抬眼望向那站在原处一动不动的人。

"坐这儿?"

这顿饭已经准备周全,只等云厘坐下来吃。

第一次面临这种处境,对面坐着个自己已经放弃追求的人,云厘心里尴尬,也不知如何相处。

傅识则安静地望着她,光影掠到他脸上。

云厘知道,对他而言,这只是和同事吃一顿饭,是再稀松平常不过的事。

她咽咽口水,以极慢的速度挪动,随着那张清冷寡情的脸逐渐靠近,时间仿佛被安上减速器,流逝得越发缓慢。

她走到傅识则斜对面的位子,将原本在他边上的盒饭拉到面前。

"我坐这儿就可以了。"云厘小声道,拉开椅子坐下。

云厘低头吃着盒饭。

身旁的人动静不大,两个人默契地没有说话。

他们如往常一般相处。只要她一抬头,就能看见他墨黑的眉眼。

云厘如坐针毡,这几天的情绪在此刻涌上来,她动了动筷子,装模作样地拿出手机:"同事找我,我回办公室吃。"

氛围有些僵硬。

傅识则默了会儿,也站了起来,没有直接拆穿她的谎言:"你们在这儿吧，我吃完了。"

他的盒饭几乎没动过，合上盖子，没说什么就离开了休息室。

他应该看出了她的不自然。

他在照顾她的情绪。

云厘心里有些愧疚，毕竟这整件事情，只是她放弃了追求，傅识则从头到尾并没有做错什么。

她无法做到像傅识则那样坦然相处，但她也不想自己是个小肚鸡肠的人，导致他不得不为了她的情绪而处处退让。

门刚阖上，她便在网上寻求答案：

都是成年人了，追求失败就失败啦，豁达一点啦！

对方不喜欢你是很正常的事情，没必要太放心上，当同事相处就好了，公司里总有不对眼的同事吧？

题主设身处地想想啊，你的同事可能也想正常社交和工作啊。

果然啊。

大部分人都这么认为，这不过是一件很平凡的事情。

傅识则和她不同。他身边不乏追求者，对他而言，自己拒绝追求，抑或是其他人放弃追求，都是再正常不过的事情。

只是她太在乎了。

…………

将近年底，EAW 的琐事也多了起来，许多项目都到了年终考核的节点。云厘听何佳梦吐槽过近期近乎疯狂的加班情况，作为实习生的她也要借调到其他部门整理资料。

技术部明天需要上交一份报告，要云厘完成材料的最终整合、校对和排版。材料由不同的同事负责，等同事发给她时，已经接近下班的点了。

何佳梦下班前来云厘工位看了看："你是不是要整合这个报告，你要加班吗？"

云厘坐了一天，疲乏道："是……"

何佳梦给她打气："加油哦！"

"对了，"走前她不忘提醒云厘，"听别人说，周围住宅区好像有变态，你是不是就住在这附近？"

云厘听着有些紧张："什么样的变态啊？"

"就那种只穿着一件厚外套的，走到你跟前，然后——"

"好了好了，别讲了。"云厘迅速摇头。

何佳梦挽了挽包，叮嘱道："那你记得别太晚了，实在不行的话叫人来接你。"

"好。"

除了云厘以外，人事部其他人在收拾东西准备下班，云厘应付不来其他人下班前的问候，提前溜到休息室泡茶。

推开门，云厘看见傅识则坐在懒人沙发上，手机上似乎在播放视频，弹幕的颜色与 E 站的有些相似。

没有等云厘看清播放内容，傅识则不慌不忙地熄了屏。云厘不想重蹈吃饭时的尴尬，主动道："你还不下班吗？"

傅识则："你呢？"

云厘："没那么快。"

不想延续对话，云厘装完热水就离开了。

熬了三个钟头，云厘把已经收到的材料按照要求处理了一遍。还有一个同事说还没做完，等到家了再发给她，到现在云厘还没收到。

已经盯了很久的屏幕，云厘趴在桌子上闭目养神，想着再等一会儿。

九点出头，傅识则才从休息室出来。

人事部的灯还亮着，他过去敲了敲门，没有人应。

开了门，办公室内看起来空无一人，却能听见轻微的呼吸声。

傅识则走近，发现云厘此刻正趴在桌上，脸朝着另一个方向，电脑键盘被她推到一边。

她看起来很小一个，只占据了办公椅的一小部分。

她的另外一只手还半握着鼠标，左耳的耳机因为趴着掉到她耳朵和肘部中间的桌面上，而另一只还戴在她的右耳上。

傅识则伸手拎起云厘肘间的那个耳机，戴到自己的左耳上。

耳机里传出了轻柔的钢琴曲。

傅识则垂眸，看着云厘，她的脸很小，紧密的眼睫毛轻颤着，看起来乖巧无害。

他静静地站在那里，过了一会儿，才把耳机拿下来，放回桌上。

傅识则轻声开口："云厘。"

云厘一动不动。

傅识则抿抿唇，又开口："云厘。"

云厘依旧一动不动。

没办法，傅识则只好伸手拿掉她右耳的耳机，喊了一声："云厘厘。"

云厘还是一动不动。

办公室里没有任何其他声音，只有他有意降低音量喊她的那几声。

傅识则并不想吓醒她，他俯下身子，靠近她的右耳。

还没开口，云厘突然睁开眼睛，一副将醒未醒的模样，见到跟前傅识则的脸，她眯了眯眼。

傅识则愣了一下，默不作声地直起身子。

云厘还没反应过来："你刚才在喊我吗？"

傅识则的失神只是一闪而过，现在已经恢复了平日的平静："你睡着了。"

云厘一听，脸又烧起来："哦……"

"有什么事吗？"云厘坐直。

傅识则坦诚道："看见这儿开着灯。"

"走吗？"傅识则把耳机还给她。

云厘有些错愕："你要跟我一起走吗？"

傅识则点点头。

云厘觉得不自在："我自己回去就好了……"

傅识则："最近不太安全。"

听他这么一说，云厘又有些犹豫，毕竟人身安全是最重要的，她低头想了想："可我还要等同事的文件，要不你还是先走吧。"

傅识则："等你一块儿。"

他语气没有多余的情绪，似乎觉得这件事情理所应当，不过是举手之劳。云厘尽量让自己不要多想，心里却乱成一团麻。

傅识则在旁边站了一会儿就走了。

等云厘处理完文件离开的时候，刚关灯，就看见傅识则从对面徐青宋办公室走出来。

傅识则："走吧。"

"嗯……"

经过傅识则办公室的时候，他说了一句"等会儿"，回头从门口的实木衣帽架上拿了两顶鸭舌帽，款式和形状都差不多，只不过一个是黑色的，一个是蓝色的。

他将蓝色鸭舌帽一戴，压了压。他的头发不长，戴上帽子后五官更为清晰。

"降温了。"傅识则把帽子递给云厘。

帽子对云厘而言有些大，她戴上后调整了一下大小，看见玻璃上倒映着他们的身影，两个人差了将近一个头，看过去像两个中二少年。

夜间，南芜的气温降到了三四摄氏度，雨后的高湿度加剧了冬日的寒意。

云厘跟在傅识则身后，他的手放兜里，能看出来步子轻松。也许是受他影响，她的心情也好了许多。

令人眷恋的时间没有维持多久，等云厘回过神，已经到楼下了，傅识则朝公寓颔首，示意她回去。

云厘轻声说了句："你也早点休息。"便逃离似的往回走。

最忙碌的一段时间过后，EAW迎来年终旅行，今年定的场地是偷闲把酒民宿，几个部门错峰出行，人事部安排的时间是圣诞后那周的周一和周二。

刚得知这个消息没多久，邓初琦便来了电话。

"夏夏说你们下周一周二要去他们家的民宿，让我们周五晚上提前过去。"邓初琦语气欢快，"刚好我提了辞职，夏夏他们打算帮我庆祝逃离苦海。"

云厘搅动着锅里的面条，说："夏夏小舅会去吗？"

"我问了夏夏有谁，她小舅好像不一定有空，年底了事情比较多。"邓初琦开玩笑道，"怎么，夏夏小舅不去，你也不给我庆祝啦？"

"不是这个意思……"云厘磨磨蹭蹭，关了灶台的火，给自己倒了杯温水，一切准备就绪后，才将之前发生的事情如数告知。

云厘有先见地将手机拿得离自己远了点，不出几秒，邓初琦的声音放大了几倍："厘厘！你在开玩笑吗！！你有当面问过他吗？万一他想约的是你呢！"

云厘："因为那是个认识了好几年的女孩，肯定不是我了。"

邓初琦不认同："不是啊，这不是别人说的吗，你应该当面问他。"

邓初琦的性子向来直来直往，云厘一下子底气不足，直白道："那我也追了这么久了，他一直都在拒绝我，我所有的邀约他都拒绝。"

云厘语气低落："而且这都是两周以前的事情了，这两周他也没主动找我，可能都不知道我删了他微信。"

"我去。"邓初琦脱口而出，"你删了他微信？"

云厘："嗯……"

邓初琦："你们还在一个公司呢，生活上偶尔也有交集吧，这样见面，不就是一大型尴尬演出剧？"

云厘："其实我现在也有点后悔……要不我偷偷加回来？"

邓初琦："……"

云厘自言自语："他可能还没发现……"

邓初琦没吭声。

云厘想了片刻，又说道："万一他已经发现了，岂不是更尴尬了。算了。"

邓初琦陷入长时间的默然，过了一会儿，她安抚云厘："和他划清界限也好，你不想来的话就别来了，没多大事。"

云厘诚实道："是划清界限了……但我在南芜只有你们几个朋友，我也不想这件事影响我正常的生活。"

"没事厘厘。"邓初琦试图缓解她焦虑的情绪，开玩笑道，"让夏夏找两个单身同事一块儿来……"

闻言，云厘语气也轻松起来："不能找，找了我就不去了。"

两人的氛围和缓了许多，邓初琦开了外放，加上夏从声一起确认了下那天的安排。

云厘回到厨房将火点燃，面条已经软趴趴缠成一堆，她用筷子拨了拨。

想起前几天傅识则送她回家的场景。

她最后还是没忍住回了头。

傅识则还站在原处，修长的身体似乎与冬夜融为一体。她回头的瞬间，猝不及防地撞进他平静柔和的眸里。

那是她的错觉吗？

云厘不得而知。

…………

云厘接到了杨芳的电话。

"你弟弟最近晚上回来也不怎么玩手机，每天一回来就坐在书桌前。他是不是受什么刺激了？"

云厘一下子就想起云野早恋这件事，干巴巴地说道："不会吧。妈，你别瞎操心了。"

杨芳担忧地说："你帮我问问你弟最近怎么样，是不是学习压力太大了，这样下去我担心他熬不住。"

云厘："……"

估计和学习没什么关系。

不敢随便解释，云厘应下来道："行，我去问问他。"

云厘也觉得是时候跟云野聊一下这件事，就打了个视频电话过去。

电话接通的时候，少年俊朗的面容出现在屏幕上，他垂下嘴角：

"你都不看我给你发的信息。"

云�厘："哦,是吗?"

翻了下聊天记录,上回她给云野发了:云野,我对你一万个佩服!!!之后,他确实连续几天回了信息。

　　云野:?

一天后。

　　云野:??

两天后。

　　云野:???

…………

之前云厘被自己的感情问题弄得焦头烂额,也没太在意云野这几句没有信息量的回话。

想起尹昱呈那天还特地跑了一趟,云厘撇撇嘴:"哦,我一忙就忘了这件事。我和你发信息那会儿,尹同学的哥哥找上门了,说你每周给尹同学寄两张明信片——"云厘挖苦道,"应该忙到不需要你姐姐回信息?"

云野:"……"

云野:"他怎么知道是我寄的?"

云厘觉得无语:"云野,你追人能多一点技巧吗?二十多张明信片一眼看过去都是一样的笔迹,对方哥哥都找上门来了!"

云野憋了许久,冒出了句:"我去,她哥偷看我的信。"

"……"

云厘:"好吧,我也觉得可能偷看了。"

云野怒道:"太不要脸了。"

云厘想了想,附和道:"确实有点。"

云野很快就接受现实，不满道："这么大的事你怎么现在才和我说？"

"我这不是告诉你我忘了。"云厘丝毫不觉得抱歉，反而苦口婆心道，"你这么做，万一影响那小姑娘的成绩就不太好了，云野，咱们还得那啥，收敛一点。"

云野："不是，云厘！你弟弟的信被人偷看了！你都不帮着主持公道吗？"

"哦。"云厘没接他的话，换了个角度，"还有，原来你是以全班同学的名义送的，我之前还以为你这么大胆，误会你了。"

云野扭头，不肯看镜头，语气有点不耐烦："你管我！"

也没被他的语气吓到，云厘计算了下云野这付出型行为的收益，提醒道："那你寄了这么多封明信片，她以为是别人寄的怎么办？"

他一副无所谓的模样："能收到就行。"

看着他这刀枪不入的样子，云厘又联想到了自己，感伤道："云野，一味地付出最后受伤的是自己，你要多爱自己知道吗？"

云野："……"

云野："你怎么突然说这种话？"

云厘："……"

云厘："我就是以过来人的身份给你些建议……"

云野："那个哥哥不喜欢你吗？"

沉默了一阵，云厘直接忽略了这个问题："我们继续说你的事。她们家好像不打算干涉，不影响学习就好，只是来找我确认一下这件事。"

最大的担忧解决了，云野松了一口气，露出少年独有的笑容："那你说，我以后还能给她寄吗？"

云厘立刻撇清关系："我是不支持早恋的，我也不会给你钱寄。"

她突然想起打这通电话的原因："对了，咱妈刚刚给我打电话了，说你每天不玩手机一回家就坐在书桌前。"

云野嘟囔道："不玩手机还不好，她这是怎么想的。"

"行了，我就给你提个醒，你自己注意一下。"

"哦。"

云厘挂了电话以后，看见杨芳又给她发了两条消息。

一条是云野的成绩单照片。

　　另一条是：你弟弟熬坏了怎么办啊？哭泣。

云厘点开来看了眼成绩单，还真完全没影响。

云厘又点开云野的对话框，给他发了个二百元的红包。想了想，在底下备注：饭钱。

随着去民宿的日子的接近，云厘难以控制地焦虑起来。

云厘事先和傅正初约好，周五她从 EAW 下班后，徐青宋会到公寓接她到附近的超市采购后再开车到民宿。

没有人告诉她傅识则会不会去。

下班后，云厘回公寓提上行李。

桌面还放着那顶傅识则给的鸭舌帽，这几天她偶尔在休息室碰见傅识则，回去办公室后又不想特地再去找他一次，拉扯这么久，也一直没还回去。

说不定他也会去。

云厘把鸭舌帽收包里，等她下楼，徐青宋的车已经停在外面，车窗摇下来，驾驶位上是徐青宋，副驾驶上是傅正初。

云厘松了口气，刚打算拉开车门，车门便从内向外徐徐打开。云厘一低头，便望见傅识则的身影，他边上只有一个黑色的包，放置在车门那侧。

傅识则往里挪了一小段，将原先的位子让给她。

"……"

云厘故作镇定，弯腰钻了进去，座椅上还残余着他的温度，云厘把包放置在两人之间的空位上。

徐青宋侧过身和云厘打了个招呼，他今天穿着一件棉麻碎花衬衫，由米色和砖红色拼接而成，外面套着一件纯色西装款式的外套。

留意到云厘停留的目光，他也不避讳，问道："怎么了？"

云厘收回目光："感觉徐总你的衬衫都挺明亮的，很少见到人穿。"她不太擅长夸人，便含糊道，"都还蛮好看的。"

闻言，徐青宋笑了，吊儿郎当道："是吗，之前我觉得阿则的衣服太单调了，想送他几套，都被拒绝了。"

话题和傅识则有关，云厘探究的语气便变得不太自然："哦，为什么呀……"

徐青宋从后视镜看了眼傅识则，调侃道："不知道，可能嫌丑吧。"

作为议论的中心，傅识则本人并没有对此发表什么意见，只有在被提及的时候抬抬眼皮。

借此机会，云厘才看向他。他穿了白衬衫和浅灰色休闲裤，搭了件黑色呢子大衣。

开了两三公里路，车子到了附近的大型超市。

刚上电梯，云厘忙不迭说道："傅正初，我和你一起。"便扔下后面两人，直接拉了个推车给傅正初，两人直奔零食区。

望着琳琅满目的零食，傅正初丢了好几包大薯片到推车里，见徐青宋和傅识则有些距离，便凑到云厘边上："厘厘姐，今天我特地坐在副驾驶上！"

"……"

难怪傅识则今天坐在后座，正常情况下他都在副驾驶上帮徐青宋留意路况。

傅正初始终没有忘记自己助攻的使命："厘厘姐，我看你最新那期视频有个无人机，是送给小舅的吗？"

眼前的人双眸澄澈，是对朋友纯粹的关心，云厘不想撒谎，便直白道："对……"她顿了下，"但我不打算送了。"

傅正初没有很意外，口气轻松道："为什么呀厘厘姐，你们是吵架了吗？你好像都不怎么搭理小舅了。"

"没有……就是不送了。"云厘即刻否认，心事重重地盯着手里的巧克力棒。

傅正初明面上还在挑零食，实际上心急火燎。

他在群里约了几次，两人都拒绝了，上车后两人连招呼都没打，到超市了云厘也不肯和傅识则走一块儿。

纵使傅正初比较迟钝，也知道两人的情况不对劲。

云厘不是小孩子了，并不想这件事情闹大，小心问道："我看起来像不搭理他了吗？"

傅正初实诚道："像。"他加重了语气，"而且还挺明显的。"

"……"

傅正初："小舅是做了什么让你不开心的事情吗？"

云厘纠结了许久，对着傅正初说不出那些放弃的话。她垂着眼问道："你小舅有没有一个认识了很久，关系比较好的女生？"

傅正初震惊道："厘厘姐，你是担心小舅有别人了吗？"

"……"

这说得像她在抓"小三"一样。

"那是不可能的。"傅正初绞尽脑汁也没想出个人来，断定道，"和小舅认识了很久的异性都是亲戚，都有血缘关系的，小舅家教很好，不可能的，不可能的。"

傅正初一口咬定，云厘听着也心生困惑，嘀咕道："没有吗？"

"……"

回到车上，云厘的思绪还停留在和傅正初的对话中。

所以，之前说傅识则约人可能是个误会？云厘偷看了傅识则一眼，他低头在玩手机，微信上在和人聊天。

将近高速口，徐青宋提醒道："待会儿要上高速，系一下安全带。"

云厘的思路被打断，她摸索着右侧的织带，拉到腿侧的锁扣，傅识则垂眸看着她连扣了几次均以失败告终。

傅识则："我来。"

眼见要上高速，云厘也没拒绝："哦，好……"

傅识则松开自己的安全带，俯身靠近云厘，气息逼近的时候，云厘反复在心底默念《静心经》。

然而，当他真正用手接过织带时，触及的皮肤宛若有电流快速穿过。

云厘身体绷得直直的，傅识则低着头，蓬松的碎发随着汽车的颠簸摇曳，骨节分明的手捏着卡扣，与她穿着紧身牛仔裤的腿近在咫尺，又恰好留两分间隙。

他轻易地扣上了。傅识则慢慢地移回原位，将安全带扣好，闭上眼休息。

剩下这一路无事，云厘打开 E 站，近期评论涨得很快，云厘点开动态提醒往下刷。有连续几十条评论提示，除了中间的几条外，都是同一个人的评论。空白的头像，名字是 efe，评论的内容都是："好看。"

这人还给她刷了好多礼物，应该是有钱的新粉，云厘私信了对方，发送了句"谢谢"。

云厘几人到的时候，夏从声一行人已经待了有一小时了，除了夏从声和邓初琦之外，还有两个她们共同认识的男同事，分别叫陈任然和卢宇。

夏从声家里给这几人安排了幢自建的小别墅轰趴馆，里面有四间房，房间内有露天温泉，三个女生住到亲子房，其余人分两间房。

小别墅没有电梯，傅正初帮忙提行李到楼上，傅识则直接拎起云厘的手提包，走到楼梯口等她。

其余几人聊得火热，云厘和傅识则却像外来者，两人都没有说话。

上楼后，几人相互打招呼，傅识则把手提包递给云厘。

"谢谢……对了，这个帽子还给你。"云厘打开拉链，从里面搜出那顶黑色的鸭舌帽。

"不用。"傅识则没接，松了松右肩的背包，拉开给云厘看了一眼，里面放着另外一顶蓝色的，"我自己有。"

云厘不明所以："我也有……"

傅识则没说话，转身走回自己的房间，他和云厘所在的房间相邻，都在走廊尽头。徐青宋已经走到沙发处坐下，悠闲地刷着平板。

"你怎么没说还带了同事来。"云厘凑到邓初琦身边埋怨道。

她没忘记上回电话里邓初琦说的带俩单身同事，总觉得那俩人看她的眼神虎视眈眈。

"那我也没想到夏夏小舅会来，一开始夏夏说他不来的！"邓初琦也低声道，却没有隐瞒自己意图的意思，"原本我这俩同事还看得过眼吧，和他们仨舅甥一对比，也是有点不好意思了，但是人帅靠上天，人好靠后天。"

云厘挠了挠她："你私底下没和他们说什么吧？"

"呃……"邓初琦笑嘻嘻地讨好，"就说了你是单身的。"

云厘："……"

见她的表情逐渐凝重，邓初琦举起双手求饶："那咱们不能吊死在一棵树上呀，多接触别的男人，你可能就不那么在意和夏夏小舅的这件事了，你也不要因为我同事长得朴素嫌弃他们。"

知道她是好意，云厘叹了口气。

她不想承认，她心里暂时只能容下一个人。

一刻钟后，几人回到客厅会面。

小别墅的客厅以娱乐为主，客厅中央是个椭圆的透明灯，环着一圈大理石桌板，可以用来打桌游。客厅其余位置安放了台球桌、游戏机和小型 KTV 设备。

开了暖气，几人都只穿了件单衣。陈任然和卢宇坐在圆圈的一侧，接着是邓初琦、夏从声和傅正初，傅正初和陈任然之间隔了几个座位。

见到云厘，陈任然殷勤地拉开旁边的椅子，她当作没看见，径直坐到傅正初身边。

傅正初正全神贯注地玩着手机，云厘瞥见傅识则那熟悉的头像，基本也是傅正初说几句话傅识则才应一句。

坐下后她也没多问，反倒是傅正初将手机一收，动作显得有些慌乱。他眼神飘到楼梯的方向："我只是问下小舅什么时候下来。"

不知为什么，徐青宋和傅识则都还未下楼。

几人先拆了副 uno①，卢宇负责发牌，一旁的陈任然给云厘倒了杯橙汁，又麻利地将果切摆在她面前，示好之意毫不隐藏。

他的笑容只让云厘头皮发麻，甚至没有与对方进行眼神接触，云厘道了谢后将果盘推到邓初琦的位置。

云厘之前没玩过这个桌游，傅正初给她简单地讲了下规则。几人刚准备玩一局，云厘并不擅长，心下有些紧张，她往后靠了靠，抬眼看见傅识则从楼梯上走下来。

他罩着件宽松的松石绿印花衬衫，瓷白的肌肤嵌上漆黑如墨的眉眼。在衬衫的加成下，寡情倦怠的脸显得妖冶。

云厘心里只有一个字。

靠。

傅识则下楼后，坐在云厘的左手边，徐青宋相继坐在旁边。云厘觉得左边人的存在感太强，不由自主地往傅正初那边靠了靠。

傅正初："厘厘姐你怎么靠得这么近？"

云厘小声回道："跟你坐一起我心里踏实。"

夏从声见到傅识则后，一脸震惊："小舅舅，你今天也穿得太帅了吧。以前不知道青宋的衣服居然还挺适合你。"

云厘虽觉得合适，但也疑惑他怎么突然这样穿。

傅识则给了个合理的理由："没带换洗衣服。"

"我也觉得合适，"徐青宋笑道，"你们决定玩什么了吗？"

夏从声回道："我们刚拆了一副 uno。"

徐青宋："好。"

陈任然提议道："我们玩抢 0 吧，刺激一些。"

除了云厘以外的人看似都了解规则，纷纷答道："可以。"

"我没意见。"

见云厘蒙蒙的眼神，陈任然解释道："就是在有人出了'0'牌后，

---

① uno，一种纸牌桌游。

大家要迅速把手盖在牌上，最后一个盖上的人要摸两张牌。"

游戏进行得井然有序，云厘上手后发现还挺简单的，跟着她的上家出相同花色或相同数字的牌。

直到有人出了第一张"0"牌后，大家都迅速把手盖下，叠在一起。云厘没反应过来，意识到的时候已经要摸两张牌了。

摸了两次以后，云厘开始警惕起来了，一直关注着别人出的牌，直到第二轮游戏里有人出"0"，云厘机警地迅速盖手，其余人也纷纷盖下。

卢宇反应速度和云厘差不多，后她一步，手盖在她手上。这次傅识则是最后一个。

云厘在心里为自己极快的反应速度偷偷鼓掌。

再一次，云厘自己出的"0"牌，她迅速盖下手，傅识则紧随其后。直到分出最后一人之前，两人手心手背都靠在一起。

云厘能感觉到傅识则的手是虚放在她手背上的，尽管如此，接触到的部分也直让她心脏怦怦乱跳。她偷偷看向傅识则，却依旧是那淡如水的面色。

这局游戏后来的两次，傅识则都在云厘后边一个将手盖下。

云厘觉得心脏有些承受不住，这一局游戏结束后，她便想说自己不玩了。

没等她开口，傅识则说道："换个游戏。"

云厘怔怔地看着他。

在场关系好的几人都尊重他的提议，直接同意了。

陈任然玩得不尽兴，问道："为什么啊？大家这不是玩得好好的。"

傅识则单手托着腮，语气随意："习惯记牌，赢得太快，没有游戏体验。"

陈任然："……"

其余人："……"

陈任然："那既然不玩 uno 了，玩些什么好？"

邓初琦提议道："那玩抽大小吧，抽到最大的牌的人可以问在场任意人一个问题。"大家纷纷表示没问题。

"对了，"陈任然说道，"既然玩这个，还是喝点酒尽兴。我带了两瓶酒来，我去拿过来。"

陈任然拿过酒来后，递了一瓶给卢宇，然后给坐在他这一边的人都倒上。

到傅识则的位置时，他开口道："我不用，谢谢。"

云厘听到他的拒绝，还有些意外，在她的印象中，傅识则和酒几乎是绑在一起的。

游戏开始，大家抽了牌后纷纷亮出来。云厘摸到的牌不太大，暗自松了口气。她不想问人，也不想被问。

陈任然看了牌后，叫喊道："我肯定最大！"随后他把牌亮出来。

黑桃 K。

确实没有更大的了。

夏从声："那你挑个人问。"

陈任然目的性很明确，对着云厘说道："在场有你有好感的对象吗？"

一下子，所有人都看向云厘。

云厘耐不住众人的视线，回答道："没有。"

陈任然紧接着问道："那如果硬让你选一个呢？"

云厘："……"

夏从声打断道："不行哦，只能问一个。"

陈任然摊手："好吧。"

接下来其余人陆陆续续也摸到最大的，但问的问题普遍是一些以前的糗事。

直到卢宇摸到了最大的，他想帮陈任然一手，思考了一会儿，问云厘道："你觉得在场的人谁最帅？"

陈任然："……"

他倍感无语，私底下踩了卢宇一脚。

云厘没想到他们俩会穷追不舍，无力地挣扎了会儿，将视线锁定在傅正初身上："傅正初。"

傅正初睁大眼睛，不太好意思道："真的吗？"

云厘忽然觉得对不起他："当然了。"

回答完问题，云厘心中的大石落地，想拿起饮料喝一口，原先的橙汁却已见了底。她看着旁边刚倒的那杯酒，有些犹豫。

忽然，视线中多出一只手。傅识则将她的酒挪走，把自己没喝过的橙汁放到她面前。

而后，他将那杯酒一饮而尽："你们先玩。我去抽根烟。"

傅识则走后，云厘也玩得心不在焉。她看着面前的橙汁，觉得大脑一片空白。

邓初琦注意到她的异常，打圆场道："已经这么晚了，要不我们先休息一下？"

夏从声附和道："确实，而且房间里有温泉，大家早点回去放松一下吧。"

一行人便散了场。

夏从声要先去找她父母。云厘回到房间后，先到阳台给露天温泉池加水。气温低，水淌到池里冒着腾腾热气。

邓初琦在镜子前卸妆，感慨道："今天这高岭之花穿上花衬衫，乍一看居然还像个公子爷，之前还以为只有徐青宋有这气质。"

云厘搬了张椅子坐在她旁边，也跟着卸妆。

见她心事重重的模样，邓初琦轻推了下她："欸，不会他换个衣服你又着迷得不行吧？"

"我哪是那么见色起意的人。"云厘瞅她一眼，抱着浴衣往阳台走。

两人脱了衣物进到池子里。

身体迅速被温热充盈，云厘舀了水淋到肩上，弥漫的雾气似乎打在隔挡的木板上，让云厘的思路有些飘忽。

她靠近邓初琦，小声道："之前我不是和你说，他打算和一个认识很多年的女生约会。"

邓初琦："是这样没错……"

云厘仰头靠着池子边缘的大理石，迷茫道："但我问傅正初，他说认识久的都有血缘关系……"

没太理解她的意思，邓初琦想了半天："夏夏小舅好这口吗？"

"……"

也不知道邓初琦在瞎想什么，云厘否认："不是这个意思。"她不太自信地问，"就是，你说我会不会误会他？"

邓初琦拿了块毛巾垫在自己身后，避免接触到池子边缘冷的地方，她不认同道："即便这是误会，但他一直拒绝你这是事实。"

"厘厘，我那个同事就很喜欢你，你要知道自己是很受欢迎的人。"

云厘："别提你那同事了……"

邓初琦："要不你直接问他？你总猜来猜去，难受的是自己。"

云厘把枕巾覆在眼睛上："都被拒绝那么多次了，我哪还敢问。"她喃喃，"不是自取其辱吗？"

浸泡在温热的水中，毛孔受热舒张，云厘全身放松，也短暂地遗忘了近一个月的烦心事。

眼前浮现出傅识则的影子，云厘回过神。她双手撑着大理石边缘，往上一用力，坐到了池子边上，伸手拿边上的毛巾。一到外头冷气逼人，咚的一声，云厘又进到池子里。

邓初琦不怀好意地盯着她："厘厘你这几年身材……"

话未说完，木板上突然咚咚的两声。

"……"

两人陷入沉默。

邓初琦："你刚才有听到声音吗？"

云厘："……"

两人默契地直接爬出温泉池，穿上浴衣冲回房间里，将阳台窗户紧紧地阖上。

云厘觉得毛骨悚然："我们隔壁是……"

邓初琦："我去……"

徐青宋回房间的时候，傅识则正趴在池子边缘玩手机，见他心情不佳，徐青宋好笑地舀了水直接淋他头上。

"你得戒一下烟，这才玩到一半。"

傅识则用毛巾擦擦眼睛处的水，不吱声，挪到边上继续玩手机。

过了一阵，他问道："以前不是都说我比傅正初好看吗？"

"……"

"原来是这样啊。"徐青宋瞬时明白他忽然离场的原因，他若有所指地问道，"什么时候你也这么在乎别人的看法了？"

"……"

见他不吱声，徐青宋也配合地没多问。他脱了衣服泡在温泉池里，疲惫了一天，没两分钟他就有些困意。隔壁房间放水的时候，隔着一块木板，什么声音都听得一清二楚。

两人的宁静被突然闯入的聊天声打破。是云厘和邓初琦的声音。

傅识则偏了下头，往声音来源方向挪去，敲了敲木板。

随即是云厘和邓初琦离开水池逃回房间里的声音。

徐青宋清醒了，倚在池边，好整以暇地盯着傅识则。

云厘和邓初琦没有指名道姓，徐青宋听得不太认真，但大概也能猜到是什么事情，他弯弯唇角，没多问。

见他像碰到什么趣事般，傅识则睨他一眼，声音略带谴责："我之前问你餐厅的事情……"

徐青宋刚才没想到这个问题，愣了下："小何告诉云厘了？"

他撩了撩水，笑道："不是刚好替你挡一挡桃花吗？"

傅识则闭闭眼，没再搭理他。

心里却在想今天傅正初和他说的事情，以及刚才云厘和邓初琦的对话，才明白他陪床回来后云厘疏远他的原因。

真是荒唐的误会。

…………

回到房间后，云厘整个人处于崩溃的状态。

她绝望地擦着湿漉漉的头发，邓初琦安慰道："你别想那么多，可能什么都没听到，就算真听到了，也没事……"

真没听到就不会敲木板提醒她们了。

云厘懊恼地垂下头："杀了我吧。"

安慰了云厘一会儿，邓初琦说陈任然喊她们一块儿下去打麻将，云厘极度自闭地窝在床上盯着手机，丧气道："我不去了。"

翌日，云厘八点钟起床，打算喊夏从声和邓初琦去吃早饭。两人昨晚玩到凌晨一两点才回来，喝了不少酒，此刻在床上睡得正酣。

云厘只好自己出门。阖上门没多久，她听到后头的关门声，转身一看，傅识则从房间里走出来。

傅识则："去吃早饭？"

云厘："嗯……"

傅识则："一块儿。"

餐厅在另一幢楼，自助服务的早餐只简易地备了吐司机和煎蛋器，其余便是几个保温盘里装着些中式早点。

"要吐司吗？"傅识则站在她身旁，云厘点点头，他拿过她手里的夹子，夹了两片吐司到吐司机里。

云厘还在旁边等，傅识则撇头看了她一眼，道："先去位子上。"

将早餐放在桌上，云厘坐下，屁股还没坐热，陈任然和卢宇端着餐盘从另一张桌子转移到云厘这一桌，问："我们可以坐这儿吗？"

云厘点点头："傅识则在那边等吐司……"

她抬头盯着那个背影，他在那边等了一会儿，将烤好的吐司转移到盘里。

陈任然试探道："哦，你们是暧昧期吗？"

云厘瞬间噎住，连忙摇头："没有……"

这个回答让陈任然觉得自己仍有希望，他把盘子摆到云厘对面，见她餐盘上没什么东西，便问："你没拿喝的？我去给你拿，你想要喝什么？"

云厘还没拒绝，傅识则已经端着餐盘回来，他坐到云厘隔壁，替她回答："不用，我拿了。"

坐下后，傅识则从自己的盘里夹了两片吐司到她盘里，还另外给她夹了个荷包蛋。

傅识则将牛奶盒上的吸管塑封拆开，用吸管戳破封口的铝箔纸后才递给云厘。

牛奶是温的。

他淡淡道："拿开水泡了会儿，耽误了点时间。"

他自己的早餐只有两片吐司和一杯美式。

陈任然看着两人的亲密举动，想想云厘刚才的否认，表情有些古怪。

早餐的全过程几人只聊了几句话，吃完饭后，走到外头云厘才发现自己的小包落在位子上，傅识则让她在原处等一下，自己转身回了餐厅。

从昨天开始，陈任然就觉得云厘被傅识则护得密不透风，虽然邓初琦反复和他强调两人没有情感上的瓜葛，他却忍不住怀疑。

趁此机会，他再次问云厘："你和从声小舅真的不是在暧昧期吗？或者你们已经在谈恋爱了？"

云厘摇了摇头。

陈任然心里有些不舒服，也不顾卢宇在场，坦诚道："云厘，其实我对你是有好感的。如果你没有发展的意愿可以直言，不用找从声小舅帮忙让我知难而退。"

这几句话让云厘有点蒙，她木愣道："什么？"

"你和从声小舅看起来并不是普通朋友，如果你和他在我面前表现得暧昧是为了拒绝我，那实在是没有这个必要。"

云厘已经放弃追求傅识则有一段时间了，不清楚是不是自己和傅识则相处的过程中还残留她自己意识不到的余念，导致陈任然会有这样的想法。顿了会儿，她问道："为什么说我们不是普通朋友？"

陈任然越发觉得云厘想要掩饰自己的意图，气笑了："哪有普通朋友这么相处的。"

傅识则恰好回来，他并不清楚两人的聊天主题，低头和云厘道："走吧。"

昨晚因为泡温泉的事情辗转难眠，这会儿又赶上陈任然说的话，云厘满腹心事。

傅识则看了她一眼："在想什么？"

云厘一怔，随口道："在想普通朋友应该怎么处……"

这句话在傅识则听来却有别的含义。他没吭声，给云厘指了个方向："今晚平安夜，那边装了灯饰。"

树上隐约有些灯条和圣诞装饰，傅识则停顿了会儿，继续道："九点后会开灯。"

云厘神不守舍地点了点头。

邓初琦和夏从声一觉睡到了下午，云厘干脆也没出门。等她们醒来后云厘才知道昨天深夜傅正初也喝多了。

几人清醒后又商议今晚到楼下打牌，云厘不太能融入这种酒局，与陈任然的相处似乎也不太愉快，便推托自己今晚要剪视频。

邓初琦估计从陈任然那边听到了些什么，也没有勉强。

在房间里窝到十点钟，云厘闲得发霉。楼下时不时传来几人的欢笑声，她也无法提前入睡，想起傅识则今天说的话，云厘起身换了衣服，背起相机。

看了下外面只有一摄氏度，云厘将暖手球灌上开水，用绒布裹好后两手捂着出了门。

在门口能听到傅识则房间传出的古典音乐声。

不确定是谁在。

云厘下楼，几个人在打牌聊天，傅识则和徐青宋都不在。避开陈任然的视线，云厘打了声招呼，以拍别墅外景为借口出了门。时间不长，她拒绝了傅正初陪同的提议。

出门后，云厘往白天傅识则所说的方向走。

灯饰在餐厅附近，离他们所住的小别墅有几百米。靠近树林时，云厘已经看见若隐若现的暖黄色灯条，蜿蜒盘旋在树梢上。

更远处能看见天穹灰蓝一片，云层似染料点缀。她打开相机，远远地拍了张照。云厘拢了拢外套，捂着暖手球靠近。

粗壮的树枝上悬挂着一个吊床，离地面大概半米。云厘往前走，吊床轻微地动了动。

她顿住脚步。

吊床上躺着的人亮了下手机屏，又放到边上。时间虽然短暂，云厘也能认出那是傅识则。她犹豫了会儿，慢慢走近。

他蜷在吊床上睡觉，边上放着瓶酒和一只玻璃杯，瓶里的酒只剩一半。这么低的温度，他穿得并不多，唇色发白。

心里有些难受。

云厘蹲下靠近，杵了杵他的肩膀。

傅识则睁开眼睛看向她，眼神惺忪，他坐起身，轻声道："你来了。"

你来了？听起来仿若两人提前约好今晚要见面。

雪永远不停，情动也永远不变。

第九章
从来没有别人

外界气温极低，云厘感觉树干上已经结霜。傅识则这会儿抬头看她，双目澄净，和平日里的神态不同，眼角失掉了锋利，反而像少年一般。

他垂眸看身边的空处，轻声道：“坐一会儿。”

云厘站在原处没动。

片刻，她开口：“你喝多了。”

云厘把暖手球递给他，傅识则盯着看了好一会儿，伸手接过，原本已经冷到失去知觉的手稍微有了点感觉，他坚持：“坐一会儿。”

不想和酒鬼掰扯，云厘无奈地坐在他旁边。吊床在重力的作用下呈倒三角，两人的距离被迫拉近。

傅识则低眸，拉过她的手腕，将暖手球放回她手心。掌心的暖意和手腕处的寒凉形成巨大反差，云厘的注意力却全部集中在那冰凉的触感上。

傅识则没有松手。他将云厘的另一只手拉过，覆在暖手球上。

时间像定格在这一画面，她看见七年前初次见到的少年望向她。

他慢慢地靠近，唇贴在她的右耳边。

“你不追我了吗？”

风停歇了，只有灯束偶尔闪烁。云厘屏住呼吸，不可置信地盯着傅识则。

不是因为他说的话，而是他的语气。带着点心甘情愿的示弱，又有些撒娇似的委屈。

云厘僵着身体目视前方，丝毫不敢与他有眼神接触，不自觉地捏紧了暖手球。

“……”

见她没回答，傅识则又督促似的轻呢了声：“嗯？”

云厘的脑袋已经一片空白。

扑在右耳上的气息带有不具攻击性的侵略，似乎是将这一夜所有的温度倾注在这几次呼吸中。

她不觉产生了错觉，他看似落魄落寞的狼狗，摇尾乞怜。云厘所有的心理防线瞬间被攻破。

她不受控地回答："没……"

话刚落下，云厘便想给自己来一锤子。

啊啊啊啊啊啊啊啊，她回答了什么啊！！！

旁边的人听到她的回答后，不语，轻轻松开云厘的手腕。原先贴脸的距离骤然拉开，人体热源远离。

云厘还未从口不从心的震惊和懊恼中缓过来，这会儿就在怀疑是不是自己的回答不妥，抬眼看他。

"怎么了吗？"

傅识则不自然地撇开目光，神色晦暗不明："可能是有些紧张。"

"……"

云厘失了分寸，却也意识到，在傅识则面前她完全没有抵抗之力。她认命地低下头，小声问："你为什么问我这个……"

傅识则没应声，并未远离的手将她的手腕握在掌心，拇指指腹在她的手腕处摩挲。他眼睑下垂，挡住半分眸色："还不明白？"

他的触碰自然，就像他们关系本应如此亲密。指尖的皮肤细腻，纵然冰凉，也挠得她心间发痒。

傅识则没再说话，等着眼前的人进行内心的自我挣扎。

心如小鹿乱撞后，云厘陷入极大的茫然。

重新萌生的可能性让她心底深处涌出千丝万缕的希望，但她也无法忘记放弃时刻的心痛以及一次次被拒绝后她隐藏起来的难熬。继续逐梦的背面，是她的苟延残喘。

可这是她心心念念的人。

她怕她的退缩，掐灭了烛火最后的摇曳的火光，带来他永久的远离。

云厘艰难开口："那他们说你打算约的人……"

没有半分犹豫，傅识则说道："是你。"

云厘愣住。

傅识则："想约的人是你。"

语气平静而笃定。

一直是你。

从来没有别人。

"哐啷。"

清脆的响声，是傅识则碰到了玻璃杯，杯身磕到了酒瓶。云厘处于情绪高度波动的阶段，在这声音的提醒下像揪紧救命稻草般匆匆说道："你喝醉了。"

傅识则瞥她一眼："我没有。"

云厘不由自主地坚持："不对不对，你喝醉了。"

"……"

"行。"傅识则失笑，没继续反驳，往后靠着，看着她，"那等我酒醒。"

云厘看着他上扬的唇角，觉得离奇，这是她第一次见到他的笑。

她无法忽视，他眉眼间无以名之的情愫。

男人倚着吊床，后脑直接靠着绳索，并不害怕它的晃动，耐心而又平静地看着她。

云厘难以承受此刻心脏临近爆炸的状态，她把暖手球直接塞到傅识则怀里，忙乱起身："我要回去了，你也回去可以吗？"

傅识则："嗯。"

他刚要起身，云厘又说道："你能晚一两分钟吗？因为我出来的时候是一个人。"

"……"

傅识则又躺回去，面无表情地"嗯"了声。

云厘走了没几步，又转身折回。

从她离去时，傅识则的视线一直停留在她身上，两人目光交会，云厘不确定地问："等你酒醒了，今晚说的话还算数吗？"话里带着不自信的谨小慎微。

傅识则简明扼要："算数。"

云厘抿了抿唇："那你剩下这半瓶先别喝了。"

就能早点醒过来。

傅识则用鼻音轻"嗯"了声。

云厘觉得不放心："我给你带走。"

"……"

往回走的路上，凛冽的风让云厘找回些理智。脑中深藏的想法在今晚得到了印证——那些她怀疑过的细节，可能都不是错觉。

他今天穿的打底毛衣是纯黑色的，昨天未曾见到。他并非没有换洗衣物。只是因为她觉得好看，他才尝试不曾尝试的事物。

他是穿给她看的。

在这段感情中，云厘处于弱势的一方，卑微得不敢揣测他所有行为背后的动机。

他刚才说的话……算是承认了吗？

云厘克制不住地弯起唇角，心里像打翻了一罐蜜糖。她拢紧外套，接近屋子时，她往回看，傅识则离她一百米远，也停下脚步。

云厘插兜磨蹭了会儿，忍不住走过去："要不……我们还是一起走吧，被问了就说在路上遇到的就好了。"

傅识则点点头，跟在她身侧。

在别墅门口便听见里面的叫嚷声，云厘开门进去，陈任然脖子以上都红成一片，估计喝了不少酒。几人见到他们俩后不约而同地收了声音。

云厘朝他们打了个招呼，傅正初拦下了傅识则，犹豫一会儿，云厘没跟着，上楼后将酒瓶放在傅识则房间门口。房间里头还在放着音乐。

进了房间，云厘背靠着门，等了好一会儿，听到隔壁的关门声。

他也回了。

躲在门后的她好似看见他徐徐走来的身影，幻想的场景都足以让她心跳加速。仅仅是刚才的半个小时，云厘过去两周的郁郁不安都瞬间消逝。

云厘未曾想过，这段连她自己都不看好的角逐，最终也可能得偿所愿。在深海上漂荡了个把月的帆船，最终也看见了岸边的礁石。

她奔到床边，呈"大"字形直接倒下，心里仍觉得不敢相信。

…………

傅识则盯着云厘的房门，静待了会儿，才刷门卡回了房间。

房间内光线柔和，书桌上的木质音响传出 20 世纪的民谣音乐。徐青宋靠着飘窗，手里翻着一本老旧的英文原著，纸张泛黄。

傅识则将酒瓶和酒杯随手放在入门的置物处，徐青宋瞟了眼，酒喝了没到一半，比平时收敛多了。

没看两行文字，他又抬头，一年多没见过傅识则如此放松的神态。

徐青宋将目光移回书上，笑道："干吗去了？"

傅识则窝到沙发上，刷着手机："告白。"

徐青宋以为自己听错了，翻页的动作顿了下，侧了侧头，问："告白？"

徐青宋想了想："云厘？"

傅识则没否认。

"我也是才想明白，昨晚怎么就硬要穿我的衣服了。"

更早的时候徐青宋就发现了端倪，只是用合情合理的原因否认掉了这种可能性。他又笑着问："我是不是耽误你俩的事儿了？"

傅识则低头想了会儿，才淡道："这样挺好。"

徐青宋："……"

她不找他。如果他想见她，必须自己主动。

傅识则一直觉得自己是个不会主动的人。原来他是会的。

傅识则没再多言，徐青宋望向他手心捧着的毛绒圆球："那手里的是定情信物？"

傅识则"嗯"了声。

将书一收，徐青宋起身，好奇道："看看？"

傅识则瞥他一眼，没理，把暖手球往腹部那边藏了藏。

见他无意分享，徐青宋也不多问，给他转了两张动物园的门票："明儿个圣诞节，你可以带她去动物园玩玩。"

傅识则没拒绝。

徐青宋不忘叮嘱："准备个小礼物。"

傅识则"嗯"了声。

他打开和云厘的聊天界面，上次的聊天记录已经是两个多星期前的，他输入：明天去动物园吗？直接发送。

"上次和你说的摩天餐厅，我打过电话了，到时候我这边买单。"

徐青宋做事本来就比较随心，昨晚听说何佳梦把傅识则约会的消息泄露了，散漫自由的人也破天荒地心生内疚。

"嗯，知道了。"傅识则心不在焉，低头看云厘的回复。

刚才发出的信息框前是个红色的感叹号，傅识则往下看：

> clouds 开启了朋友验证，你还不是他（她）朋友。请先发
> 送朋友验证请求，对方验证通过后，才能聊天。

…………

傅识则没反应过来，一阵错愕。

他被删了？

生平第一次被人删好友，他眨了两下眼睛，将这句话从头到尾再看了一遍，确定自己没有理解错。

徐青宋见傅识则冷漠的面具出现裂痕，像木偶般在沙发上发了会儿呆。

片刻，徐青宋听见傅识则无奈地笑了声，在手机上点了几下，给云厘打了电话。

傅识则："是我。"

云厘紧张道："怎么了？"

傅识则这次不带疑问："明天去动物园。"

过了好一会儿，云厘才结巴道："哦……哦，是要一起去吗？"

傅识则："嗯。"

云厘："好。"

两人没有再聊其他的东西，云厘轻声道："早点休息，晚安。"

傅识则垂眸："早点休息。"

傅识则挂掉电话的时候，徐青宋站在不远处，手中持着透明茶壶，慢慢地给自己倒了杯热茶，脸上挂着莫名的笑。

傅识则不理解："怎么？"

徐青宋挑挑眉，语气玩味："駒得慌，喝口茶解解腻。"

"……"

接完傅识则的电话，云厘心神未定，微信上又有人给她连发了好几条信息。

> 傅正初：厘厘姐，刚才桌上不太愉快，琦琦姐那个同事有
> 些不高兴，他们都喝多了。
> 傅正初：他们在说你们吃早饭的事情。
> 傅正初：说你和小舅一点关系都没有……
> 傅正初：我姐也在帮琦琦姐说话，我插不上话，哭。
> 云厘：……
> 云厘：没事儿。

这是邓初琦第一次给她牵红绳，似乎也没把她的拒绝放在心里，云厘略感不适。而且陈仨然讲话强势，她也不想再去应对。

云厘转头给邓初琦发了信息：七七，我和你那同事不合适。你私底下和他说一下可以吗？

点到为止。

他们这几天应该是在庆祝邓初琦摆脱社畜的身份重获自由，云厘不想扫她的兴。

戴上耳机，云厘回想着刚才傅识则的邀约，脸又不自觉地通红。她把脸埋进枕头，突然想起一件事——

她，删，了，他。

云厘以迅雷不及掩耳之势从床上跳起来，手忙脚乱地打开手机四处

搜索，都没有找到添加他微信的方法，兵荒马乱之际她才想起刚才傅识则的未接来电。

将这个号码复制到微信的好友添加栏。还是那个熟悉的头像，昵称是一个大写的 F。

添加后，无须验证，两人重新成为好友。

盯着这个界面，云厘有种九死一生的侥幸感。以防万一，云厘试探性地发了条信息：

> 明天几点？
> 傅识则：你定。
> 云厘：那我们一起吃早饭吗？
> 傅识则：嗯。

见到对方毫无异常的回信，云厘如释重负。

有人敲门，还趴在床上发呆的云厘回过神，不自觉地猜测那是傅识则。她站起来，对着梳妆台整理了下着装和发型。

打开门，是陈任然，他拿着果盘，面色是酒喝多了后的涨红。

"今天是平安夜，我给你送些苹果。我们在楼下玩了很久了，你现在拍完照了，要不要也下来玩？"陈任然态度温和，与早上分别时截然不同。

"不了。"云厘慢吞吞道，"谢谢你。很晚了，我想早点休息。"

陈任然似乎也做好了被拒绝的准备，没有因此产生负面情绪，将果盘往她的方向递了点："那也挺好的，你作息挺健康的，我应该和你学习。你拿回去吃一点？"

云厘摇了摇头："我刷过牙了，谢谢。你带下楼和大家分了吧。"

云厘想和他划清界限，但她并不擅长解释，想了会儿，才说："我想和你说件事……"

陈任然打断她："我刚好也想和你说件事，这种事情还是让男生主动。"

云厘："……"

他露出个不好意思的笑容："我想和你道歉，今天上午是我语气不好。可能是因为对你有好感吧，所以比较敏感，从声的小舅稍微多照顾你一下，我就想得比较多。"

云厣："……"

云厣想说的并不是这件事，这时候只能接过他的话茬："没关系的，我想说的是……"

陈任然用确定的口吻说："所以你们真的没在暧昧对吧？"

云厣："……"

今晚的事情发生后，云厣觉得自己和傅识则已经不再是这个阶段了。她回答道："没有。我们……"

话未说完，隔壁的房门突然打开。

傅识则穿着方才见到的黑色毛衣，徐青宋套着一件湖水蓝毛衣，含笑靠在入门的置物架边上。

这开门的时机让云厣一阵心虚。

傅识则和陈任然点了点头，看向云厣："看电影吗？"

刚才拒绝了陈任然，当事人还在这里。

云厣本不想驳了他的颜面，但对上傅识则的目光后，她有种被现场抓包的罪恶感，便不假思索地点了点头。

傅识则身体往后侧："过来。"

徐青宋双手环胸看着门后呆滞的陈任然，于心不忍道："果盘可以留下吗？"

"……"

陈任然沉着脸把果盘递给他，徐青宋客气道："谢谢。"

两人的房间整洁明亮，被子规整地铺盖在床上，房间里没有其余私人物品，桌上摆放着书、音响和玻璃茶壶。

徐青宋自如道："坐沙发上吧。"

他将原先的茶包换成花果茶，加了两颗冰糖，室内瞬间弥漫着花的清香。

云厘坐到沙发的一角上。傅识则拿了两个新的透明茶杯放到桌上，徐青宋慢悠悠地给两个杯子倒上玫瑰红的果茶，等了片刻，待温度适当了才将杯子推到她面前。

"尝尝。"

云厘道了声谢，花果茶还有些烫舌，她小啜了一口，入口酸酸甜甜。

招待好客人了，徐青宋自觉起身："要不我出去一趟？"

这会儿云厘才发现他湖水蓝的毛衣下搭着条白色西裤。云厘看过不少时尚博主的穿搭，但能像他这样恰如其分地展现出温柔与矜贵的也属实少见。

"不用的。"云厘连忙道。

云厘不想徐青宋因为她的到来而回避，他应该属于傅识则比较要好的朋友，她也试图与他的朋友相处。

听她这么说，徐青宋落落大方地坐到傅识则旁边。没有云厘想象的尴尬，徐青宋拿出平板，里面存放了不少纪录片，他问了云厘的意见后挑了部制作面包的纪录片。

房间里有投影仪，徐青宋直接将纪录片投到墙上。三人安静地坐在沙发上。

放了十几分钟，徐青宋将果盘往傅识则的方向推了推，他低头看了眼，不动声色地推到云厘面前。

云厘用果叉戳了一个，傅识则将果盘推回给徐青宋，徐青宋也戳了一个。

房间关了灯，只有放大的画面清晰地在墙上放映。云厘不在状态，注意力几乎没有在纪录片上。

她用余光偷看旁边的两个人，傅识则目色清明，全无醉意，徐青宋的右腿屈起来，整个人懒散地靠着沙发。两人都看得格外认真。

云厘不想败了他们的兴致。

强撑了半个小时，困意多次袭来，云厘努力睁眼，只看见荧幕上揉好的面团反复砸到案板上，一声声像催眠曲一般。

傅识则偏头看着云厘。

徐青宋瞟到这个场景，支着脸，笑意谐谑。也不过一瞬，他将目光投回荧幕："有点晚了，下次再看吧。"

云厘困得厉害，没坚持继续看。腿压到硬邦邦的暖手球，云厘起身，拿着暖手球："那我回去了，我把这个带回去？"

徐青宋没忍住笑了声。

傅识则："……"

这笑声让云厘有顾虑地看了手里的东西一眼，这确实是她自己买的暖手球。也不清楚发生了什么，云厘和他们俩道了晚安便回了自己的房间。

已经十二点出头了。

她洗漱结束后没过多久，邓初琦和夏从声也回了房间。趁夏从声洗澡，邓初琦将云厘拉到小角落。

她语气震惊："刚才陈任然和我说，夏夏小舅邀请你到房间看电影？你还去了？"

"徐青宋也在的，不是独处一室。"云厘连忙解释。

"我就说，夏夏小舅也不至于那么流氓吧。"邓初琦明显松了口气。

云厘迟疑了会儿，说道："我想和你说件事。"

邓初琦："是关于陈任然的吗？"

"是的，谢谢你的好意。"云厘直白道，"但我不打算和陈任然发展，我刚才没找到机会和他说清楚。麻烦你帮我说一声。"

邓初琦："你和夏夏小舅回来的时候我就该猜到了，好心做了坏事，等明天他酒醒了，我再和他说清楚。"说完，她话锋一转，"你和夏夏小舅今晚发生什么了？"

云厘三言两语交代了今晚发生的事情。

"我去！"邓初琦惊讶得嘴都合不拢，怕被夏从声听到，她压低声音道，"他摸了你的⊖？"

云厘："嗯……"

邓初琦："牛啊，这个流氓。"

云厘脸颊泛红，忍不住道："也蛮好的……"

邓初琦："……"

邓初琦："这夏夏小舅看起来冷冰冰的，没想到段位这么高。"

云厘为他解释："可能就是他没忍住……"

邓初琦打趣道："这么护着他，孩子名字都想好了？"

云厘笑道："都想了俩了。"

隔了会儿，云厘又不确定地问："你觉得他喜欢我吗？"

邓初琦白了她一眼："按照你这描述，还能是别的？"

云厘垂下眼眸："他今晚喝了酒，但我刚才看他，好像也蛮清醒的。"

邓初琦："这种事情还是酒醒了说清楚好点。不过你不生气吗？"

云厘愣了下："不啊，那就是个误会。"

邓初琦："我指的是你追了那么久他一直没给回应。"

云厘已经彻底忘了这件事："我本来还想着要追个一年半载的，所以到现在我都还觉得自己在做梦。"

她舔了舔唇，说道："感觉提前实现了小目标，还挺开心的。但我现在有点担心他明天说一句'对不起我昨晚喝醉了'。"

云厘自说自话："我今晚应该录下来的，这样他就不能抵赖了。"

邓初琦："……"

怀着七分欣忭三分担忧入睡，云厘做了个梦，是在 EAW 的休息室，傅识则坐在沙发上，神情冷漠，云厘试图开口，他直接打断了她——对不起，我昨晚喝醉了。

破晓之时云厘从梦中醒来，屋内昏暗，能听到邓初琦和夏从声均匀的呼吸声。瞟了眼手机，才五点半出头。云厘打开和傅识则的聊天窗，还是昨晚的对话。

她心里安定下来。

昨晚开着暖气入睡，喉咙干渴，云厘在床上睁了会儿眼，轻悄悄地到洗手间洗漱。

云厘轻轻带上了房门。

楼道一片漆黑，她拿着手机悄声下楼，刚走到一楼，便看到沙发处坐着个人影。

梦中的场景再度袭来。云厘停住脚步，不敢向前。

傅识则在她走到拐角时已经注意到，见她顿足，他倚着沙发，声音暗哑："厘厘。"

冷然的嗓音中夹了点偷溜进去的柔和，这声呼唤消除了云厘从梦境中醒来时的顾虑，她走到距他一米远的地方坐下。

灰暗中勉强看清他的五官，他的气质却不受光线的影响。

云厘目光停在他脸上，轻声道："再喊一声。"

傅识则："嗯？"

云厘重复："再喊一声。"

傅识则侧头看妅，眉眼一松，继续低声唤道："厘厘。"

寂静无声的客厅里只余他清浅的声音。

云厘忍住扑上去抱住他的冲动，心满意足地问道："你刚睡醒吗？"

傅识则思索了会儿，意有所指："酒醒了。"

领会到他的意思，云厘不受控制地弯起唇。

傅识则："过来点儿。"

云厘动了动，挪到他身旁，感受到自己的腿轻贴到他的腿侧，隐约有些温暖。

他的声音听起来有些疲倦："陪我待一会儿。"

"我想先去倒杯水……"云厘自觉有点煞风景。

"我去倒。"傅识则没在意，起身到厨房，云厘听到了烧水的声音，过了几分钟，他坐回原先的位置，将温水递给她。

云厘喝了口水，见傅识则一直看着自己，明知这光线他肯定看不清楚，她却依旧差点呛到。她窘迫地将杯子放回桌上。

屋里开着暖气，云厘觉得闷热，将外套脱下。傅识则听见昏暗中她脱衣时窸窸窣窣的声音，视野中看不清反而助长了想象。

他不自然地拿起刚才她那杯水喝了一口。

云厘提醒："那杯水是我的，你拿错杯子了。"

傅识则"嗯"了声，起身到厨房给自己倒了杯冷水。厨房没开暖气，低温让他仅存的思绪清晰了点。

但还是好困。

傅识则将杯子放回云厘面前，在黑暗中没待多久，迷迷糊糊地，傅识则直接宕机进入睡眠状态。

云厘感受到肩膀上的重量时，傅识则已经睡着了，离他把杯子放下只过了一两分钟。

一时之间云厘也不敢轻举妄动。她全部的注意力都在身边的人身上，总觉得不可思议——这是她觊觎了那么久的人。

云厘想起他向来疲倦的双眸，昨晚他可能又失眠了。

睡不着，也不敢玩手机，云厘只好坐在沙发上发呆。

这一觉傅识则睡了将近两个小时，刺眼的日光都没把他晃醒，苏醒前，他皱了皱眉，缓缓睁开眼睛。

留意到他的动静，云厘偏头，恰好傅识则也抬头，动作却受阻，额头贴到她的脸颊上。

"……"

第一次在光天化日下如此近距离地接触，傅识则身形一顿，然后慢慢地坐直身体。

他话里带着睡意："几点了？"

云厘看了眼手机："八点。"

"吃早饭？"他侧头，云厘现在才有机会仔细看他，他穿着浅蓝的丝绸睡衣，眼角耷拉着，困倦的模样看起来有些颓唐。

云厘点点头，站起身，两个小时没动，她的四肢僵硬得不像自己的。

回房间后，云厘拿上化妆包到公用的洗手间，花了半个多小时化好妆后，她戴上绿珠宝耳饰，盯着镜子中的自己，眼中的殷切与期待是她未曾想过的。

换了件高领毛衣，下楼前，云厘想了想，还是带上了围巾。

傅识则已经在门口处等待，两人刚到外头，他的视线下移，停在她手上的围巾上。

这视线让云厘红了耳尖。

她上前一步，手抬起围巾，动作做了一半。傅识则没动，安静地看着她。片刻的沉寂后，云厘突然就㞞了，准备给自己围上。

傅识则："……"

傅识则："我有点冷。"

云厘的手顿住，木讷地移向傅识则，他配合地俯身靠近她，等待着云厘一圈一圈地给他围上。

她将脸埋进毛衣领子里："可以了。"

刚到餐厅门口，云厘便一连接到云野打的几个视频电话，云厘直接摁掉。云野锲而不舍地继续来电，她不由得觉得是尹云祎那边有什么事儿。

傅识则："接吧。"

视频接通后，云野一脸乖巧地堵着屏幕，云厘无意识地往前走了几步，和傅识则拉开距离。

"姐，你怎么跨年啊？"

听见这个"姐"字，云厘警惕起来："不知道。"

云野好声好气："姐，我元旦可不可以去南芜啊？ 30号是周五，我可以坐晚上的飞机。"

云厘："你来干吗？"

少年理所当然："就是陪你跨年。"

云厘事不关己道："身份证在你身上，我又不能捆着你的腿，你爱去哪儿去哪儿，我什么都没听到。"

"机票好贵……"见她如此坚定，云野的脸皱成一团，"求你了。"

清楚他意图的云厘直接道："没钱。"

"元旦不行，那寒假也行。寒假的时候可以有钱吗？要不你借我，我过年拿了压岁钱还你行不？"

云厘还记得他上次两块五的分期付款，眉毛也没抬一下："分期还款啊？一年还一次吗？"

云野发誓:"这次肯定不分期!

"要不这样,你之前不是喜欢我书架上那个手办吗?我跟你换个机票钱!"

云厘想了想价格:"你这好像亏了。"

云野:"可不可以?"

云厘:"那也不行。"

云野连说了几个想法,云厘不为所动。他一着急:"我远程到直播间出镜行不?"

"一边去。整天歪门邪道的,影响了你学业我要被咱爸打死。"想起来关心弟弟了,云厘随口问,"你上次考试第几?"

"年级第八。"

"……"

同样在西伏实验中学,当年云厘的月考成绩长期徘徊在200—300名。

云厘喝了口水,故作镇定:"如果你期末保持这个成绩了,我就勉为其难为你赚个机票钱吧。"

云野眼睛发亮:"我保证我期末还是这个成绩,机票钱能提前给我吗?"

云厘:"……"

云厘:"不能。"

云野又变回平时那副样子:"云厘,你真小气。"

云厘无语道:"你下个月别来求我。"

云野:"那可不行。"

没和他继续扯,云厘直接挂了电话。

傅识则没打算偷听她的电话,还站在原先的地方,却是一直看着她,以至于她转身的瞬间,两人的目光便直接对上。

他的脸上没有过多的情绪,云厘却感到格外安心,浅笑着回到他身边。从昨晚到现在,她一直觉得自己活在梦中,现在却在与他相处的细节中找到了实感。

吃完早饭后,傅识则借了徐青宋的车,驱车前往动物园。

"不用导航吗？"见他直接启动了车子，云厘有些意外，傅识则"嗯"了声："小时候常来这边。"

云厘："那个动物园你去过吗？"

傅识则："嗯。"

云厘："那再去一次的话，会不会觉得无聊？"

傅识则看着前方的路，顿了几秒才道："陪你的话，不会。"

…………

动物园距离民宿半个多小时车程，门口悬挂了各色各样的圣诞装饰。停好车后，云厘和傅识则到入口处刷了电子票。工作人员给他们发了游玩地图，园区不小，地图上进行了具体的标记。

两人的心意都已经让对方知晓，是真正意义上的约会。

因为是周末，园区的人不少，大多是家长带着孩童以及情侣。云厘低着头研究地图。

"等一会儿。"傅识则忽然道，转身去了入口附近的便利店，云厘没想太多，在地图上锁定了几个他们可以玩的点。

等她回神，阴影遮挡了她，她抬头，发现傅识则拿着一把新的阳伞，伞柄上的标签还未拆。

他的肤色白，眉眼漆黑，此刻又穿着件黑外套，待在黑伞下，有点像回避阳光。

云厘："我有带防晒霜，你需要吗？"

傅识则："……"

傅识则："去哪里？"

云厘随手指了地图上的一个地方，傅识则看了一眼便直接往一个方向走。在伞下，两人还是保持了一定距离，避免擦到彼此。

往前走的时候，云厘才留意到附近的小情侣，有不少也是男生给女生打着伞。

他是看到了，所以特地去买了一把伞。

花了三个多小时，两人基本逛完了园区。云厘收到邓初琦的信息：

你和夏夏小舅出去了？

云厘：我们在动物园。

邓初琦：别光看动物，记得干正事。

云厘：？

邓初琦：把这朵高岭之花摘下来！！！

云厘：他今天酒醒了，应该会和我说清楚？

　　昨晚傅识则主动之后，云厘心中也是预期今天两人会比较正式地沟通一下感情的事情。

　　作为之前一直被拒绝的那方，云厘不得不承认，她不想当开口的那个。

　　傅识则对于四周的娱乐似乎都不太感兴趣，仅有云厘想玩的时候才会配合她。走到园区出口的时候，路边有捞金鱼的摊位。

　　云厘待在边上，看着一个男生小心谨慎地捞上一条金鱼，装到带水的透明塑料袋里给一旁等候的女生。两人看起来年龄都是二十岁出头。

　　云厘委婉暗示："你觉得他们像不像是校园恋爱？"

　　傅识则："……"

　　他自觉地买了10个捞网，递了5个给云厘，用来捞池子里的小金鱼。

　　云厘以前没玩过，也低估了这游戏的难度，接连被水冲破、被鱼戳破捞网后，她更新了自己的认知，转头看旁边的傅识则。

　　他也一样。

　　他看着池子里的鱼，没有动。

　　云厘试图安抚他："好像有点难……"

　　傅识则像是没听进她说的话，面无表情地站起身："老板，再给我30个网。"

　　摊主连忙转身数网，数好后递给傅识则，然后指着旁边墙上的二维码说："扫这个码付款就好。"

　　傅识则抽了一半递给云厘。

　　云厘有些蒙地伸手接了过来："你想要这个鱼吗？"

傅识则拿着捞网，全神贯注地盯着水池。听见云厘的问题，回答道："不想。"

过了几秒。

他继续道："只是有些难以置信。"

他居然一条都没捞上来。

云厘理解了他心中的想法，觉得有些好笑。她拿着网，没打算继续捞，蹲在傅识则身边看他的动作。和平日里不同，他面色不变，眼中却有些情绪。

傅识则抬眼，下巴朝着她手里的捞网抬了抬："不玩？"

云厘点头。

傅识则："那你给我。"

云厘："……"

云厘："我以前都不知道你胜负欲挺强的。"

傅识则的视线停留在鱼池里，过了好一会儿，才问："你不喜欢吗？"

"……"

"还挺喜欢的……"

听到她的回话，傅识则手一顿，鱼网又破了一个。他不在意地放下，若无其事地继续。

用完30个鱼网，小桶里有了几条金鱼。他买了一个小玻璃缸，将金鱼倒进去，又买了些鱼粮。

离开动物园前，云厘想了半天，才对傅识则说道："我们一起拍张照吧。"

傅识则也没拒绝："没人帮忙拍。"

云厘不计较这些："就用手机自拍模式就好了，你长得高，你来拿手机可以吗？"

他没抵抗，按照她的指令拿起手机摁了两下。

在动物园附近的其他圣诞集市逛了几圈，将近饭点的时候，傅识则问她："今晚一块儿回去吗？"

云厘想了想，明、后天是人事部的年终旅行，同样是到这个民宿，如果她要参加的话就不必回去了。

但她周一有课，便点了点头。

回到民宿后，其他人的行李已经收拾妥当，夏从声先载了一车人离开。

傅识则先和云厘上楼取了行李，再到楼下时，徐青宋和傅正初已经到了车上，傅识则将行李放进后备箱，两人坐到后座。

车刚启动，傅识则便靠近她，给她扣上安全带。

傅正初一直盯着后视镜，憨笑着围观两人上车后的动作。傅识则坐回原位后，云厘抬头，和后视镜中傅正初的眼神对上，她瞬间窘得不行。

傅正初给云厘发了个截图，是他们两个之间的聊天界面，他直接将她的备注改成了小舅妈。

"……"

徐青宋扫了一眼后视镜："你手上捧着什么？"

傅识则没多解释："鱼。"

徐青宋没有问他们，直接将车开到了七里香都的门口。云厘下车后才发现傅识则也跟着。

云厘："你还要去 EAW 吗？"

傅识则："送你回去。"

她没料到是这个原因，毕竟车已经到了小区门口。云厘看了眼时间，才八点出头。

云厘："还蛮早的……要不我们去买个炒粉干？"

傅识则没拒绝。

上次两人一块儿走这条道还是初识时，不知不觉已经过了四个月。傅识则还记得路，和她并排走着。

云厘买的次数多，店主已经能认得她，难得见她带了个男生，便说道："小姑娘，你男朋友？"

以往买炒粉干的时候店主也会和云厘聊聊天，也算是比较熟稔了，云厘自然地否认："不是。"

傅识则："……"

云厘自语道："还不是呢。"

店主没听清楚，疑惑地长"啊"了声。云厘摆摆手，笑着表示没事。

傅识则在一侧不语。

"好了哟。"店主将打包袋递给云厘，在她伸手之前，傅识则直接接过："谢谢。"

没走两步，傅识则停下脚步："口袋里有个盒子。"

云厘愣了下，是让她帮忙拿东西吗？

她在他的左边，伸手到他外套的左兜里，摸到个材质冰凉的盒子，她掏出来。

是个小螺钿盒，表面用贝壳片镶嵌成云的形状。云厘猜到了是什么，但还是压制着语气中的激动问："给我的吗？"

傅识则看见站在他面前的女生，细长浓密的睫毛微颤，下面一双眼睛盈满了笑意。他也忍不住勾起唇角："嗯，圣诞礼物。"

彼此相知的情感得以承认后，便再无法控制住这苗头的生长。

云厘将螺钿盒小心翼翼地放到包里。她还沉浸在收到第一份礼物的雀跃中，旁边的人忽然问道："我的呢？"

云厘："……"

云厘的笑容一僵。

这，她哪有准备礼物。

她哪能想到去一趟旅游，两人关系能直接来个大反转。

"我能之后补上吗？"包里的礼物盒放大了她内心的愧疚，她瑟缩道，"我没有准备……"

傅识则提醒道："无人机。"

经他提示云厘才想起那通宵做的无人机："在公寓里，我拿给你。"

"嗯。"

到七里香都后，傅识则自觉地停在离门几米的地方。云厘已经刷开了门，想了想，才说："你跟我一起上去吧？"

云厘单向追求的时候，这一句话只有它的字面意思，但此刻两人的状态给平凡无奇的话赋予了其他暧昧的含义。

傅识则没拒绝，跟着她上了楼。

云厘开了灯，幸亏走之前家里还算整洁。傅识则把东西放沙发上，四处看了看，将金鱼缸放在茶几中央。

这不是他第一次问起这个无人机，云厘也不清楚他为什么那么想要，那天晚上时间紧张，她通宵拼接后上色，成品仍有许多瑕疵。

彼时陈厉荣"警告"她不能送给傅识则，她担心自己踩了什么敏感地带便没再考虑将它作为礼物，几天后遇到何佳梦告诉自己傅识则要约女孩的事儿，也就更不可能送出去。

"无人机我放在架子上了，其实有点丑的。"云厘怕他对此有太高的预期，提前贬低了自己的成品。

傅识则随意地"嗯"了声，伸出双手捧起纸板无人机，将它转移到桌上。傅识则垂眸看着这个纸板无人机。

用简单的纸板粘成，用颜料在表面涂了色，看起来不是很牢固。他摸了摸机翼，颜色并不均匀。

"要不我再给你补一个礼物？"云厘担心他觉得自己太敷衍，毕竟他送的礼物看起来是挺贵重的定制款。

"不用。"傅识则道，"这很好。"

"你要不要和我一起吃一点？"云厘指了指桌角的炒粉干，傅识则没拒绝。她到厨房取了筷子和小碗，又拿了两瓶饮料。

傅识则没让她动手，自己将饮料瓶盖拧开，又将炒粉干给她拨到碗里。

他看起来胃口不佳，没吃两口便把碗筷放下。在桌上用抽纸支着手机，点开 E 站，开始播放她之前上传的纸板无人机视频。

视频剪得仓促，场景也并非特别流畅和连贯。傅识则似乎完全没注意到这些细节，静默地看着，直至进度条到了末端。

她对着镜头一字一句道——这个手工无人机，我打算送给一个很重要的人。

"……"

傅识则将进度条拉回到几秒前，将这句话再次播放了一遍。

"……"

云厘难为情地低头吃东西，嘀咕道："你别逗我……"

傅识则见她绯红的脸，更加不收敛："不是说给我听的吗？"

"……"

傅识则会明确拒绝的时候，云厘的胆子还大些。这下两人比原先亲昵，她反而放不开，无法驾驭两人当前的状态。

她能够在很短的时间内学会如何邀请对方、学会接受对方的拒绝，却不懂得两情相悦的人应当如何相处。

吃完东西已经将近十点了，云厘送傅识则到门口。想起刚才店主问的问题，云厘忍不住问他："今天，我们应该算是在约会吧？"

似乎没想过她会问这个问题，傅识则想了想，没正面回答："你觉得呢？"

见他没给确切的回答，云厘也有些犯嘀咕："应该是……吧？"

傅识则："……"

他点了点头。

得到肯定，云厘注重第一次约会的仪式感，认真道："是我的第一次约会。"

傅识则低头看她："我也是。"

云厘："你觉得怎么样？"

思索了会儿，傅识则才缓缓道："挺好。"

"那我们下次约会什么时候？"云厘努力地敛了笑意，试图让自己的心意不要那么明显，"可以尽快吗？"

"我明天要去宜荷出差。"傅识则靠着门，沉吟片刻，看向她，"等我回来？"

云厘心中一暖："好。"

聊天接近尾声，他倚在那儿，没有立即离开，而是继续看了她好一会儿。两人悄然无声，楼道里的灯熄了，她才回过神。

背着光，她的轮廓模糊了许多。明明已到归去的点，傅识则却不想打破此刻的宁静。

对云厘的感情并不是突如其来。

偶然见到她高中照片那次，他就认出了她——多年前做机器人的那个高中生。

只是他不再是当年那个他。他也并未把两人戏剧般的重逢放在心上。从前留意过的人，他无法像对待陌生人一样冷漠，也不会像年少时那般去关注。

对于她的心思，他看得一清二楚。

起初他从未考虑过这件事。他再没有力量，去建立一份新的羁绊。

然而，她却像是要和他死磕到底。明明不敢社交，却总能有莫大的勇气支撑着她前进。看似柔软，却又莫名地坚强。

不知不觉，他心中的天平早已歪了一大半。

在知道当年她来西科大找的人是他后，一腔情动被打翻，只留下遍地的苦涩。

我早已不是你向往的那个人。即便不是我，你依然能遇到一个，像你一样勇往直前的另一半。

但他不能接受，她放弃的原因是，觉得自己在自取其辱。明明没有勇气向前的是他，她不该受到任何委屈。

既然她走了那么多步后，依然坚定地喜欢他。

那剩下的路，就该由他来走完。

傅识则依然没有动。

他的目光并不炽热，云厘甚至没有读出其他的情绪，唯一能确定的是，他一直在看她。

她低头看了眼他手里的纸板无人机。

傅识则一直是个很内敛的人。纵然是在他喝了酒的情况下，他也不会多说几句话。

云厘却喜欢这样和他相处的感觉，她本身也不是个特别爱热闹的人。

云厘不由得想自己现在的穿着容貌，可能额前的发丝略挡了眼睛，头发又长了些该剪了。

她在原地乱七八糟地想这些事，傅识则忽然道："等我从宜荷回来，我们就在一起吧。"迈出关键一步后，他便不能够再退缩了。

他的声音不大，隐在黑暗中。

云厘顺着他的目光望去，一时说不出话。

过了好一会儿，他好像才想起要询问她的意见，又补充了句："可以吗？"

云厘一直没说话，傅识则想了想，又继续说道："我一般不会有情绪起伏，可能你会觉得我没有感情。

"我能确定地告诉你，我喜欢你。"

些许柔软窜到他的语气中。

"可能你会觉得不够，但以后会有更多的。"

几句话抚平了云厘心中的不踏实感。

昨晚从小树林离开，听出傅识则话里的暗示，云厘的情感冲破了理性，她不深究过去他的拒绝，他的冷淡，只觉得，他能对她有好感，就足够了。

一整天的约会，云厘隐藏着心底深处的不安，最早她重新翻出西科大的那个视频时，看见里面熟悉的少年，她更多的感觉是恍惚。

因为那是段只有她一个人知道的角逐。

她曾经在高考结束后每天骑 40 分钟自行车到西科大，等了大半个月，终于等到 Unique 的展览，却没有见到想见的人。

她没有考上西科大，将房间里的照片盖起来，想的也是，她应该再也没有机会见到他了。

对她而言，是卑微的情窦初开。

两人再次相见，追求傅识则，她的初衷也只是试试。

就算失败了，两人无非恢复到以前的状态——她认识了他七年，却一直处于那种陌生人的状态。

即使两人的关系没有前进，但也没有后退的空间了。

那种状态，也没有说让人特别难以接受。只是每当想起来总觉得缺了一角，甚至也不配称之为遗憾。

其实她从来没觉得，他有可能喜欢她。更没想过的是，她能从他的口中听到这句话。

从平安夜开始，她心中有很多顾虑。他是天之骄子啊，怎么可能会喜欢她。云厘自己找不到他喜欢她的原因。

尽管如此，她此刻也不需要原因。如果他愿意承认，不需要他给出任何理由，云厘也愿意相信他。

因为她的愿望很纯粹，她只是想和他在一起。

云厘眼眶湿湿的，试图让自己的语气理所应当一点："能不能不要等到你从宜荷回来？"

可不可以现在就在一起。

傅识则笑了一下："你很喜欢我。"

饶是他再深埋自己内心，也不愿眼前人吃尽这角逐的苦。

"那我追了你好久，你也是知道的。"云厘承认，他刚表完白，她也不用矜持地藏着自己的心意。

他想了想，语气认真："所以对你不公平，有些草率。"

云厘没有理解他话里的含义。她本来就是追求的那方，她直接否认了他的话："我们两情相悦，没有不公平，也没有草率。"

"所以——"云厘话没说完，傅识则开了口。

"我来说。"

他贴近距离。

"这话让你听见还是有些难为情。

"但是想告诉你的话，我都会在你右耳说。

——"我喜欢你。

——"能跟我在一起吗？"

云厘眼眶泛红，唇角却弯了起来："你知道我不会拒绝的。"

傅识则单手拿着纸板无人机，迟疑了许久，伸手揉了揉云厘的脑袋，摩挲着她柔软的发丝。

而后，这只手向前，移动到云厘的脸上，掌心贴着她的脸颊，温热干燥，像是要把热度都传过来。

云厘见他垂下眸子，面上看不出情绪，小心翼翼地问道："怎么了？"

"在想，在西科大那天——"

傅识则注视着她的脸："你的脸是不是冻僵了。"

云厘不太记得他说的是哪一天，只觉得有些紧张。

氛围旖旎到极致。

就在云厘以为他要有下一步动作的时候，傅识则却收回了手，他别过脸："我先回去了。"

脸上的温度突然降下来，云厘感觉有些失落，"啊"了一声："好的。"

注意到她的情绪，傅识则说道："我明天也来。"

云厘弯唇笑："那我们明天见。"

傅识则离开没多久，云厘就收到他的消息。

傅识则：明天几点上课？

云厘看了一眼课表：八点。

云厘：路上小心。

傅识则：嗯。

突然想起来包里的东西，云厘即刻去翻找出来。

盒子小巧精致，云厘像捧着自己的宝物，小心翼翼地把它打开，里面是一副珍珠耳坠。简洁的金属链子下方吊着一颗圆润的纯白珍珠。

感觉很适合她。

次日，云厘刚睡醒，便收到傅识则的信息：醒了？

云厘还很困，她昨晚太激动以至于睡不着，却还是回复了句：醒了。

发了这信息后，云厘又觉得自己冷淡了点，补了一个笑脸表情加了一句：早安。

她还没起床，听见有人轻叩了门。意外这个时间有人敲门，云厘爬起身，走到门旁边没立刻打开。

敲门声没继续。

她蹑手蹑脚地趴在猫眼上看，看见傅识则拎着个袋子站在门口。

云厘睡意全无，急急忙忙把门打开，欣喜道："你怎么来了！"

突然想起自己还没洗脸，她又赶紧跑到洗手间，留下一句："你先在客厅坐一会儿！"

傅识则把袋子放到茶几上，将里面的面包牛奶拿了出来。自己拿了一个面包，坐在沙发上细细咀嚼。

云厘不想让他等太久，三下五除二地收拾好自己。

走出来客厅，看见桌子上放的面包牛奶，指着问道："是给我的吗？"

"嗯。"

云厘紧张地走过去坐在他旁边，傅识则顺手帮她把巧克力牛奶拆开，吸管插好，又帮她把面包的包装打开。

拿起巧克力牛奶，云厘腼腆地笑了一下："这是我喜欢喝的牌子。"

接着，她试探道："你是知道吗？"

傅识则手靠在沙发扶手上，支着下巴，侧头看向她："如果你问的是，我是不是偷偷关注你。

"那我回答。

"是。"

云厘觉得不可思议，他怎么能这么平淡地说出这样让人脸热心跳的话。她说不出话，把脸别到另一边去。

傅识则垂眼看见她把脸转到另一边偷笑，也不自主弯了弯眉眼。

"慢慢吃，吃完送你去学校。"

"好。"云厘想起来他的行程，"你今天不是要去出差吗？"

傅识则随意道："送完你，再去机场。"

云厘："那你是特地来再见我一面的？"

傅识则："嗯。"

云厘吃完早餐，在沙发上又磨蹭了一会儿，才收拾好东西出门。

两人走在路上，云厘又开口问道："你真的是特地来见我的吗？"

傅识则再次答道："没别的原因了。"似是不明白她的问题，"怎么？"

"就觉得，"云厘低头看地面，小声说，"你好像也挺喜欢我的。"

傅识则一直把云厘送到了教室门口。

站在离门口一段距离的位置，傅识则从口袋里拿出一串车钥匙，递给云厘。

云厘接过来，不解道："为什么把钥匙给我？"

傅识则："车停公寓那儿了，这段时间你可以用。"

自己老爹是驾校老板，云厘很清楚车与女人不外借的道理，傅识则愿意把车给她开，应该是很相信她，又或者是，愿意承担她可能造成的一切损失。

云厘受宠若惊，将钥匙收包里，想不出怎么报答他，便提了个可行性最高的想法："那你回来了，我可以去接你。"

傅识则："不用，徐青宋会来接。"

当他的唇微启，有"不"的形状时，云厘后背发凉，瞅了他一眼，他拒绝得心平气和，和她追求他时一样理所应当。语气甚至如从前般平淡。

面对傅识则，云厘也不敢置气，只抿抿唇："好吧。"

她一副生了闷气不敢说的模样，活像他恶霸般欺负了她，傅识则不大理解："怎么了？"

"没有。"云厘将背包提了提，踮脚看着周围，装作不在意的样子，"刚才想起了之前我追你的时候，你一直说'不用了'。"

没想到此刻被秋后算账，傅识则心底失笑："那我要怎么做？"

云厘："就是……"

接近上课点，陆续有人进教室，他的出众长相与气质均引人注目，连带身旁的她也成了注意焦点。回想起之前在咖啡厅被偷拍的经历，云厘有点不自然，话也说不出口。

傅识则环顾四周，将她拉到了楼道。

教室在一楼，通往负一层的楼道仅凭来自一楼的自然光线，视野清晰度下降。他的手微凉，握住她没多久后又开始发热。

刚谈恋爱，二人相处时相当拘谨，今天在路上也靠得不太近，偶尔过个马路只是手背擦到。云厘没想过，牵手是这种感受，掌心热乎乎的，还有出薄汗后的黏稠。

像是要报复他刚才的拒绝，云厘用拇指挠了挠他的掌心，感受到握住她的手稍用力些，又克制地松了松，她心里莫名有种痛快感。

将她拉到负一层楼道口，傅识则停下来，也不在意她刚才的小动作，轻声问她："可以说了？"

云厘第一反应是说不出来。她也就对自己的家人和闺密讲话时稍微放开点，不避讳提及自己的想法和意见，对着傅识则，她还是本能地胆怯。

傅识则似乎洞悉一切，捏了捏她的掌心，耐心地重复了一遍："那我要怎么做？"

这句重复给了云厘勇气，她想了想："我们谈恋爱后，你不能再拒绝我。"提完要求，她还不忘尊重下他的意见，"你觉得可以吗？"

傅识则愣了下，答应得很快："嗯。"他若有所思地问，"那以前的账还要算吗？"

仔细想想，他确实拒绝了她不少次。

云厘侧头："不算账的话，我好像有点吃亏……"不清楚他问这话的意图，她反问道，"你有什么建议吗？"

傅识则提了个中规中矩的建议："那你也拒绝我几次，心里舒服点。"他有样学样地咨询她的意见，"你觉得可以吗？"

"……"

她怎么可能同意。云厘巴不得他多提点邀请，然后她统统应允。

知道他故意这么说，玩不过他，云厘摇摇头："那算了。"

傅识则也不管这是不是意料之中的答案，补充道："不同意的话，你只能吃点亏了。"

云厘自认更喜欢他一点，也不挣扎："吃亏就吃亏吧。"她的样子看起来确实并未心存芥蒂。

傅识则盯了她好几秒，意味深长道："所以，为什么不同意？"

他将云厘拉近了点。

每次都被他借机逗弄，云厘略有不满："你明明知道。"

"想听你说。"忽略她话语中的其他情绪，傅识则声音低了些。

此刻的气氛和平安夜那晚相似，他自然地贴近，两人可以听到彼此的心跳声。云厘知道自己被他拿捏得死死的，但又心甘情愿。她唇动了动，过了一会儿才说道："那我舍不得拒绝你。"

听到这句话，傅识则低声笑了下："那你来接我吧。"用食指关节蹭了蹭她的脸，又补充了句，"刚好可以第一时间见到你。"

楼道昏暗，方正的瓷砖象征着学园的肃穆，与此刻的旖旎暧昧形成反差，私酿出偷吃禁果的意味。

"不过也可能，"他的指腹擦着云厘的掌心，不急不慢划了几下，语气漫不经心，"就是你来接我的目的吧。"

云厘听着他的话，面上温度逐渐上升。

"我只是尽一下女朋友的职责。"云厘被他几句话整得心跳不已，而他从到楼道开始眉目间就平静如常，幽黑的眸敛了所有心思。

两个人都是第一次谈恋爱，傅识则明显比她上道许多。抱着不甘示弱的想法，云厘想起自己想了整夜的事情："那你是不是也应该尽一下男朋友的职责？"

"嗯？"

傅识则继续摩挲着她的掌心："什么职责？"

云厘吞吞口水，直视他："抱一抱你女朋友。"

"……"

傅识则靠着墙，看了她几秒，没有行动。负一层楼道瓷砖是珍珠白，墙面呈灰色，他的脸像突兀地刻在墙纸上的画，偏混血的五官有中世纪的味道。他懒懒道："你来抱我吧。"

"……"

云厘怀疑他没听懂她的话，也可能听懂了故意的。

此刻铃声响起，是 7:55 的预备铃，她收了神，红着脸转身："我要上课了——"

手臂却被他用右手轻轻抓住，他的气息从后贴上，胸膛抵着她的后背，他的另一只手环住她的脖颈，停留在她的右肩上。一波未平，环住她的手臂往后带了点，将她进一步贴进他的怀中。

云厘深吸了几口气。

他的右手顺着她的手臂往下，勾住她的手指。

"原来谈恋爱，"傅识则靠着她的右肩，侧头慢慢说道，"还蛮开心的。"

动作持续了一分多钟，傅识则松开她，目光柔和："去上课吧。"恰好他手机一直在振动，云厘提醒他："你电话响了。"

他不介意在她面前接电话，摁了接通，对面讲了好一会儿话，傅识则始终没有作声，全程只说了三句话，语气冷淡。

"知道了。

"嗯。

"不用。"

便直接掐掉了电话。

围观了他接电话的全程，云厘突然发现，以前，即便是对她最冷淡的时候，傅识则也不是这么和她说话的。她不知道个中原因，却因为她发现的这小小的特殊性——就算是错觉，也感到开心。

到教室门口后，云厘进门，找了个位子坐下。

不一会儿，室友唐琳坐到她边上，和她打招呼。两人只在冬学期上课时碰过面，唐琳翻出课本，语气激动："云厘，你刚才有没有看到门口有个大帅哥，可太帅了。"

云厘拿书的动作一顿，小声地"嗯"了下。

"就是那种禁欲冷艳系你懂吗？简直是我的理想型啊，我刚才还试着在他面前刷脸，他居然……"

说到关键点上，唐琳停顿了两秒，云厘有点着急："居然什么？"

唐琳摊手，一脸不可思议："直接忽略了我，就绕开我走了。"她打开自拍镜头看了看，"今天的妆还可以吧，奇了怪了。你说对吧？"

不知道说什么好，云厘尴尬地应和道："挺好看的。"

"这种人应该表白墙上会有不少人告白吧，回头上去摸摸名字，找到了和你说。"唐琳笑眯眯地打开学校论坛，翻开表白墙给云厘看。

云厘笑了笑："好，谢谢。"

这一翻表白墙，云厘才发现里面有不少和傅正初告白的，唐琳见到，给她科普："这个傅正初，是咱学校球队的，比赛好像拿了冠军吧。"唐琳笑眯眯道，"据说是又冷又白又帅，他好像还是户外俱乐部的，我打算去参加他们的活动，你要来不？"

"先不了……"云厘连忙拒绝，但这一会儿唐琳已经将户外俱乐部的公众号推给她，最近的活动是露营采星的路线，推荐人群里写了"情侣"。

似乎也可以考虑一下。

上课期间，云厘纠结了好一阵儿要不要给傅识则发微信。发了——显得她不好好听讲，刚谈对象总得考虑在对方面前的形象管理。不发的话——又显得他们的关系过分生疏。

等她真正下定决心，最大的问题却是她不知道和傅识则说什么。两人几乎没有怎么聊过天。

绞尽脑汁，云厘发了句：到宜荷了和我说哦。

傅识则：嗯。

傅识则：女朋友还有其他职责吗？

她仔细思考了下，刚规规矩矩地输入：关心体贴男朋友、支持、沟通……

句子还没打完，傅识则继续发来——

想体验一下。

云厘只觉得自己思想太过龌龊，这么正经的话都能让她产生别样的联想，她满脑子都是他冷清的脸镶嵌一双暗含欲念的眼，想起刚才楼道里发生的事情，她忍不住喝了口水压惊。

…………

微信往下翻，是云野的信息，是一张明信片的照片。

下面附文字：给我的回信。配上了一个"开心"的表情。

云厘没忘记云野是以全班人名义送的明信片，回道：是给你的，还是给高二（15）班的？

云野：你少管。

看来是寄给高二（15）班的。

云厘点开图片细细看，照片只拍了有图案的一面，看上去是圣诞贺卡。没想到尹云祎会给他回信，难不成真没看出来给她寄信的是固定的人？

回家后，云厘先找到了傅识则的车。小汽车内一尘不染，储物格内未放物品，看起来像辆新车。余光看见主驾驶位下有个东西，她伸手取出。

又是他的卡夹。

名正言顺的女朋友了，云厘也没有太在意这件事，将卡夹拿过来翻了翻，里面基本是银行卡。

翻到倒数的几张，她停了下，是西科大的校园卡，本科生阶段的，已经发旧，照片却还看得清，颇有点毛头小子的样子，对着镜头笑得肆无忌惮。博士生阶段的校园卡还崭新，和现在的模样已经接近，唇角上扬，眼尾神采飞扬。

卡夹最后还有一张本科生校园卡，陈旧得掉色，照片不清，名字也很模糊。

江洲？江渊？江淮？

怎么拿着别人的校园卡？云厘没太在意，光顾着看前面两张。

云厘拍了照，把卡夹收到口袋里，便启动了车子，在小区里转了几圈，第一次开这型号的车，这踩油门的感觉和她以前驾车时截然不同。

云厘不认车牌，但仅凭刚才几分钟的驾驶体验也知道这辆车处于中高端水平。

她一直觉得傅识则家境不错，但夏从声说过他父母都是西科大教授，她对他家境的判断一直被清贫读书人这个想法限制。

刚进屋便收到傅识则抵达宜荷的信息。

云厘将卡夹的照片截得只留下头像，发给傅识则：这个人好像有点好看。

傅识则：嗯。

她发了张自己的照片：这个人呢？

傅识则收到信息时能想象对面的人明知故问的模样，照片里的她抱着滑落了一半的堆堆，半抬头对着镜头笑，他将照片保存到本地，输了两个字：好看。

和他没说两句话，云厘收到一个新的好友申请，头像是油画风的山海，对方备注了尹昱呈。

直觉就是——云野又惹事了。

添加成功后，云厘盯着两人的聊天界面，陷入她是否要打招呼的纠结中，打招呼就意味着接下来的沟通……

尹昱呈没给她机会：Hi，云厘。我是尹昱呈。这两天云祎收到你弟弟的跨年明信片。

同时还发了张截图，是明信片内容的一部分：云野这个寒假会去南芜看他姐姐，到时候作为我们 15 班的代表和你见面。

他还顺带评价了一下：你弟弟还挺会追女孩子的。

有点羡慕。

…………

云厘无语，上次他们共同声讨了尹昱呈偷看明信片的事，云野还敢在明信片上明目张胆写着要到南芜找尹云祎的事情。

她比较担心云野的脑子。

这个脑子怎么谈恋爱。

尹昱呈开门见山：在他们见面之前，方便找个时间面聊一下吗？我最近不在南芜，等回了再和你说。

这听起来没给云厘拒绝的机会，毕竟他们家的猪要把对面的白菜拱了。云厘叹了口气，回了个"好"字。

她刷回微信界面，傅识则没给她发新的信息。下午上课时，云厘有意无意抬了好几次手机，也没见到他的信息。

生活也不是说不充实，上的课并非水课，相反，公式图像都很复杂。下课后她还得买菜做饭。晚上要写作业。还有些视频没剪完。

云厘将一天安排得满满当当。

只不过，看着聊天界面上次的时间停留在几小时前，会让她有一种，双方可有可无的失落感。

想要霸占他的世界。

云厘果断地发了个没有特殊意义的表情过去，三只不同颜色的熊和谐地站成两排，表情呆呆的。

傅识则没回，隔了一个小时，她又发了张表情，同样呆的三只熊，不过是换了位置。

过了一会儿，手机振了：

　　　　开会。

迫切地想得到他的信息，云厘时不时会给傅识则刷表情，都是她在网上扒到的，傅识则有空便会回复她几个字。

上完晚课回到公寓后，云厘主动打了个视频电话过去。没几秒，傅识则接通后，画面上出现他的脸，背景看着像酒店房间，他将拆到一半的外卖袋推开。

刚开完会回到酒店，他有些倦意，却还是将注意力聚焦在镜头上。

"你晚饭吃得好晚。"云厘知道他肠胃不好，提议道，"你回南芜后，我们可以一起吃晚饭。"

傅识则："嗯。什么时候？"

云厘想了想："我有空的话，可以做给你吃。"

"如果你愿意的话，我可以每天都做。"语毕，她似乎觉得自己太主动了，又挽回面子似的说道，"虽然这样我有点吃亏，不过你是我男朋友。

"所以，你觉得可不可以？"

傅识则耐心地听她讲完，她这神态像是和他商量国家机密，他将手机放到洗手池边上，闲散地应了声："嗯。"

这样两个人每天都能见面了，也蛮好。

傅识则洗了手，回到桌旁，将手机放远了点，让画面内能容纳下外卖盒，他拆了包装，慢条斯理地吃着，视线再没回到镜头这边。

他放松的神态让云厘也没那么拘束，她聊起今天唐琳说起傅正初球赛夺冠的事情，自然而然地问道："你体能怎么样？"

"……"

好一会儿，傅识则道："你不用担心。"

画面里的人双目单纯地看着镜头，似乎完全没觉察到问题里的其他含义。傅识则失笑，拆开汤盒，抬睫看了她一眼，又低下头。像是对她很无奈。

只是几个眼神的互动，云厘心跳却飞快加速，她转移到床上，将脸靠在枕头上，问他："今天我同桌看见你了，还和我说你好看，我下次能不能直接和她说你是我男朋友？"

傅识则抬头，用纸巾擦了擦唇角："不然呢？"他没再动筷，往后靠在椅子上，问，"朋友？"

对上他的视线，云厘脑中浮现起从民宿返程那天，他并不避讳徐青宋和傅正初在场。准确点说，傅识则一直都不太在意其他人的目光。

好像是她太谨言慎行了。

"朋友也可以。"他平静地自问自答，"你想说什么就说什么，不用因为我有顾虑。"

等他吃完饭，已经过了半个小时了。云厘刷了会儿 E 站，热搜放了个往年南芜郊区雪山美景回放，她留意了好一会儿，毕竟纯种极南人没见过雪。

傅识则起身收拾东西，云厘见他的白衬衫，塞到西裤里，宽松的衣物和收衣处在镜头前晃动，恍若能看到里面的腰身。

"……"

他的声音传来："过两天南芜要下雪了。"

云厝回过神，他的脸已经贴回镜头，交代道："去扔垃圾。"

他短暂地消失在画面中。

开手机看了一眼，接下来几天南芜将迎来大雪。云厝没见过雪，因为这消息激动了半天。傅识则坐回来后，她和傅识则讲了半天到时候怎么拍视频以及主题内容，他对视频制作的事情涉略不多，但也安静地盯着摄像头，听得很认真。

"——不过有个问题。"

傅识则偏头："什么？"

她说了个和视频制作完全不相关的事："我们的聊天频次好像太低了。"

"……"

傅识则看了她几眼。

云厝看起来只是突发奇想地带过这句话，话题转瞬切换到云野的事情上，从送礼物讲到寒假要到南芜的事情，她有点恢复到云野面前话痨的模样。

傅识则偶尔应两句，他没有做别的事情，只是垂着眼听着她讲。

云厝也没发觉自己讲了多少话，气恼地笑道："感觉我像是云野的工具人，他这么直接，也不怕吓走女孩子。"

话一出口，傅识则瞥了她一眼。

云厝后知后觉，云野这追人策略和她也差不多，甚至——她还更加直接，她就像绕了个弯在说自己。

正当云厝想着怎么给自己圆的时候，傅识则忽然道："他和你一样。"他想了想，"女生应该不舍得拒绝。"

"我弟人虽然欠揍了点，但还是挺可爱的。"云厝顺着他的话夸了下云野，"他还不知道我谈恋爱了，知道了可能会求着我给他发红包。"

傅识则偏了偏头。

"也可能求着你。"

"……"

上次傅识则在西伐也是有幸见到两姐弟的相处模式，回想起当时的画面，还有偷尝的禁果，他随口道："回去的时候，帮我备点草莓吧。"

云厘应声后，傅识则看似不经意地问道："她哥哥叫什么？"

她愣了下，如实道："尹昱呈。"

"……"

见他突然沉默，云厘问："是不能和其他男生单独见面吗？"

他面不改色地说着违心话："不碍事。"

后来云厘才知道，这句话的含义是——不碍事，我在场就行。

第二天，云厘收拾妥当后到公司上班，过了最忙的季节，在里头能闲得发霉，每天她都能看见老员工秦海丰在工位上打斗地主。

休息室的储物格还放着傅识则买的咖啡豆，已经喝了一袋半。云厘给自己做了杯咖啡，香气入鼻。入口虽然苦涩，但她也能尝出里面的巧克力风味了。

是因为她，才选择的巧克力风味。

她不受控地想，也许比她想象的更早，傅识则已经在关注她了。

在工位上闲了没多久，方语宁安排她协助社招的面试，作为长期恐惧面试的人，她接到这份任务的第一反应便是觉得昏天暗地。云厘大部分的精力花在学习如何进行面试上。

她忙碌起来了，却破天荒地，每隔一个多小时会收到傅识则的信息。

> 醒了。
>
> 吃早饭。
>
> 见人。
>
> 吃午饭。
>
> 见人。
>
> 回酒店。

每条信息都是言简意赅的几个字。却比以前频繁了不止一倍。云厘忙的时候只能抽空回，也并不影响他发信息的节奏。

昨晚她提到的那一嘴——他是在乎她说的话的，虽然没有表现出来。

云厘不禁放肆了点，给他转发了一条某平台的问答："为什么男朋友在微信上从来不和我发表情？他是在假装高冷吗？"随手发了后，方语宁派她去体验馆充当 NPC，今天恰好有成群的高中生来 VR 体验馆。

她匆匆赶过去，一两个小时后才看到手机。

通知栏提示傅识则回了个表情。

估计是看了她转发的问答，在这之前，傅识则回复的消息基本是纯文字。点开一看，云厘手指顿住。

是那张她误发的表情，写着"当我老婆"四个字，握拳的手此刻指向她，将她的心率提到最高。

她摁了下手机边缘的按键灭屏，将手机紧紧地贴到胸前。

云厘站在原处发了一会儿呆。

原本她以为，傅识则谈起恋爱来应当也是处于那种云端遥不可及的状态，却没想过，他也有很可爱的一面。

不知道用"可爱"这个词合不合适。

有其他员工喊云厘过去帮忙，她捂了捂脸颊，让自己从刚才的情绪中脱离，给傅识则随手回了个表情。

体验馆里的高中生是南芜一中的，据说是调整了信息课的课程安排，让学生到最近的虚拟现实体验馆实地感受。接下来几天都会有南芜一中的学生来 EAW。

接近下班点的时候尹昱呈找了云厘，说他行程有变，提前回了南芜。想今晚和她见一面。

到咖啡厅的时候，尹昱呈已经在等待了，他对尹云祎明显比云厘对云野上心得多。她坐的椅子已经被提前拉开，坐下后，尹昱呈便客气道："工作日喊你出来，会麻烦到你吗？"

云厘摇摇头："没关系，我跟你聊完再回去工作也可以的。"

想直接进入主题，云厘开门见山："云野是在明信片上说寒假会来吗？"

"是的，"尹昱呈喝了口红茶，"云祎看了明信片就跟我说这件事，问我的意见。"

尹昱呈："其实我是不太想管这事，但这明信片被我父母见到了。"他一副头痛的模样，"总之，让他俩一对一出去玩，等同于促进他们的早恋，所以到时候我也会跟着一起去。"

"……"

想象到他们三人同行的画面，云厘发自内心地同情云野。

尹昱呈继续道："但我一个人去掺和他们俩见面，又像个巨大的电灯泡。到时候能请你也一起去吗？"

云厘没反应过来："什么？"

她本能地想拒绝，但一时间也分不清这么做合不合适，没应下来："我回去和我弟商量一下。"

听到她的话，尹昱呈低头笑了笑，打开包从里面拿出个盒子放到云厘面前："上次你帮云祎带了礼物过来，前段时间我们出去玩，她给你准备了个礼物。"

是个暗紫色的盒子，云厘觉得自己没做什么，迟疑道："要不你给她拿回去吧？那不是件大事。"

尹昱呈笑道："不贵重的，收下吧。希望你能喜欢。"

他没继续耽搁她，给她点的红茶也是外带杯的。云厘收了盒子，起身和他告别。

再次因为云野的事情奔波，云厘回去后只想骂一顿云野。

点开云野的聊天窗，输入道：多大年纪的人了，还要姐姐来给你擦屁股。

云野发了一个"疑问"的表情。

云厘只好耐着性子跟他吐槽了这件事。

云野：他真说要跟我们一起？

云厘：难不成是我编的？

云野沉默了一会儿：……

年轻人的接受能力就是比较强，隔了几分钟，云野又来
了：云厘，你跟我们一起去嘛。

云厘不理解。

云野：来嘛来嘛。还配上了一个"求求了"的表情。
云厘：干吗？
云野有些不好意思：你跟我们一起去，到时候你就帮我把
她哥哥给拉走。
云厘斩钉截铁地拒绝道：不行。
云野：求求了。
云厘：不行。

没再回云野信息，回EAW后，云厘打开盒子看了一眼，是条浅蓝
色水晶手链。她随手放到盒子里，想起圣诞节自己送给傅识则的礼物。
似乎过于简陋了。
总有种亏欠了傅识则的感觉。

"闲云老师，你怎么跨年啊？"何佳梦无聊了来问她话。
已经要跨年了，往年她一般是回家和云野打一晚上游戏。
想起昨天和傅识则的对话，云厘不太避讳道："应该和男朋友一起。"
听到她的话何佳梦先安静了几秒，随后惊讶地睁大了眼："闲云老
师，你有男朋友的啊。"她想起了什么，有些懊恼，"那我之前撮合你和
傅识则，不就是在帮人撬墙脚？"
云厘："也没有……"

何佳梦用肩膀顶顶她，坏笑道："闲云老师，这样不好哦，有男朋友要专一哦。"

云厘："我在和他谈恋爱……"

何佳梦没有听清楚，好奇道："和谁呀？"

"傅识则。"

"……"

何佳梦脸上的震惊越演越夸张。她倒吸了一口气，难以置信道："是我认识的那个傅识则吗？"

云厘笑了笑："嗯。"

何佳梦的反应，居然让云厘觉得有点……

爽？

她的表情似乎是在说，闲云老师，你太牛了，居然将这朵高岭之花摘下来了！也不知道是不是之前追傅识则受挫太多了，云厘整个人处于轻飘飘的状态。

刚才何佳梦说不觉得她有男朋友。

自从知道傅识则并不介意她告诉别人后，云厘莫名地想让全世界都知道他们是情侣。她打开圣诞那天的游玩合照，他戴着她的围巾，神态放松地看着镜头。

云厘将合照转发给傅识则：我设置成锁屏了。

看着照片中的围巾，云厘想到自己可以给他织一条，就当作补上圣诞节的礼物。下班后，她到外头买了些毛线。算了算时间，如果她夜以继日地织，等他回来差不多可以完工。

她是生手，以前没织过。从当天晚上开始，云厘将精力都放在织围巾上。几乎没有闲暇时间和傅识则讲话，往往她一抬头已经过了三四个小时，她才想起来回个表情。

这个状态维持了一天半，傅识则给她打了视频电话。

他靠着床头，身上穿着件睡衣，顶上两颗扣子解开。玻璃杯里装着水，贴在唇边，他慢慢地喝了一口。

云厘快速地看了一眼，又低下头织自己的围巾，直接将他晾在一旁。

傅识则："……"

傅识则神态自若："很忙吗？"

画面里的女生只露出了低垂的头，脖子以下都在镜头之外。她注意力完全不在视频电话这边，甚至没应他的问话。

傅识则用指尖敲了敲杯子，思索了会儿。他没有多问，将镜头拿远了点，放在侧边。

从边上拿了本书看，是介绍宜荷近二十年发展经验的。他翻了一会儿，偶尔抬头看看云厘。

她全神贯注，抿着唇，不知道在捣鼓什么东西。

过了一两个小时，傅识则翻阅了整本书。他盯着屏幕看了好一会儿，云厘没反应，他换了本书。看了几行字，思绪不宁。

傅识则阖上书，看了云厘好一会儿。他自顾自地起身倒了杯水，坐下后喝了两口，又翻开书。

又合上。

傅识则趴在床上，拿起手机，脸凑近镜头："厘厘。"

云厘怔了怔，抬头看向镜头，她一副受惊的刚回魂的模样。被她冷落了这一两天，这会儿能得到她的注视，傅识则靠回床头，翻开书继续看。

傅识则焦点聚在书外头的屏幕，没几秒，云厘又低下头。傅识则有点气笑了，道："说说话。"

云厘头都没抬，直白道："我今天没空，下次可以吗？"

傅识则："……"

被她搁一旁这么久，傅识则想了想，突然问："你在给我准备什么？"

"……"

云厘动作一顿，抬头看屏幕："没、没有。"想给他个惊喜，云厘没说实话，"过冬了我给云野织条围巾，所以比较忙。"

傅识则盯了她好一会儿，轻"嗯"了声，不知信没信。

过了一会儿，他才说道："明天回南芜。"

他没有事先告诉她回南芜的时间。

"怎么这么突然？"云厘以为发生了什么急事，停了手里的针线活，画面里傅识则拿起手机点了点，手机上同时收到他的航班信息。

傅识则的语气再寻常不过："回去看雪。"

凌晨三点，南芜迎来近几年最大的一场雪。次日清晨，云厘醒来时室外的楼顶已是白茫茫一片，连窗台边缘也积了三四厘米的雪。

云厘下楼连拍了几张照片，兴冲冲地发给傅识则。

将照片转发给云野，这个点他还拿着手机，能从文字上直接看出他的震惊：我去，这是雪吗？

花了一两个小时的时间，云厘下楼录制了不少雪天的素材。回屋里头开上暖气，云厘坐在窗边织围巾，成粒的雪簌簌掉落，她想着今天傅识则要回来。

盯着窗沿上的雪，一种微妙的情绪笼罩了她。

只是几日不见，她却因为即将再见到他，而期待无比。

傅识则的航班下午六点多到，他给她发了信息：

> 厘厘，晚二十分钟出门。
> 落地后到出站口要一点时间。
> 冷。

收到信息时飞机已经起飞了，云厘看着这短信，冲到房间里挑今晚穿的衣服，选中了件修身的驼色大衣。化妆时，云厘瞥见桌上的螺钿盒，对着镜子，郑重其事地将耳饰戴上。

云厘用伞将引擎盖和风挡玻璃上的雪扫落。

导航到南芜机场，距离云厘住的地方有二十多公里。一路上，两侧道路积了十厘米厚的雪，她迎面遇到几次铲雪车。

上次在西伏机场接傅识则的时候，她还忐忑不安，盲等了几个小时。幸运的是，她再也不用去碰运气了。

到出站口时，他的航班已经到港一段时间。云厘在原处等了等，成堆的人往外走时，他也在其中。不过一会儿，他远离人群，停在她面前。

见到她，傅识则情绪上没有太大变化。

云厘觉察到自己过于激动，稍微克制了下自己唇角的笑，刚想说话，眼前的人忽然抬手，他的气息轻轻带过，手停在她的发边。

过了一秒，贴近，替她拨了拨发上的雪花。

心跳骤停了半拍，云厘抬头，与他视线交会。

几秒的时间，他克制而冷静的表情有了点变化。给她拨弄雪花的手顿了一下，忽然轻摁住她的后脑。

云厘还没反应过来，便被他轻带到怀里。

空气又湿又冷，寒气渗到裸露的皮肤里，原本脸颊已经冻得失去知觉。可此刻，云厘却像围在一团温暖的炉火旁，热气从紧贴的身体传过来。

她抬起下巴，能看见他线条清晰的耳郭。

耳畔是他的心跳声。

好像……也蛮快的。

云厘将头埋进他的胸膛，回抱住他。感受到她的回应，傅识则的手臂用了点劲，像是拥着极为珍贵的宝物。

也没注意过了多久，松开彼此时，云厘脸颊上冻红的部分似乎漫到了耳后。

傅识则低眸看她，手自然地顺着她的手臂往下移动。即便是穿着厚外套，云厘也能感受到他手指的移动，随后，右手被他牵住。

他熟悉南芜机场，牵着云厘的手走到停车场，给云厘开了副驾驶的门。他坐回驾驶位，顺其自然地靠近她，给她系上安全带。

"你要直接回家吗？"

傅识则开口："还早。"

听起来是准备和她待一阵，她心情颇为愉快，坐副驾上刷着手机，朋友圈里不少人发了南芜初雪的视频，大多是从自己住处拍的。

她随口问道："你家住在哪里啊？"

傅识则："我父母住北山枫林，我一般住在江南苑。"

北山枫林?

云厘刷E站时见过北山枫林的房屋测评，是南芜市出了名的高档小区。她默默地打开手机，搜了下江南苑，在南芜市中心，是90年代的老房子，但非凡的地理位置和教育医疗资源也让它价值不菲。

“……”

她默了一会儿，想起自己，小时候家里经济条件不行，云永昌开了驾校后才宽裕许多。即便如此，西伏的那套房子，也是前几年才还清贷款。

云厘没有那种找了富二代的欣喜感，相反，两个家庭的经济条件差距给了她一点压力。

她不想他们之间存在太大差距，但这似乎不可避免。

她开始算她这几年当up主的收入，虽然不算多，但按照目前的趋势，到毕业时她也能存下一些钱。毕业后再工作两年，买房子时应该勉强够一部分首付。应该不算多，但也不至于杯水车薪。

…………

机场在比较偏僻的地方，路两侧全被皑皑白雪覆盖。雪粒落在风挡玻璃上，又被雨刮器带去，傅识则盯着前方的路，将手机放到云厘腿侧。

“看下明天的气温。”

云厘点开自己手机上的天气软件，傅识则：“用我的手机。”

“嗯？”

她有点不解，却没有质疑他说的话，拿起他的手机，亮了屏。

锁屏是他们的合照。

原来要看的不是天气预报。

她弯起唇角，给手机解了锁。

车停在公寓楼下，傅识则和她上了楼，公寓里的热气扑面而来。

云厘离开前，担心傅识则到了后觉得冷，便将空调开着。此刻她觉得闷热，松了松围巾挂在衣帽架上。

她将贴身大衣脱掉，留下里面修身的黑色高领连衣裙。这还是她刚到南芜时买的，她的腰细，当时衣服上身后腰身很合适，便买了下来。

旁边的人安静地看着她。

云厘走到窗前，想打开一条缝换换气，她手还没碰到窗锁，后方突然被热源包裹。傅识则贴着她的后背，从后面抱住她。

他脱了外套，里面也仅剩件单衣，比起前两次拥抱，此刻云厘感觉两人退去那厚重的隔阂，她甚至能直接感受到他的肌肉线条。

她不敢动，呆呆地看着窗户，任由心跳自然加速。

玻璃上倒映着他们半透明的身影，雪花随风的方向，斜着纷纷落下，远处的天穹纯黑，云厘视线下移，才注意到她临走前特意堆的两个迷你雪人。

在窗沿上，紧靠着彼此。她编了两条红绳充当雪人的围巾，雪人的下半身附近堆积了后来落下的雪。傅识则顺着她的目光望去，神色一柔，抱她的手用力了点。

他将下巴搭在她肩上，脸和她的轻触。

云厘觉得触碰到的地方像触电了般，酥酥的痒痒的，她刚想避开，旁边的脸却轻蹭了蹭她。

用极慢的速度。

上、下、上、下。

雪永远不停，情动也永远不变。

明明进屋后未曾说过一句话，在那一瞬间，云厘却明白了。他是回来陪她看这初雪，南芜的初雪，还有她生命中的初雪。

图书在版编目（CIP）数据

折月亮 / 竹已著. -- 北京：北京联合出版公司，
2022.12（2022.12重印）
　　ISBN 978-7-5596-6535-5

　　Ⅰ.①折… Ⅱ.①竹… Ⅲ.①言情小说—中国—当代
Ⅳ.①I247.5

中国版本图书馆CIP数据核字(2022)第215116号

折月亮

作　　者：竹　已
出 品 人：赵红仕
责任编辑：周　杨

北京联合出版公司出版
（北京市西城区德外大街83号楼9层　100088）
北京盛通印刷股份有限公司印刷　新华书店经销
字数335千字　880毫米×1230毫米　1/32　11.25印张
2022年12月第1版　2022年12月第2次印刷
ISBN 978-7-5596-6535-5
定价：49.80元